ULRICH RADERMACHER

Schickimicki

SCHICKIMICKI Am Morgen nach ihrem Besuch im Münchener Nobel-Club P1 wird Petra Malterer tot in der Isar gefunden. Hauptkommissar Alois Schön und seine Kollegin Natascha Frey konzentrieren ihre Ermittlungen auf das Umfeld der wohlhabenden Familie. Immerhin wurde der 30 Jahre ältere Ehemann Franz Malterer von einer Kollegin mit zwei überaus hübschen Damen gesehen. Auch das Verhalten von Maximilian, der sein Erbe nicht erwarten kann, passt nicht zu einem trauernden Sohn. Die Erkenntnis, dass die Tote eine Affäre mit dem Vermögensberater Sebastian Keller eingegangen war, erhöht die Zahl der Motive und Verdächtigen zusätzlich.

Eine zweite Frauenleiche im Deininger Weiher schließt sogar einen Serienmord nicht aus. Alois Schön muss in der Münchener Bussi-Gesellschaft ermitteln. Eine Welt, die ihm überhaupt nicht behagt. Im Gegensatz zu Natascha, die allerdings noch ein privates Problem lösen muss. Doch wie so häufig kommt es anders, als man denkt.

© Juliane Weber, münchen

Geboren 1964 in Trier, studierte Ulrich Radermacher BWL in Nürnberg. Seit 1995 ist der Vater von zwei erwachsenen Söhnen als unabhängiger Vermögensberater selbstständig tätig. Im Sommer 2010 begann er, seine Erlebnisse, die er bei der Suche nach der zweiten Liebe des Lebens gemacht hatte, niederzuschreiben. Herausgekommen ist ein humorvoller Ü 35-Ratgeber, der 2013 als E-Book erschien. Gepackt von der Leidenschaft des Schreibens verfasste er ohne Unterbrechung die Manuskripte für zwei München-Krimis. »Schickimicki« ist der zweite Krimi einer Reihe mit Alois Schön und Natascha Frey.

Seit Juli 2011 ist Ulrich Radermacher Mitglied der Autorengruppe KaLiber München.

Bisherige Veröffentlichungen im Gmeiner-Verlag:
Saukerl (2016)

ULRICH RADERMACHER

Schickimicki

Kommissar Alois Schöns 2. Fall

GMEINER SPANNUNG

Personen und Handlung sind frei erfunden.
Ähnlichkeiten mit lebenden oder toten Personen
sind rein zufällig und nicht beabsichtigt.

Besuchen Sie uns im Internet:
www.gmeiner-verlag.de

Im Ehnried 5, 88605 Meßkirch
Telefon 07575/2095-0
info@gmeiner-verlag.de

1. Auflage 2017

Lektorat: Claudia Senghaas, Kirchardt
Herstellung: Mirjam Hecht
Umschlaggestaltung: U.O.R.G. Lutz Eberle, Stuttgart
unter Verwendung eines Fotos von: © CPN / fotolia.com
Druck: CPI books GmbH, Leck
Printed in Germany
ISBN 978-3-8392-2041-2

INHALT

DIE SCHÖNHEITEN DER ISAR

Alois Schön rasierte sich, als sein Handy klingelte.

Natascha informierte den Leiter der Mordkommission über den Fund einer Frauenleiche im Englischen Garten, auf Höhe des Hiltons am Tucherpark.

»Die lag noch nicht lange im Wasser, schaut noch recht gut aus«, begrüßte ihn die junge Kommissarin in ihrer gewohnt lockeren Art. Die Feuerwehr hatte den Leichnam, der an den mächtigen Zweigen einer entwurzelten Trauerweide hängengeblieben war, geborgen und am lehmigen Ufer abgelegt. Der herbeigerufene Leichenbeschauer hatte sofort die Gerichtsmedizin und die Kriminalpolizei verständigt. Das Einschussloch im Brustbereich des Mantels war nicht zu übersehen. Ansonsten war die Tote unversehrt. Kein zerfetzter Rock, keine ausgerissenen Haarbüschel, kein abgebrochener Absatz.

»Wissen wir, wer sie ist?«

»Sie heißt Petra Malterer, ist 39 Jahre alt und wohnt in Bogenhausen«, betrachtete Natascha antwortend die abgedeckte Leiche. »In ihrer Umhängetasche fanden wir ihr Portemonnaie samt Handy und Personalausweis.« Anschließend sah sie ihren Chef an: »Wegen der Tatwaffe habe ich die Taucher bereits angefordert!«

»Gut, Frau Kollegin.« Alois Schön richtete seinen Blick auf die gemächlich dahinfließende Isar: »Lassen wir die Spurensicherung in Ruhe arbeiten.«

Familie Malterer wohnte auf einem großen Grundstück, das von der Straße aufgrund einer Mauer nicht eingesehen werden konnte. Die Seiten zu den Nachbarn waren mit einer dichten Thuja-Hecke bepflanzt.

»Meine Frau schläft noch«, beteuerte der Herr, der ihnen öffnete. Er trug eine edle Strickjacke und Pantoffeln, war klein, leicht untersetzt und hatte nur wenige Haare auf dem Kopf. Natascha schätzte ihn auf Ende 60, Anfang 70.

»Was wollen Sie von Petra?« Unsicher sah er die Besucher an.

»Es wäre uns recht, wenn wir das im Haus besprechen können.« Alois Schön holte seinen Dienstausweis aus der Jacke und stellte seine Kollegin vor.

»Natürlich, bitte kommen Sie mit!« Franz Malterer warf nur einen flüchtigen Blick auf die Karte.

Im Zentrum des Wohnzimmers sorgte ein gewaltiger Kachelofen für angenehme Wärme. Auf seiner linken Seite, vor dem Fenster zum Garten, stand ein ovaler Esstisch mit sechs Stühlen, während die andere Hälfte des Raumes von einer braunen Ledergarnitur belegt wurde. Wer auf ihr saß, sah direkt auf die breite Schrankwand, in der außer zahlreichen Büchern auch ein großer Fernseher Platz fand. Zumindest eines der Familienmitglieder schien es gemütlich zu lieben, denn eine ausfahrbare Récamiere bildete den rechten Abschluss der Sitzgarnitur. Zur Terrassentür waren es von dort bloß zwei Schritte. Dem Schutz des Parketts, aber auch als Blickfang dienten zwei ausladende, überwiegend dunkelrote Seidenteppiche, die vor der Sitzecke und neben dem Esstisch lagen. Ihre Fläche von jeweils mindestens drei mal vier Metern war der Größe des Raumes angemessen und gab ihm einen staatsmännischen Charakter. Für die Beleuchtung der Couchgarnitur sorgte eine Stehlampe in der Ecke, während der Tisch sowie die Schrankwand und die beiden Teppiche durch zwei stattliche Kristallleuchter illuminiert wurden.

Natascha fiel auf, dass in jedem Zimmer im Erdgeschoss ein großes Kreuz hing. Sogar in der Küche hatte sie eines beim flüchtigen Blick durch die offen stehende Tür erkannt.

Nachdem sie am Esstisch Platz genommen hatten, erklärte Alois Schön, dass man Petra Malterer tot aus der Isar geborgen habe.

»Und Sie sind sicher, dass es sich um meine Frau handelt?«

»Sie hatte ihren Ausweis bei sich«, erwiderte der Leiter der Mordkommission mit gedämpfter Stimme.

Franz Malterer schluckte, ehe er sich bekreuzigte. Er stützte seine Ellbogen auf die Tischkante, vergrub das Gesicht und seine goldumrandete Brille in seinen Händen. In dieser Position verharrte er mehr als eine Minute. Nur das Knacken der Holzscheite im Kachelofen störte die Stille.

»Soll ich Ihnen ein Glas Wasser holen?« Natascha konnte nicht erkennen, was in dem Ehemann vorging.

»Ja, bitte. Mineralwasser steht im Träger hinter der Tür, Gläser sind im Schrank neben dem Kühlschrank«, antwortete dieser leise. Er rieb sich die Augen, bevor er mit zittrigen Händen die Abdrücke, die seine Handballen auf seiner Brille hinterlassen hatten, mit einem Stofftaschentuch entfernte.

»Herr Malterer, wieso dachten Sie, dass Ihre Frau noch schläft?«, erkundigte sich die Kommissarin, während sie allen einschenkte.

»Petra war gestern mit ihren Freundinnen im P1. Und da sie angekündigt hatte, dass es spät werden würde, habe ich sie schlafen lassen.« Franz Malterer erklärte, dass er mit seinen Kindern alleine gefrühstückt habe. Nachdem Lena und Maximilian gegen halb acht in die Schule gefahren seien, habe er den Tisch abgeräumt. »Anschließend bin ich in mein Arbeitszimmer, wo es noch einiges zu erledigen gab.«

Alois Schön runzelte die Stirn. »Hat es Sie nicht gewundert, dass Ihre Frau nicht aufgewacht ist? Schulkinder sind gewöhnlich nicht so leise, selbst wenn sie sich Mühe geben!«

Der Witwer zuckte mit den Achseln. »Petra und ich haben getrennte Schlafzimmer. Also konnte ich sie beim Aufstehen nicht wecken.« Zum ersten Mal sah er seine Gesprächspartner an. »Vermutlich hat sie den ein oder anderen Cocktail getrunken. Im Übrigen bin ich davon ausgegangen, dass sie Ohrstöpsel benutzt, um ausschlafen zu können.«

Natascha sah ihren Chef verwundert an. Solch klare Antworten hatte sie nicht erwartet. Nicht von einem Mann, der gerade vom Tod seiner Frau erfahren hatte. »Was machen Sie beruflich?«, erkundigte sie sich freundlich.

»Ich bin Studiendirektor, eigentlich schon im Ruhestand. Aber aufgrund des Lehrermangels in den naturwissenschaftlichen Fächern – ich unterrichte Mathematik und Physik – habe ich mich entschlossen, länger zu arbeiten. Allerdings nur von Montag bis Mittwoch, wie Petra auch.«

»Wo arbeitete Ihre Frau?«

»Im Personalreferat der Stadt München, direkt im Rathaus am Marienplatz.« Gedankenversunken drehte Franz Malterer an seinem Ehering. »Nicht wegen des Geldes, Petra brauchte das einfach. Sie war nicht der Typ, der ständig zu Hause hockt.« Nach wenigen Sekunden fügte er hinzu: »Verreisen können wir ja noch nicht, wegen der Kinder.«

Natascha protokollierte fleißig mit: »Wie alt sind Ihre Kinder?«

»Lena ist 14 und Maximilian ist gerade 18 geworden. Er macht im Frühjahr Abitur.«

Alois Schön wartete einen Moment, bevor er sein nächstes Anliegen vortrug. »Herr Malterer«, begann er behutsam, »obwohl Ihre Frau ihren Ausweis bei sich trug, muss sie von einem Angehörigen identifiziert werden.«

»Natürlich«, nickte der Witwer, »jetzt sofort?«

»Wenn sie sich dazu imstande fühlen.« Fragend sah der Leiter der Mordkommission den Ehemann an.

»Ich denke schon«, entgegnete dieser. »Auf jeden Fall wäre es mir lieb, wenn wir das erledigen können, solange die Kinder in der Schule sind.«

Unsicher betrat Franz Malterer den Sektionsraum der Rechtsmedizin in der Nußbaumstraße. Die beiden Kommissare nahmen den alten Herrn in ihre Mitte, stets damit rechnend, ihn auffangen zu müssen. Schließlich wäre er nicht der erste Mann, den beim Anblick seiner verstorbenen Gattin die Kräfte verlassen.

Erst als sie am Seziertisch standen, entfernte der Gerichtsmediziner das Tuch vom Gesicht der Ermordeten. Ihr Körper blieb weiterhin verhüllt.

»Ist das Ihre Gemahlin?«, erkundigte sich Alois Schön leise.

Der Witwer nickte stumm, jedoch deutlich erkennbar.

»Dann sollten wir gehen.«

»Einen Moment noch bitte.« Franz Malterer beugte sich über die Tote und gab ihr einen letzten Kuss auf ihre kalten Lippen. Anschließend drehte er sich behäbig um und ging langsamen Schrittes zur Tür.

Keine Träne, nicht einmal ein Schlucken. Nichts. Absolut gar nichts. Ohne jede Regung saß Franz Malterer im Fond des Wagens. Er ignorierte sogar die Matthäus-Kirche mit ihrem idyllischen Park, die sie bei der Ausfahrt am anderen Ende der Straße passierten. Erst als sie die Theresienwiese hinter sich gelassen hatten, erkundigte er sich, weshalb man ihn nicht nach Hause bringe.

Woraufhin Natascha erklärte, dass es am einfachsten und praktischsten sei, wenn man sich in den Räumen der Mordkommission unterhalte.

»Wann kommen Ihre Kinder nach Hause?«, begann Alois Schön die Vernehmung in sanftem Ton. Die Dame aus dem Schreibbüro protokollierte mit flinken Fingern mit.

»So um drei.«

»Möchten Sie, dass wir dabei sind, wenn Sie ihnen die Nachricht vom Tod ihrer Mutter überbringen?«

»Danke, das schaffe ich schon alleine.«

»Sicher?« Natascha sah den Witwer fragend an. Franz Malterer nickte mechanisch. Sein Blick war leer.

»Hatte Ihre Frau einen Grund, sich umzubringen?«, wollte Alois Schön nach einigen Sekunden des Nachsinnens wissen.

Franz Malterers Stirn zeigte deutlich, wie sehr er nach einer Antwort suchte. Bevor er anfing zu sprechen, räusperte er sich: »Nein, weshalb sollte sie so etwas tun? Und hätte man dann nicht die Tatwaffe im Fluss finden müssen?«

»Nicht unbedingt, es könnte ihr jemand geholfen haben.«

»Verstehe.«

Ungeachtet der schnellen Replik ließ Alois Schön dem Witwer Zeit, diesen Einwurf zu verarbeiten. Erst nach einer längeren Pause hakte er nach: »War Ihre Frau krank oder in ärztlicher Behandlung?«

»Natürlich hatte sie einen Hausarzt und ebenso einen Frauenarzt«, warf dieser den Kommissaren eine triviale Auskunft hin, bevor er erneut stoppte. »Sie litt unter Borreliose, aber das war nicht so schlimm«, behauptete er nach einer Weile des Überlegens in festem Ton, ehe er verunsichert nachfragte: »Oder haben Ihre Mediziner etwas anderes herausgefunden?«

»Die Untersuchungen laufen noch«, erwiderte Alois Schön. »Aber unabhängig davon möchten wir uns gerne persönlich mit den Ärzten unterhalten. Können Sie uns bitte die Adressen der Praxen geben?«

»Selbstverständlich, ich werde sie Ihnen zu Hause raussuchen«, versprach der Witwer.

Die Hände gefaltet, die Füße fest auf dem Boden, informierte er anschließend die Kommissare über die finanziellen Verhältnisse der Familie: Petra Malterer stammte aus einer Politikerfamilie. Von ihrem Vater hatte sie vier Wohnungen geerbt. Ferner hatte sie einen nicht minder vermögenden Mann geheiratet, der sich zudem vom Studienrat zum Fachbereichsleiter für Mathematik hochgearbeitet hatte. Geld war in diesem Haus nie ein Thema. Es war einfach da. Franz Malterer erläuterte, dass er vor einigen Jahren das Anwesen in Bogenhausen zwecks Ausnutzung der Freibeträge bei der Erbschaftsteuer auf seine Frau überschrieben habe. Da er davon ausgegangen sei, dass er aufgrund des Altersunterschieds wesentlich früher sterben würde, und weil an der Schule, an der er unterrichtete, Morddrohungen gegen Lehrer aufgetaucht seien. Sein Name habe ebenfalls auf der Liste gestanden. »Zwar wurden die Burschen schnell erwischt, aber so etwas gibt einem dennoch zu denken«, schloss er seine Ausführungen.

Nach einer kurzen Pause erkundigte sich Natascha, wann Franz Malterer seine Frau zuletzt gesehen habe.

»Gestern Abend, so um sechs«, antwortete der Witwer. »Petra hat sich von mir und den Kindern verabschiedet, als sie ins Training ging. Von dort wollte sie direkt zu ihren Freundinnen fahren.« Bereitwillig nannte er die Namen und Kontaktdaten der Damen: Michaela Schmidbauer aus Solln und Manuela Gerhard, wohnhaft im Lehel. Von deren Wohnung sei es zum P1 nicht weit. Daher hätten sich die Ladys bei Manuela verabredet.

»Haben Sie eine Idee, wer Ihre Frau umgebracht haben könnte?«

Franz Malterers Antwort ließ lange auf sich warten: »Na ja, Petra war vor einigen Monaten mal eine Zeit lang genervt, sie fühlte sich bedrängt. Meines Erachtens von einem Kollegen, der aufdringlich wurde«, regte sich der Witwer mehr und mehr auf. »Eine Unverschämtheit, der muss doch gewusst haben, dass sie verheiratet ist!« Seine Stimme vibrierte: »Manchen Leuten ist nichts heilig, nicht einmal das Sakrament der Ehe!« Sein Kopf wurde mit jedem Wort röter, bis er ihn hängen ließ. »Aber Petra hat mir seinen Namen nicht verraten … Ich weiß nur, dass sie sich bei unserer Polizeidienststelle erkundigt hat, was man gegen Stalking tun könne. Ihr wurde geraten, die Vorfälle aufzuschreiben und Unterlagen wie Briefe, E-Mails oder SMS zu sammeln.« Seufzend fügte er hinzu: »Das war wirklich keine große Hilfe.«

»Wir brauchen diese Notizen!«, erhob Alois Schön seine Stimme. Eindringlich sah er Franz Malterer an.

Was den alten Herrn offensichtlich irritierte. Er überlegte lange und angestrengt, wie man an seiner gerunzelten Stirn erkennen konnte. »Petra war nach dem Telefonat ziemlich sauer. Wo unsere Freunde und Helfer denn wären, wenn man sie braucht? Wozu sie so viele Steuern zahle, wenn sie am Ende den Herrn doch privat verklagen müsse!« Franz Malterer schien auf eine Reaktion der Kriminalbeamten zu warten. Deshalb dauerte es einen Moment, bis er fortfuhr: »Allein deswegen denke ich nicht, dass sie sich welche gemacht hat. Aber Sie können sich gerne in ihren Zimmern umsehen.«

Alois Schön wollte den Witwer beruhigen: »Ich werde mit den Kollegen vom Prinzregentenplatz Kontakt aufnehmen«, versprach er, bevor sie gemeinsam nach Bogenhausen fuhren.

»Wo ist eigentlich der Wagen Ihrer Frau?«, erkundigte er sich, als Franz Malterer die Gartentür aufschloss.

»Keine Ahnung«, zuckte der Angesprochene mit den Achseln und bat die Kommissare mitzukommen.

»Da steht nur meiner«, stellte er seufzend fest, nachdem sie die Garage betreten hatten.

Natascha machte Licht, konnte jedoch nichts Auffälliges feststellen. Rasenmäher, Gartenzubehör, zwei Fahrräder und ein Skateboard – alles stand ordentlich aufgeräumt an seinem Platz. Einzig und allein der zweite Stellplatz war verwaist.

»Vielleicht wissen ja die Freundinnen Ihrer Frau, wo das Auto geblieben ist.« Alois Schön sah Franz Malterer an. »Wenn wir es finden, benötigen wir Ihre Fingerabdrücke zum Abgleich. Und die Ihrer Kinder.«

»Selbstverständlich«, antwortete der Witwer leise, während sie durch den Garten gingen.

»Wie kann ich Ihnen sonst noch helfen?«, erkundigte er sich, als sie ihre Mäntel in der Garderobe aufhängten. Dabei starrte er verunsichert auf die Stufen, die ins obere Stockwerk führten.

»Wenn wir Sie brauchen, rühren wir uns«, erwiderte Alois Schön.

»Gut, dann warte ich im Wohnzimmer. Gehen Sie die Treppe nach oben. Die erste Tür rechts ist Petras Arbeitszimmer, ihr Schlafzimmer liegt direkt daneben.«

»Das ist wohl mehr ein Ankleide- als ein Arbeitszimmer«, stellte Natascha beim Betreten des ersten

Raumes fest. Zwar lagen auf dem Schreibtisch unter dem Fenster ein Tacker, sowie Textmarker, Schmierzettel und Stifte. Beherrscht jedoch wurde das Zimmer durch einen Standspiegel und zwei übergroße Schränke, in denen neben teurer Abendgarderobe Faschingskostüme, Skianzüge und sogar Pelzmäntel hingen. Genauso standen im Regal an der Wand nur wenige Ordner. Stattdessen diente es der Aufbewahrung älterer Ausgaben der Zeitschriften Cosmopolitan und Vogue.

»Die Dame hat sich hier wohl ihr eigenes Reich geschaffen«, fasste Alois Schön seine Eindrücke vom Schlafzimmer zusammen. Während das Wohnzimmer der Familie in Mahagoni und dunklem Leder gehalten war, schlief Petra Malterer in einem weißlackierten Wasserbett. Auf einem weißen Tisch am Fenster standen diverse Flakons mit teurem Parfüm sowie Fotos von den Kindern. Der Kleiderschrank, ebenfalls weiß, quoll über vor exklusiver Mode. Nicht ungewöhnlich bei einer Luxusfrau, aber Natascha war beeindruckt. Ansonsten wirkte alles normal: Ein Wecker auf dem Nachttisch, Schmuck, eine Schachtel Aspirin und ein Päckchen Taschentücher in dessen Schublade. Auf dem Bett lag ein ausgeschaltetes Notebook, daneben der Heine-Katalog. Aufgeschlagen war eine Seite mit Abendgarderobe.

Sie nahmen den Laptop, versiegelten die Türen und gingen wieder nach unten.

Am Wohnzimmertisch wartete Franz Malterer mit

einem Umschlag, der die Kontaktdaten der beiden Ärztinnen enthielt. »Keine Ahnung«, antwortete er auf die Frage nach dem Passwort, »der PC meiner Frau interessiert mich nicht. Auch ihre Zimmer betrete ich nur selten. Ich achte ihre Privatsphäre.«

»Haben Sie etwas dagegen, wenn wir ihn mitnehmen? Unsere Experten finden das Kennwort bestimmt heraus.«

»Machen Sie nur, ich brauche ihn nicht. Bei uns besitzt jedes Familienmitglied sein eigenes Gerät.«

Damit war das Gespräch beendet. Die Kommissare vereinbarten, am nächsten Morgen zwecks Vernehmung der Kinder wiederzukommen.

Zur Befragung der Nachbarn trennten sie sich. Während sich auf der Seite von Alois Schön überwiegend Villen älteren Baujahrs befanden, durfte Natascha zumeist an Wohnungen moderner Mehrfamilienhäuser klingeln. Eine Entwicklung, die den steigenden Grundstückspreisen geschuldet war, und die sich im Fachjargon ›Nachverdichtung‹ nennt: Wo früher ein Anwesen mit großem Garten, Schwimmbad und höchstens einer Einliegerwohnung stand, platzierte ein Bauträger nach dem Erwerb des Grundstücks mindestens sechs Apartments, um den Bebauungsplan und den Return on Invest maximal auszureizen.

Während die neuen Anwohner der Straße mangels Kontakt zur Familie so gut wie gar nichts über diese berichten konnten, erzählten die alteingesessenen Nachbarn ausschließlich Positives: Die Malterers seien überaus nett, die Kinder gut erzogen, der Ehemann gebildet und seine Frau ein ausgesprochen fesches Madel. Alois Schön musste häufig nicht einmal seinen Ausweis zeigen, bevor er sich die Lobeshymnen anhören durfte.

Kritisch äußerte sich bloß der Bewohner der Dachgeschosswohnung des Neubaus an der Straßenecke. Ein Architekt, wie das Klingelschild verriet. Ausgestattet mit einem enorm großen Ego, wie Natascha schon kurz nach Vorzeigen ihres Dienstausweises feststellte. Auf seine Frage, seit wann denn die Polizei Models einstelle, hatte sie noch mit einem Lächeln reagiert. Doch schon seine nächste Bemerkung, bei einer so hübschen Kommissarin lohne es sich ja fast, einen Mord zu begehen, empfand sie als ungehörige Anmache. Deshalb erwiderte sie trocken, er möge sich das gut überlegen. Denn sie könne – ein zynisches ›bei aller Liebe‹ konnte sie sich gerade noch verkneifen – nicht garantieren, dass sie dann auch für ihn zuständig sei. Schließlich gebe es mehrere Mordkommissionen in München. Alsdann erklärte sie nüchtern, dass man Petra Malterer tot aufgefunden habe, und nun alle Nachbarn befragen müsse.

»A geh … des wundert mi ned, bei der Matz!«, kommentierte der Architekt die Geschehnisse. Dabei huschte ihm ein spöttisches Grinsen über das Gesicht. Anschließend fügte er hinzu: »Die Petra un ihre Freindin, des woar'n zwoa ganz bleeda Henna.«

»Können Sie das bitte genauer ausführen?« Natascha bemühte sich, ihre Verwunderung zu verbergen.

»Jo mei. Zickig woar'ns halt.« Mit einem Mal wurde der Mann wortkarg. »Obwoi ... wenn i mir's recht überleg ...«

»Ja, was denn nun?« Die Stimme der Kommissarin wurde laut und ungeduldig. »Kennen Sie jemanden, der als Mörder von Frau Malterer infrage kommt?«

»Na, so schlimm woar's a wieda ned.«

Natascha erkannte, dass sie dem Herrn keine weiteren brauchbaren Informationen über die Tote entlocken würde. Deswegen erkundigte sie sich: »Können Sie uns denn etwas über die Freundin von Frau Malterer sagen?«

»Ieber die Saskia? Des woar a Schlamp'n!«

Natascha hob die Augenbrauen, sah den Nachbarn fragend an.

Doch sie erntete nur Schweigen. »Können Sie die Dame beschreiben?«, fügte sie deshalb hinzu. »Ist sie groß oder klein? Sportlich? Schlank?«

»Schaut ganz guad aus, is aba ned mei Typ.«

Eine Aussage, die die Kommissarin veranlasste, sich im Zimmer umzusehen. Denn es fiel ihr schwer, ihre Antipathie gegenüber diesem Zeugen zu verbergen. Durch das große Panoramafenster sah sie nach unten in den gepflegten Garten, am Horizont erblickte sie die Hochhäuser am Arabellapark. Die einen Spalt weit geöffnete Tür gewährte den Blick auf eine moderne Küche vom Feinsten mit der Herdzone in der Mitte. Diese Wohnung ließ ein gewisses Vermögen des Besitzers erahnen. War das der Grund, weshalb der Kerl zu glauben schien, alle Frauen müssten bei seinem Anblick sofort in Ohnmacht fallen? Weil man sah, dass er regelmäßig im Fitnessstudio trainierte? Natascha war sicher, dass die wenigsten Damen die Selbstwahrnehmung dieses Herrn bejahten. Denn dass seine Arme an Schraubzwingen erinnerten und seine Hände ungepflegt waren, hatte ihm vermutlich noch keiner gesagt. Genauso wie sein Schnauzer und seine gegelten Locken nicht unbedingt als up to date bezeichnet werden konnten.

Nun hatte auch der Architekt begriffen, dass man mit seiner Antwort nicht zufrieden war. »Mei, so hoit, net wahr, so circa … verstehst?« Er streckte seinen Arm aus und wippte mit diesem einige Zentimeter auf und ab, bis er auf einer Höhe von etwa 1,55 Meter stehenblieb.

Natascha drehte sich um.

»Die Figur passt. D-Körbchen würd i sagen«, fügte der Zeuge eilig hinzu.

»Ist sie Brillenträgerin? Sind Ihnen irgendwelche unverwechselbaren Merkmale aufgefallen? Vielleicht ein Tattoo?«

»Naa, ned, dass i wissat!«

»Oder wissen Sie, wie die Dame mit Nachnamen heißt und wo sie wohnt?«

»Na, so guad kenn i sie a ned! I woaß nur, dass sie Saskia hoaßt un glaab, dass sie in Minga woahnt.«

»Könnten Sie ein Phantombild von Saskia erstellen?«

Der Architekt sah Natascha fragend an: »Wos soi des bringa, glaabst des? Die wechselt d'Frisur fast so oft wia de Mannsbuilder. A jed's Moi, wenn i die g'sehn hob, hod's anders ausgschaut. Und immer hod's an Haufa Spachtelzeig im Gsicht g'habt. Ohne Schminke is di g'wiss voi schiach!«

Erneut musste Natascha tief durchatmen. Sie ging zum Fenster, das zur Straße zeigte. Vom Grundstück der Malterers sah man nur die Hecke und einen unbedeutenden Teil des Gartens. Was sie jedoch freute, war der Umstand, dass Alois Schön bereits am Auto auf sie wartete. Sie gab dem Zeugen ihre Visitenkarte und bat ihn, sich zu ihrer Verfügung zu halten. Ebenso solle er unverzüglich auf sie zukommen, wenn ihm noch etwas einfiele.

»Mach i, scheene Frau«, verabschiedete sich der Stenz.

»Selbstmord aus finanziellen Gründen können wir wohl ausschließen«, erklärte die Kommissarin auf der Rückfahrt ins Büro.

»Vielleicht litt sie ja unter Depressionen!«

»Das wird der Doc herausfinden!« Natascha beugte sich nach vorn und drehte den Kopf, um ihren Chef ansehen zu können: »Wie, glaubst du, werden die Kinder reagieren?«

»Schwer zu sagen«, erwiderte dieser, »hoffen wir, dass sie nicht durchdrehen!« Natascha nickte.

Doch Alois Schön brannte eine weitere Sache unter den Nägeln: »Kannst du mir erklären, was eine junge, hübsche Frau an einem so alten Kerl findet?«

Natascha ließ sich mit der Antwort Zeit: »Also wenn ich etwas mit einem Mitt-Fünfziger anfangen würde …« Sie schüttelte sich.

»Also bitte«, monierte der Leiter der Mordkommission. »Auch wenn es bei mir bis dahin noch ein paar Jährchen hin sind.« Er schmunzelte. »Und ich mir bewusst bin, dass nicht jeder …«

»Warum fühlst du dich eigentlich angesprochen, mein lieber Alois?«, fiel Natascha ihm ins Wort. Sie lachte laut auf. »Vor allem, weil dich deine Beate doch gut in Schuss hält! Man sieht, dass du Sport treibst, nur ein leichter Bauchansatz …«

»In Bayern sagt man: unter 80 Kilo is koa Mo ned!«, wurde sie unterbrochen, »bei knapp 1,80 Metern ist das doch weiß Gott nicht zu viel! Aber unabhängig davon … ihr jungen Dinger könnt doch die Vorteile des Alters und seiner Erfahrung gar nicht wertschätzen!«

»… und eine flotte Frisur, nicht zu vergessen! Obwohl es ein paar Haare mehr sein könnten«, führte die Kommissarin ihren Gedanken trotzdem zu Ende. Sie grinste: »Im Übrigen finde ich es gut, wenn du für deine Generation eine Lanze brichst!« Danach wurde sie wieder ernst: »Aber um deine Frage zu beantworten, lieber Alois. Da fallen mir eigentlich nur zwei Gründe ein: Geld und Vaterersatz!«

»So jung und schon so abgebrüht«, kommentierte der Leiter der Mordkommission die Äußerung seiner 24-jährigen Mitarbeiterin. »Kein Wort von Liebe!«

»Liebe kann auch mal vorkommen. Immerhin haben sie zwei Kinder.« Nach kurzem Nachdenken fügte Natascha hinzu: »Wir werden schon herausfinden, wie glücklich die Ehe war.«

Am Nachmittag fuhr Alois Schön in die Rechtsmedizin. »Schon was rausgefunden, Doc?«

»Klar«, schmunzelte dieser. »Frau Malterer gehört zu den Damen, die ich lieber in meinem Bett als auf meinem Seziertisch sehe. Ausgesprochen sexy und abgesehen von wenigen Treibspuren erstklassig in Schuss.«

»Jetzt krieg dich mal wieder ein!« Alois Schön runzelte die Stirn. Er kannte den Leiter der Gerichtsmedizin schon lange und schätzte ihn sehr. Aber an seinen Humor würde er sich nie gewöhnen. »Was denkst du, wie lange ist sie bereits tot?«

Der Doc überlegte: »Als sie mir heute Morgen gebracht wurde, war es kurz vor 10. Da ließen sich die Totenflecken nicht mehr vollständig umlagern. Allerdings lassen sie sich auch jetzt noch gut wegdrücken. Wenn ich die anderen Ergebnisse berücksichtige, würde ich sagen, unsere Schönheit ist heute zwischen 2 und 3 Uhr umgebracht worden.«

»Das könnte hinkommen. Nach den Angaben ihres Mannes war sie mit ihren Freundinnen in der Disco.

Es spricht also vieles dafür, dass sie auf dem Heimweg erschossen wurde. Oder gibt es Anzeichen für Selbstmord?«

»Bis jetzt nicht. Genauso können wir meiner unbedeutenden Erfahrung nach auch Raubmord ausschließen. Die Tote trug noch ihren gesamten Schmuck.«

Alois Schön drehte sich zur Seite, um den Doc anzusehen: »Sonst noch was?«

»Momentan nicht. Es dauert halt, bis die Blutwerte fertig sind.«

»Nimm dir so viel Zeit, wie du brauchst«, verabschiedete sich der Leiter der Mordkommission.

DIE FAMILIE

»Mama, ich muss dir unbedingt was erzählen!« Lenas Stimme überschlug sich vor Aufregung, als sie die Haustür mit aller Kraft zur Seite stieß, »du wirst dich totlachen.« Schnell zog sie ihre nassen Schuhe aus, schmiss Rucksack und Anorak in die Ecke und stürmte in die Küche. Dort traf sie auf ihren Vater: »Hi, Paps. Hast du Mama gesehen?«

Franz Malterer antwortete nicht.

»Hey Mama, wo bist du?« Das Mädchen schien bereits auf dem Sprung ins obere Stockwerk, als es realisierte, wie bekümmert der Vater schaute. »Was ist mit ihr?« Verunsichert sah es ihn an.

Doch es erhielt nur betretenes Schweigen.

»Sag schon!«

Franz Malterer öffnete die Arme, ging einen Schritt auf seine Tochter zu. »Sie ist tot«, sprach er kaum vernehmbar.

Lena wich intuitiv zurück, suchte nach Halt. Sie schrie: »Du spinnst doch, das kann doch nicht sein!« Tränen bahnten sich ihren Weg über das verzerrte Gesicht der Schülerin.

Als Franz Malterer zwei weitere Schritte in Richtung seiner Tochter gemacht hatte, war es bereits geschehen: Eine Fontäne Erbrochenes beschmutzte den

Ärmel seiner Strickjacke, der Rest landete auf den hellen Küchenfliesen. Lena war nicht einmal in der Lage gewesen, sich zur Spüle zu wenden, um in den Ausguss zu spucken. Sie stand da, als ob sie gerade einen Zombie gesehen hätte. Und als ihr Vater versuchte, sie zu berühren, rannte sie auf ihr Zimmer und warf sich auf ihr Bett. Ihr Gesicht im Kopfkissen vergraben weinte sie hemmungslos.

»Was ist denn hier passiert?«, rümpfte ihr Bruder die Nase, als er fünf Minuten später gleichfalls aus der Schule kam. »Ich wisch das nicht auf!«

»Deine Schwester hat sich übergeben, als ich ihr die Nachricht vom Tod eurer Mutter überbracht habe.«

Nun schluckte auch Maximilian. Nichtsdestotrotz behielt er die Fassung: »Hatte sie einen Unfall? Wurde sie angefahren?«

»Sie wurde erschossen«, erwiderte der Vater leise.

Für einen Moment war Maximilian sprachlos. Dann stieg er mit seinen langen Beinen über das Erbrochene, nahm sich eine Flasche Cola aus dem Kühlschrank und verschwand ebenfalls im ersten Stock.

Es dauerte eine ganze Weile, bis Franz Malterer alle Putzmittel beisammen hatte, um das Missgeschick seiner Tochter zu beseitigen. Anschließend ging er ins Bad, um seine Strickjacke im Waschbecken einzuweichen.

Lena rührte sich nicht, als er bei ihr klopfte. Behutsam öffnete der Vater die Tür, um nach dem Rechten zu schauen. Das Mädchen lag nach wie vor auf dem Bett.

Franz Malterer zwang sich zu einem Lächeln: »Was wolltest du Mama denn Lustiges erzählen?«

Die Tochter reagierte nicht. Ebenso wenig antwortete sie auf die Frage, ob sie etwas trinken wolle. Damit war Franz Malterer mit seinem Latein am Ende. Ihm fiel nichts mehr ein, womit er Lena helfen könnte.

Maximilian hingegen hatte seine Kopfhörer auf und trommelte mit den Fingern im Takt auf den Schreibtisch. Die Musik war so laut, dass man die Bässe hören konnte. »Du wirst noch taub bei dem Krach!«, monierte der Vater. Doch sein Sohn drehte sich nicht einmal zu ihm um.

Franz Malterer schloss daraus, dass es Maximilian einigermaßen gut ging. Er verließ den Raum und kurz darauf das Haus, um in St. Georg für seine Frau zu beten.

Er liebte die ehemalige Dorfkirche, selbst wenn sie inzwischen nur noch den Status einer Filialkirche innehatte. Allein der barocke Hochaltar sowie die kunstvoll gestaltete Kanzel lohnten den Besuch. Nachdem er sich am Eingang bekreuzigt hatte, kniete er sich in die Bank in der ersten Reihe. In diesem Moment wollte er Gott so nahe wie möglich sein. Inständig betete er, dass Petra in den Himmel komme. Immerhin hatte sie ihm zwei Kinder geschenkt. Er kaufte die teuerste Kerze, die er fand. Ebenso steckte er einen großen Schein in den Opferstock.

Am Freitagmorgen erstatteten die Taucher Bericht. Das Wetter war gut gewesen und so hatten sie den ganzen Bereich vom neuen Praterkraftwerk bis zum Oberföhringer Wehr absuchen können. Eine Strecke, die Münchner und Touristen zum Spazierengehen und Joggen einlädt: links entlang der Jugendstilhäuser im Lehel oder rechts auf der Heinrich-Mann-Allee, vorbei an den Diplomatenvillen in Bogenhausen. Architekturbegeisterte finden hier sämtliche Baustile nebeneinander, von der Atriumvilla, die an die Römerzeit erinnert, über kleine Ritterburgen bis hin zu hypermodernen Immobilien. Gemeinsam ist diesen Häusern der Umstand, dass sie für Normalsterbliche alle unbezahlbar sind. Doch die Taucher hatten weder Zeit zum Sightseeing noch zum Entspannen. Wie immer wurden verschiedene Dinge, die in einem Fluss nichts verloren haben, entdeckt: zwei kaputte Fahrräder, ein Mofa und mehrere Autoreifen. Die Tatwaffe fanden sie jedoch nicht.

Alois Schön rief in der Gerichtsmedizin an: »Gibt's was Neues, Doc?« Er bevorzugte es, schnell und auf dem kleinen Dienstweg informiert zu werden.

»Nicht viel, Alois, tödlich war der Schuss ins Herz. Handelsübliche neun Millimeter, aber das hätte selbst ein Blinder festgestellt. Ein Sexualdelikt scheidet ebenfalls aus. Die Tote hatte keinen Geschlechtsverkehr und schwanger war sie auch nicht.«

»Danke, das ist mehr, als ich erwartet habe«, freute

sich der Leiter der Mordkommission. Dieser Freitag schien ein guter zu werden.

Als Alois Schön und Natascha wie vereinbart um 10 Uhr in Bogenhausen klingelten, sahen sie, wie ein junges Pärchen an der Wand zur Garage lehnte und heftig rumknutschte. Die Finger des Burschen steckten unter dem Reißverschluss der dicken Steppjacke, die die Frau trug.

»Hast du immer noch nicht genug, Maxi?«, beschwerte sich diese, »lass das, ich muss zur Arbeit!« Ein letzter Kuss und Maximilian lief mit den Kommissaren ins Haus. Doch anstatt diesen ins Wohnzimmer zu folgen, rannte er wortlos die Treppe hoch.

Mit ihren roten Haaren und den Sommersprossen erinnerte Lena an Pippi Langstrumpf, auch wenn ihre Haare dünner und länger waren. Natascha überlegte, welchem Elternteil die Tochter ähnlich sah, kam jedoch zu keinem Ergebnis. Vermutlich glich sie einem ihrer Großeltern. Das Mädchen trieb Sport, das war unverkennbar. Sie zählte nicht zu den Computer-Kids, denen man die mangelnde Bewegung schon in jungen Jahren am Umfang ihrer Oberschenkel und den Fettpolstern an den Hüften ansieht. Im Gegenteil: Lena war ausgesprochen dünn. Obendrein wirkte sie durch ihren langen Oberkörper im Sitzen größer als sie wirklich war.

Aber heute sah sie richtig schlecht aus. Man erkannte sofort, dass sie heftig geweint hatte. Ihre Haarspitzen klebten in der Tränenflüssigkeit auf ihrer Backe. Die Augen gerötet und umrändert, was auf fehlenden Schlaf hindeutete.

»Wie geht es dir, Lena?«, erkundigte sich Natascha. Keine Antwort.

»Sie hat die ganze Nacht geweint. Ich glaube nicht, dass sie Ihnen viel helfen kann«, meldete sich der Vater zu Wort.

Das Mädchen saß einfach nur da und ließ das Geschehen über sich ergehen. Sie war im wahrsten Sinne des Wortes nur körperlich anwesend. Ihre Gedanken schienen vollkommen woanders zu sein.

Natascha zupfte sie vorsichtig am Ärmel: »Lena, kannst du uns sagen, wann du deine Mutter zuletzt gesehen hast?«

»Am Mittwoch, vor dem Training«, schniefte die Kleine.

Natascha bot ihr ein Papiertaschentuch an: »Danke, du machst das ganz toll. War da irgendetwas Besonderes?«

Lena schüttelte den Kopf.

»Was habt ihr gemacht? Worüber habt ihr geredet?«

»Mama war voll gut drauf!« Tränenüberströmt und völlig verzweifelt rannte die Kleine aus dem Zimmer. Weder die beiden Kommissare noch ihr Vater versuchten sie aufzuhalten.

»Wo ist eigentlich Ihr Sohn, Herr Malterer?«, erkundigte sich Alois Schön, »kommt er gleich runter?«

»Ich denke nicht. Wir hatten Streit.«

Natascha wunderte sich, dass der Witwer das so offen zugab: »Worum ging es denn?«

»Er hat mir gestern Abend erklärt, dass er so schnell wie möglich ausziehen will. Da bin ich laut geworden und er ist auf sein Zimmer gerannt.«

»Haben Sie etwas dagegen, wenn ich zu ihm gehe und ihm ein paar Fragen stelle?«

Der Vater schüttelte den Kopf. »Geh'n Sie nur. Die Treppe hoch, die letzte Tür auf der linken Seite. Mich will er momentan sowieso nicht sehen. Er hat nicht einmal Guten Morgen gesagt!«

»In Ordnung, Frau Frey. Ich mache dann hier alleine weiter«, genehmigte Alois Schön die Pläne seiner Mitarbeiterin. Obwohl es mit Franz Malterer nicht viel zu bereden gab, hielt er es für zielführender, wenn sich Natascha alleine mit dem Sohn unterhielt.

Die Kommissarin klopfte: »Grüß Gott, Herr Malterer. Mein Name ist Natascha Frey. Darf ich reinkommen?«

»Immer hereinspaziert, solang's kein Lehrer ist.«

Maximilian lag in Jeans und T-Shirt auf dem Bett. Mit seinen blonden, fast schulterlangen Haaren sah er aus wie eine jugendliche, schlaksige Ausgabe von Hansi Hinterseer. Seine Hände hatte er hinter dem Kopf verschränkt.

Natascha stellte sich kurz vor und setzte sich auf den Stuhl am Schreibtisch: »Ihre Freundin ist ja schwer in Sie verliebt!«

»Stimmt, ich habe Martina gestern angerufen und ihr erzählt, was passiert ist.« Maximilian lehnte seinen Oberkörper an die Wand. Die Beine verschränkte er im Schneidersitz. »Sie ist sofort losgefahren, um mich zu trösten. Und ist natürlich über Nacht geblieben.« Mit einem anzüglichen Lächeln musterte er die Kommissarin von oben bis unten: »Ich wusste ja nicht, dass Sie kommen!«

Eine Bemerkung, die Nataschas Blutdruck ansteigen ließ. Sie war sich darüber im Klaren, dass sie mit ihren 1,73 Metern, der schlanken Figur und den langen blonden Haaren auf viele Männer anziehend wirkte. In der Disco hätte sie einem jungen Burschen wie Maximilian Malterer vermutlich erklärt, er möge heim zu seiner Mami gehen. Vielleicht hätte sie auch nur erwähnt, dass sie einen festen Freund habe. In dieser Situation jedoch kotzte sie Maximilians Verhalten einfach nur an. Am liebsten hätte sie ihn gefragt, ob er eigentlich noch ganz richtig im Kopf sei, dass er am Todestag seiner Mutter mit seinem Vater Streit anfange? Ob er denn keine Anzeichen von Mitleid, Wehmut oder Trauer verspüre? Auch das Benehmen der Freundin und ihre Art, Trost zu spenden, fand sie völlig unpassend, um nicht zu sagen abstoßend. Dieses Gebaren passte eher zu einem eiskalten Mörder als zu einem trauernden Sohn. Aber genau deswegen musste sie sich zügeln. Egal wie berechtigt ihre Vorwürfe waren, für ihre Ermittlungen waren sie hinderlich.

Also erkundigte sie sich freundlich: »Sie hatten Streit mit Ihrem Vater?«

»Wenn er das so sieht.« Für einen Moment zog Maximilian die Mundwinkel nach oben. »Ich habe ihm nur gesagt, dass ich nach dem Abitur ausziehen werde.« Dieses Mal war die Pause länger. »Ich weiß gar nicht, warum sich der Alte so aufregt? Er kennt doch meine Meinung!« Seine Stimme wurde mit jedem Satz lauter: »Was will ich denn noch hier? Jetzt, wo sich die Umstände total geändert haben … Mein Vater hat doch eh schon mehr Kontakt zum Pfarrer als zu mir!« Maximilian holte tief Luft, bevor er trotzig hinzufügte: »Außerdem vererbt mir meine Mutter eine 3-Zimmer-Wohnung in Schwabing, das hat sie testamentarisch verfügt. Die ist zwar zurzeit noch vermietet, aber die Kündigungsfrist beträgt nur drei Monate. Da ist dann genügend Platz für meine Maus und mich.« Das Grinsen, das der Abiturient erneut aufsetzte, verursachte kurzzeitig ein Zucken in Nataschas Hand. »Die kümmert sich dann um mich – und gewiss besser als mein Vater!«

Dennoch blieb sie gelassen. »Wovon wollen Sie leben?«

»Solange ich studiere, muss mir mein Vater Unterhalt zahlen. Dafür sorge ich schon.« Maximilians Blick ließ keinerlei Zweifel an seiner Entschlossenheit. »Im Übrigen besaß meine Mutter noch ein schönes Aktiendepot. Ich bekomme doch von allem ein Viertel! Auch das Haus hier hat meiner Mutter gehört.

Wenn mich mein Vater nicht ausbezahlen kann, muss er es halt verkaufen. Das ist eh zu groß für zwei Personen!«

Es kostete Natascha viel Mühe, nicht die Beherrschung zu verlieren. Aber es gelang ihr. »Wann haben Sie Ihre Mutter zuletzt gesehen?«, erkundigte sie sich in ruhigem Ton.

»Vorgestern, das hat Ihnen doch bestimmt schon mein Vater erzählt!« Die ganze Vernehmung schien Maximilian zu langweilen.

»Das reicht nicht.«

Der Abiturient bewegte sich nach vorne, stellte seine Füße fest auf den Boden und stützte die Arme auf seine Knie. »Wieso denn das? Verdächtigen Sie mich etwa?« Mit grimmigem Blick sah er die Kommissarin an.

»Nein, Herr Malterer. Das würden wir Ihnen mitteilen«, blieb Natascha vollkommen unbeeindruckt. »Trotzdem müssen wir die letzten Stunden im Leben Ihrer Mutter genauestens rekonstruieren und benötigen dazu so viele Informationen wie möglich.« Emotionslos lächelte sie den jungen Burschen an. »Selbstverständlich können Sie jederzeit einen Anwalt zu Rate ziehen oder die Aussage verweigern, wenn Sie der Meinung sind, dass Sie damit sich oder jemanden aus Ihrer Familie belasten.«

»Also gut, wenn's unbedingt sein muss«, gab sich Maximilian nach kurzem Nachdenken gönnerhaft. Dann erzählte er, dass Petra Malterer nach dem Fitnessstudio mit zwei Freundinnen zur Crazy Cocktail Night ins P1 wollte. Dabei lümmelte er sich in die obere Ecke seines Bettes, die die Wand berührte.

»Ist Ihre Mutter nicht zu alt fürs P1?«

»Wenn Sie mich so fragen …« Der Abiturient machte eine Pause. »… schon. Is' mir aber egal«, fügte er schnell hinzu, »Soll sie doch in den Promi-Club gehen, solange sie nicht bei mir und meinen Freunden in der 089 Bar auftaucht!« Sein Tonfall wurde mit jedem Wort lauter und aufmüpfiger, ehe er sich anschließend wieder beruhigte: »Außerdem kennt sie Nora, die Chefin. Dadurch kommt sie an der Security locker vorbei.«

»Weshalb ist Saskia nicht mit?«, erkundigte sich Natascha freundlich. »So, wie mir die Freundin Ihrer Mutter beschrieben wurde, gefällt's ihr im P1 sicherlich auch!«

Maximilian zuckte mit den Achseln, während er die Kommissarin argwöhnisch anschaute. »Ich kenn nur eine Saskia …« Er verzog sein Gesicht zu einer grinsenden Fratze. »… aber die ist im Jahrgang unter mir.«

Natascha beschloss daraufhin, das Thema zu wechseln: »Hatte Ihre Mutter Feinde?«

»Nicht, dass ich wüsste.«

Die Kommissarin stand auf und trat bis auf einen Schritt ans Bett heran. »Oder vielleicht einen Liebhaber?« Sie hielt diese Frage für durchaus angemessen. Schließlich machte das P1 sogar Werbung mit der Zahl der angeblich dort begonnenen One-Night-Stands.

»Keine Ahnung. Kann sein, muss aber nicht.« Maximilians Oberkörper rutschte Zentimeter um Zentimeter die Matratze entlang, bis er in seiner vollen Länge dalag. Er stützte seinen Kopf auf den angewinkelten Ellbogen: »Geflirtet hat sie auf jeden Fall sehr gerne.« Für einen Moment sah er zur Decke. »Allerdings glaube ich nicht, dass sie ihre Ehe aufs Spiel setzen würde. Sie konnte ja eh machen, was sie wollte: ausgehen, shoppen, verreisen – mein Vater hat ihr alle Rechnungen bezahlt!«

Das Gespräch mit Franz Malterer verlief so wortkarg wie erwartet. Nein, er habe seine Frau nicht per SMS gefragt, wann sie nach Hause komme. Ja, es sei durchaus normal, dass es sehr spät beziehungsweise früh würde, wenn Petra mit ihren Freundinnen ausginge. Nein, er besitze keine Waffe. Mit dem Namen Saskia könne er ebenfalls nichts anfangen. Deswegen könne es sich nur um eine flüchtige Bekannte oder um eine Kollegin seiner Frau handeln.

Stattdessen schien ihn ein anderes Thema viel stärker zu beschäftigen: »Können Sie schon abschätzen, wie lange Sie noch für Ihre Untersuchungen brauchen? Wegen der Beerdigung!«

»So wie es aussieht, können wir die Leiche Anfang der Woche freigeben.«

»Sehr gut, dann kann ich am Sonntag nach dem Kirchgang mit unserem Pfarrer bereits einige Dinge besprechen.« Im Gesicht von Franz Malterer machte sich ein Lächeln breit.

Eine Minute später kam Natascha die Treppe herunter. Daraufhin verließen die Kommissare die Villa in Bogenhausen.

SPURENSUCHE

»Ich werde mit Martina Beck reden, während du dich mit den Freundinnen von Petra Malterer unterhältst.« Natascha hatte ihr Handy bereits am Ohr.

Das Team von Alois Schön bestand nur noch aus ihm und seiner jungen Kollegin. Seine Stellvertreterin, Diana Schubert, stand kurz vor der Entbindung ihres ersten Kindes, Martin und Julia drückten wieder die Schulbank in Fürstenfeldbruck.

Die Kommissarin erreichte die Freundin von Maximilian Malterer während der Arbeit. Martina versprach, nach Dienstschluss in die Hansastraße zu kommen.

Ihre Worte wählte sie wohlüberlegt. Sie kenne Maximilian seit 19½ Wochen und sei in seinem Haus mit offenen Armen empfangen worden. Mit seiner Mutter habe sie sich blendend verstanden.

»Dieses Glück hat nicht jeder!«

»Ja, das stimmt. Maxis Eltern waren ausgesprochen nett zu mir. Wirklich zuvorkommend.«

»Es gab also niemals Streit oder Diskussionen?«

»Nein, überhaupt nicht.«

»Das wundert mich.« Natascha runzelte bewusst die Stirn, sah die Zeugin fragend an: »Wollten Maximilian und Sie nicht zusammenziehen?«

»Genau! Weil wir uns lieben!« Die junge Frau strahlte über das ganze Gesicht, ehe sie Kopf und Stimme senkte: »Leider ist meine Wohnung für uns beide zu klein. Sonst wäre Maxi schon längst bei mir.«

»Für Ihren Freund scheint dieser Punkt von großer Bedeutung zu sein.«

Martina Beck überlegte kurz, bevor sie antwortete: »Klar, schließlich liebt mich der Maxi genauso wie ich ihn! Aber seine Eltern haben diesbezüglich auf stur geschaltet.«

»Gab es deswegen häufig Streit?«

»Ein, zwei, … vielleicht drei Mal?« Die Zeugin lächelte verlegen.

»Und sonst?«

Martina Beck schwieg. Dennoch war unschwer zu erkennen, wie es hinter ihrer Stirn arbeitete.

»Frau Beck«, erhob Natascha daraufhin ihre Stimme. »Sie müssen mir antworten! Es sei denn, Sie würden sich mit Ihrer Aussage selbst belasten.«

»Aber Maxi ist doch mein Freund!« Die junge Frau riss die Augen weit auf.

»Eben. Solange Sie nicht offiziell verlobt oder verheiratet sind, sind Sie als Zeugin zur Auskunft verpflichtet.«

Es dauerte einen Moment, bis Martina Beck diesen Einwand verdaut hatte. »Also gut.« Ihr fiel es schwer, die Kommissarin anzusehen. »Maximilian hat sich öfter darüber aufgeregt, dass er kein eigenes Auto besitzt. Seine Mutter meinte, dass zwei Fahrzeuge in der Familie reichen, und er ihren Wagen benutzen könne.«

»Da hat sie doch vollkommen recht!«

»Eigentlich schon. Aber immer, wenn er ihn wollte, hieß es, sie benötige ihn ebenfalls. Das hat ihm gehörig gestunken. Und sein Vater ließ ihn mit dem 500er-Mercedes nur ungern fahren.«

»Haben Sie denn kein Auto?«

»Doch, einen gebrauchten Polo!« Das passte zu ihr. Martina Beck wirkte sehr natürlich. Wenig Schminke, braune Stretchhose, braune Stiefel und eleganter Strickpulli. Überaus attraktiv, aber nicht überkandidelt. Ihre langen Haare hatte sie zu einem Zopf geflochten.

»Dann hätte Maximilian also gar kein eigenes Auto benötigt.«

»Eigentlich nicht. Aber ein 3er-Cabrio ist natürlich etwas anderes als ein Polo. Maxi ist ein Autofreak!«

»Das heißt?«

»Er liebt Autos. Und kennt sich unheimlich gut damit aus. Dauernd diskutiert er mit seinen Freunden, welche Felgen schöner sind und welcher Auspuff geiler klingt.«

Natascha zog die Augenbrauen nach oben. Immerhin animierte ihre Grimasse die Zeugin weiterzureden: »Deshalb hat es ihm so gestunken, dass er selbst keinen eigenen Wagen besitzt.«

»Aber er konnte doch mit Ihrem Polo fahren. Das ist doch besser als gar nichts!«

»Schon. Allerdings wurde er dann von seinen Kumpeln gehänselt. Weil er mit meinem Polo daherkommt und nicht wie sie mit einem Golf GTI oder einem SLK!«

»Bei diesen Freunden braucht man keine Feinde mehr«, merkte Natascha trocken an.

Obwohl ihr angesichts dieser Bemerkung ein Lächeln über das Gesicht huschte, stockte Martina Beck. »Einmal ist Maxi …« Verzweifelt sah sie die Kommissarin ihr gegenüber an: »Muss das wirklich sein?«

Als Natascha unerbittlich nickte, fuhr sie sichtlich erregt fort: »Er ist vollkommen ausgerastet! Er hat seinen Spezi auf den Boden geschubst, einen Stein aufgehoben und gedroht, diesen auf seinen Freund zu werfen. Gott sei Dank konnte ich ihn besänftigen.« Sie atmete hörbar aus: »Und seine Kumpels halten sich seitdem mit ihren Äußerungen etwas zurück.«

»Aber der Streit mit seinen Eltern ging weiter.«

»Eigentlich …« Martina Beck stoppte mitten im Satz: »Mal mehr, mal weniger.«

»Und Sie hat das völlig kalt gelassen?« Natascha sah die Zeugin eindringlich an.

»Natürlich nicht! Oder freuen Sie sich, wenn ihr Freund ständig schlechte Laune hat? Also habe ich stets versucht, Maxi zu beruhigen. Ansonsten habe ich mich aus der Sache rausgehalten. Es hätte an der Situation eh nichts geändert.«

Natascha setzte sich entspannt auf ihrem Stuhl zurück. »Wie war denn Ihr Verhältnis zum Vater von Maximilian?«

»Super«, geriet die Zeugin ins Schwärmen, »Franz Malterer ist ein echter Gentleman. Und sooo gebildet!« Ihre Augen leuchteten.

»Sie haben sich also gut mit ihm verstanden?«

»Bestens, Frau Frey, wirklich hervorragend. Obwohl ich kein Abitur habe, hat er sich immer sehr gerne mit mir unterhalten. Und wenn ich etwas nicht sofort begriffen habe, hat er es mir geduldig erklärt.«

Mit der Frage nach dem Alibi beendete Natascha die Vernehmung. Doch gerade in dieser Nacht hatte Martina Beck nicht bei ihrem Freund geschlafen. Sie habe für die anstehenden Gesellenprüfungen lernen müssen und sei zu Hause gewesen. Zeugen habe sie dafür leider keine.

Manuela Gerhard hatte versprochen, dass bei ihrem Gespräch mit dem Kommissar auch ihre Freundin Michaela Schmidbauer mit von der Partie sein werde. Sie hielt Wort. Als Alois Schön am Freitagnachmittag um 15.30 Uhr im Lehel erschien, wurde er von zwei Damen mittleren Alters begrüßt. »Grüß Gott, Herr Kommissar. Ich bin die Manuela Gerhard und das ist meine Freundin, die Michi Schmidbauer. Immer herein in die gute Stube! Möchten Sie ablegen?«

Der Leiter der Mordkommission hängte seine Jacke auf den angebotenen Bügel und trat ins Wohnzimmer der renovierten Altbauwohnung.

»Was möchten Sie trinken? Kaffee, Wasser oder doch lieber ein Bier? Das zählt in Bayern ja nicht als Alkohol!« Manuela Gerhard redete wie ein Wasserfall und lächelte Alois Schön unaufhörlich an.

Was diesen stutzig machte. Denn am Telefon hatte die Frau recht vernünftig gewirkt. »Danke, ein Wasser reicht«, erwiderte er deshalb knapp.

»Viel oder wenig Kohlensäure?«

»Egal, was Sie da haben.«

»Dann geb ich Ihnen das Vittel. Das ist eh am gesündesten.« Manuela Gerhard füllte das Glas, das sie auf dem Esszimmertisch bereitgestellt hatte, und reichte es ihrem Gast.

Alois Schön trank einen Schluck, wobei er keinen Unterschied zu seinem billigen Mineralwasser vom Supermarkt feststellte. Sein Diktiergerät legte er in die Mitte des Tisches: »Erzählen Sie mir bitte von Ihrem letzten Treffen mit Petra Malterer.«

Manuela Gerhard holte kurz Luft. »Die Petra kam am Mittwoch so gegen halb neun zu mir in die Wohnung. Obwohl sie im Studio bereits geduscht hatte, musste sie sich bei mir noch g'scheit richten«, erzählte sie in ruhigem Ton und ohne große Gesten. Dass sie nach jedem Satz eine Pause einlegte, um den Kommissar anzulächeln, sorgte dabei für eine bizarre Note.

Michaela Schmidbauer dagegen hatte noch kein einziges Wort gesprochen. Nachdem sie Alois Schön stumm die Hand geschüttelt hatte, war sie auf der Toilette verschwunden. Nach ihrer Rückkehr hatte sie schweigend am Tisch Platz genommen. Sah Schön sie an, wurde sie verlegen.

»Nach einem kleinen Prosecco sind wir so um 21.45 Uhr mit meinem Auto losgefahren. Es ist zwar nicht so weit, aber bei dem Wetter wollten wir nicht laufen. Das hätte uns unsere Manolos ruiniert!«

Alois Schön lächelte sanftmütig. Allein schon, um der Dame zu signalisieren, dass er wusste, wovon sie sprach. Innerlich musste er jedoch grinsen. Was wollte diese Frau mit solchen Schuhen? Die sah doch gar nicht so aus! Die passte doch viel besser zu den Marktfrauen am Viktualienmarkt als zu den Hungermodels von Heidi Klum. Manuela Gerhard war zwar nicht dick, hatte aber doch ein paar Gramm zu viel auf den Rippen. Wobei die weiblichen Formen in Verbindung mit ihrem Lächeln und den gelockten, schulterlangen braunen Haaren durchaus anziehend wirkten. Ihre Wohnung, die eher puristische Einrichtung, fand ebenfalls sein Gefallen: viel helles Holz, das die Räume größer wirken ließ, und warme Farben. Hier galt das Motto: »Weniger ist mehr«.

»Gab's einen besonderen Anlass für Ihren Besuch im P1?«

»Eigentlich nicht«, meldete sich Michaela Schmidbauer mit piepsiger Stimme zu Wort. »Die Petra hatte in letzter Zeit häufiger erwähnt, dass sie da unbedingt wieder mal hin müsse. Immer nur auf die Ü30 nach Starnberg sei ihr zu langweilig.« Zum ersten Mal sah sie Alois Schön kurz an: »Letzten Samstag hat sie uns eine SMS geschickt, dass sie am Mittwoch zur Crazy Cocktail Night will. Free Cocktails for Ladys! Das wollten wir uns natürlich nicht entgehen lassen.«

»Waren Sie schon mal dort?«, erkundigte sich Manuela Gerhard beiläufig.

»Nein.« Alois Schön wählte bewusst eine knappe Antwort.

»Das müssen Sie gesehen haben, Herr Kommissar! Die VIP-Toiletten sind der Wahnsinn. Voll stylish!« Michaela Schmidbauer dehnte das letzte Wort so lange, dass es Alois Schön erschauderte. Bevor du den Mund aufmachst, solltest du dir überlegen, ob du Bayerisch oder Englisch reden willst, dachte er sich im Stillen.

Die Blondine aus Solln war das komplette Gegenteil ihrer Freundin: klein, stark geschminkt und mit einer Unmenge Haarspray auf ihrem blonden Pagenkopf. Darüber hinaus machte sie nicht den Eindruck, dass sie wie Manuela Gerhard mit beiden Beinen im Leben stand. Sie war eher der Typ »naives Blondchen«, das in der Männerwelt dennoch großen Anklang findet. Freilich war Alois Schön Profi genug, um seine Wahrnehmungen nicht offen zu äußern.

»Wie ging der Abend weiter?«

»Wir haben zwei Caipis getrunken und die Petra und ich haben getanzt. Die Michi wollte nicht.«

»Stimmt. Die Musik hat mir nicht gefallen!«

Manuela Gerhard lächelte mitleidig: »Als ich merkte, dass die Michi einen Schwips hatte, habe ich die Tanzfläche verlassen. Die Petra tanzte dagegen weiter, weil ihr der Paul schöne Augen gemacht hat.«

»Welcher Paul?«

»Paul Steiner. Sieht ganz gut aus für sein Alter, aber sonst ein Depp! Hält sich für den Größten und macht jede Frau an. Doch wenn du was von ihm willst, läuft gar nichts mehr. Hab ich zumindest gehört.« Manuela Gerhard war nun so souverän, wie es Alois Schön von ihr erwartet hatte. »Trotzdem hatte die Petra offensichtlich Lust, ihn zu verarschen.« Ruhig sah sie den Leiter der Mordkommission an. »Auf jeden Fall bin ich mit der Michi alleine zu meinem Auto. Denn die war nicht mehr zu gebrauchen!«

»Ich hatte wohl am Tag zu wenig gegessen.« Michaelas Stimme überschlug sich vor Aufregung. »Die Petra hat mich angemeckert, dass ich mich beherrschen solle, wenn ich mit ihr ins P1 gehe. Ich würde sie total blamieren! Und dass sie nie und nimmer jetzt schon nach Hause wolle.«

»Gab es einen Grund, warum Sie an diesem Abend mehr getrunken haben als üblich?«

»Nö«, klimperte Blondie mit den Augen, »alles war im grünen Bereich!«

»Frau Malterer ist also im P1 geblieben und hat sich weiter mit Herrn Steiner amüsiert.«

»Nix Genaues weiß man nicht, Herr Kommissar«, lächelte Manuela Gerhard, »schließlich haben wir sie seitdem nicht mehr gesprochen!«

Michaela Schmidbauer nickte.

»Wann haben Sie den Club verlassen?«

»So gegen 1 Uhr. Die Michi hat dann bei mir übernachtet, fahren konnte sie ja nicht mehr!« Manuela Gerhard führte ihr Wasserglas zum Mund, bevor sie weitersprach: »Ich persönlich glaube jedoch nicht, dass die Petra noch lange mit dem Paul im P1 rumgemacht hat. Denn als die Michi im Gästezimmer eingeschlafen war, habe ich ihn zufällig auf der Straße gesehen. Alleine!«

»Und Ihre Freundin?«

»War weit und breit nicht zu sehen. Die ist hier wohl auch nicht mehr aufgekreuzt. Sonst würde ihr Auto nicht vor meiner Haustür stehen. Der X6 da unten!«

Alois Schön erhob sich, um einen Blick aus dem Fenster zu werfen. »Sind Sie in dem Wagen auch mal mitgefahren?«

»Klar, die Petra hat uns regelrecht dazu gedrängt.«

»Ist ja auch ein tolles Auto. Nur wahnsinnig groß«, ergänzte Michaela Schmidbauer.

»Dann brauchen wir Ihre Fingerabdrücke zum Abgleich.«

Während er zum Esstisch zurückkehrte, beobachtete Alois Schön, wie es im Gehirn von Michaela Schmidbauer rumorte. Ihr Mund stand halb offen, die Augen starrten ins Leere.

»Heißt das, die Petra hat ihren Mörder im P1 getroffen?«

»Sieht ganz so aus«, blieb ihre Freundin cool.

»Dann geh ich da nimmer hin«, schüttelte sich die Blondine.

»Wir können es zumindest nicht ausschließen«, bestätigte Alois Schön, »und deshalb müssen wir uns auf jeden Fall mit Herrn Steiner unterhalten. Haben Sie seine Adresse oder eine Telefonnummer?«

»Von dem Loser? Um Gottes willen! Den können Sie mir auf den Bauchnabel binden und da läuft nichts. Selbst wenn ich meinen Eisprung habe!«

Verwundert nahm Alois Schön das Geschimpfe der sympathischen Frau aus dem Lehel zur Kenntnis. Diese Ausdrucksweise hatte er ihr gar nicht zugetraut.

»Moment. Ich schau mal, ob ich seine Nummer noch abgespeichert habe.« Michi Schmidbauer griff nach ihrem Handy.

Manuela Gerhard schaute ihre Freundin entgeistert an: »Michaela! Du wirst doch nicht! Doch nicht mit dem!«

»Ist schon länger her, als ich solo war. Du warst mit der Petra im Urlaub. Da bin ich alleine aus. Ich habe den Paul getroffen und er hat mir seine Nummer gegeben. Am nächsten Tag haben wir uns zum Kaffeetrinken verabredet. Anschließend sind wir in seine Wohnung. Aber du hast recht. Er ist 'ne Niete!«

Manuela Gerhard konnte den Fauxpas ihrer Freundin nicht fassen. Immerhin kam Alois Schön so an die Handynummer von Paul Steiner.

Auf die Frage nach Saskia reagierten die Damen mit einem Kopfschütteln. Zwar käme es ab und zu vor, dass

Petra ohne sie ausgehe. Und deshalb könne es durchaus sein, dass sie bei dieser Gelegenheit jemanden kennengelernt hätte. Aber von einer guten Freundin könne man bestimmt nicht sprechen. Sonst hätten sie davon erfahren. Ebenso müssten sich dann Saskias Kontaktdaten im Adressbuch von Petras Handy befinden.

Alois Schön nickte intuitiv, bevor er sich erkundigte: »Haben Sie versucht, Ihre Freundin am nächsten Tag anzurufen? Damit sie Ihnen berichtet, wie ihr Abend verlaufen ist?« Den Gedanken, die Ladys zu fragen, ob sich eine von ihnen dem Architekten als Saskia vorgestellt habe, hatte er angesichts der gegebenen Antwort sofort wieder verworfen.

»Keine Zeit«, erwiderte Manuela Gerhard rasch, »bei mir ging es gestern drunter und drüber!«

»Ich auch nicht«, ergänzte Michaela Schmidbauer. »Ich war sauer auf Petra, weil sie mich im P1 so angemotzt hat. Bloß weil ich ein klein bisschen zu viel getrunken habe!«

Alois Schön griff zu seinem Wasserglas. »Was können Sie mir über die Ehe Ihrer Freundin berichten?«

»Die Petra war glücklich verheiratet!«, behauptete Michaela Schmidbauer steif und fest.

»Wirklich?« Der Leiter der Mordkommission zog diese Aussage schon aus ermittlungstaktischen Gründen in Zweifel. »Meine Damen«, erhob er seine Stimme, »bitte bedenken Sie, dass wir in einer Mordsache ermitteln. Oder haben Sie kein Interesse an der Aufklärung der Todesumstände Ihrer besten Freundin?«

»Doch, doch! Natürlich!«, beeilte sich Michaela Schmidbauer zu sagen. »Geflirtet hat die Petra schon sehr gerne. Sie hat es genossen, allen Männern den Kopf zu verdrehen. Reden, gemeinsam tanzen, flirten. Mehr war da nicht. Niemals!« Treuherzig blickte sie dem Kommissar in die Augen. Danach fügte sie hinzu: »Wenn die Kerle Glück hatten, haben sie zum Abschied ein Bussi bekommen. Aber ihre Ehe hätte sie nie aufs Spiel gesetzt. So blöd war sie nicht, sie konnte doch tun und lassen, was sie wollte.« Sie machte eine kleine Pause. »Außerdem hat sie der Franz vergöttert!«

»Schon möglich«, korrigierte Manuela Gerhard, »trotzdem hat sie an Fasching im Ratskeller heftig rumgeknutscht. Wie andere Damen übrigens auch!«

»Im Gegensatz zu dir bin ich mit dem Meinen immer noch zusammen!«

»Ich weiß, ihr liebt euch heiß und innig.« Anschließend wandte sich die Gastgeberin dem Leiter der Mordkommission zu: »Ich muss zugeben, der Typ vom Ratskeller hätte mir ebenfalls gefallen. Aber er hatte leider nur Augen für Petra. Obwohl ich ihn gewiss nicht von der Bettkante gestoßen hätte!«

»Glauben Sie, dass da mehr war?«

»Das kann ich nicht beurteilen, Herr Kommissar. Denn männertechnisch waren wir an diesem Abend alle bestens versorgt. Wobei wir später, wie es sich für anständige Mädels gehört, brav alleine nach Hause gefahren sind.«

»Kennen Sie den Namen des Herrn oder seine Adresse?«

»Ich weiß nur, dass er Sebastian heißt, und dass er nicht direkt in München wohnt. Er hat im Ratskeller erzählt, dass er mit der S-Bahn von außerhalb gekommen wäre.«

»Hier ist meine Karte, rufen Sie mich bitte an, wenn Ihnen noch etwas einfällt. Und vergessen Sie nicht, Ihre Fingerabdrücke bei uns abzugeben«, beendete Alois Schön das Gespräch.

»Machen wir, Herr Hauptkommissar«, antworteten die Damen unisono, »ein schönes Wochenende!«

Alois Schön ging die Treppe hinunter auf die Straße. Sein Blick fiel auf den X6 der Toten, der vor dem Jugendstilhaus stand. Um den musste sich die Spurensicherung kümmern. Er verständigte die Kollegen. Den Autoschlüssel hatten sie ja bereits.

Im Büro telefonierte er mit Paul Steiner. Dieser bestätigte nicht nur die Angaben der Freundinnen, sondern schilderte in allen Einzelheiten, wie er versucht hatte, bei Petra Malterer zu landen. Ebenso gab er unumwunden zu, dass er sich darüber geärgert hatte, wie sie ihn hatte abblitzen lassen, und dass er daraufhin das Oanser sofort verlassen hätte. Daher könne er nicht sagen, wie lange und mit wem Petra Malterer noch im P1 gewesen sei.

DAS LEBEN IST VOLLER ÜBERRASCHUNGEN

Gut gelaunt erschien Natascha am Montagmorgen im Büro: »Na, wie geht's dem Strohwitwer?«

»Danke, passt scho!« Alois Schön hatte das Wochenende allein verbracht, weil Beate einen zehntägigen Lehrgang in Berlin absolvierte. Sie hatten zwar miteinander telefoniert, aber die Freundin hatte ihm übel genommen, dass er sich nicht am Samstag in den Flieger gesetzt hatte, um sie zu besuchen. Doch das ging keinen was an. Deswegen fügte er kurz hinzu: »Jedoch bestimmt nicht so gut wie deines, so wie du strahlst!« Dann wurde er sofort wieder dienstlich: »Wir haben das Auto der Toten entdeckt. Schauen wir mal, was die Spusi findet.«

Natascha nickte, während sie ihren Mantel aufhängte. »Konnten uns die Freundinnen helfen?«

»Nicht viel. Es gab einen kleinen Streit zwischen den Mädels, wohl aber nicht ausreichend für einen Mord. Wie war's bei dir?«

»Auch nichts Besonderes. Martina Beck hat bestätigt, dass ihr Freund ein Hitzkopf ist. Sie ist bis über beide Ohren in ihn verliebt und hat für die Tatzeit kein Alibi. Aber als Täterin kann ich sie mir trotzdem nicht vorstellen.«

30 Minuten später rief einer ihrer Computerspezialisten an. Man habe keinerlei Notizen hinsichtlich eines Stalkers entdecken können. Allerdings habe man diverse SMS auf dem Handy sowie mehrere Dateien auf dem PC der Toten rekonstruiert: »Sehr leidenschaftlich, da kann so mancher Mann noch was lernen.«

»Wieso?«

»Ich gebe Ihnen ein Beispiel, Kollege. Der Romeo schreibt: ›Meine Bettwäsche duftet nach deinem Parfüm. Wunderbar!‹ Und sie antwortet: ›Ich träume nur von dir! I LOVE YOU!‹ In Großbuchstaben, verziert mit strahlenden und küssenden Smileys.«

»Das klingt in der Tat nach großen Gefühlen.« Alois Schön runzelte die Stirn. »Habe ich das richtig verstanden? Die Files wurden gelöscht?«

»Korrekt, Herr Kollege. Vermutlich, weil die Beziehung beendet wurde. Aber schauen Sie sich alles in Ruhe an. Dann können Sie selbst entscheiden, was wichtig ist und was nicht. Ich bin ja nur der Technik-Fuzzi.«

Der PC-Spezialist wollte bereits auflegen, als sich Alois Schön nach der unbekannten Freundin erkundigte.

»Tut mir leid, werter Herr Schön, diesbezüglich haben wir nichts gefunden. Weder auf dem PC noch auf dem Handy der Toten gibt es irgendeinen Hinweis auf eine Dame, die Saskia heißt.«

Nach kurzer Diskussion mit Natascha beschloss Alois Schön, diese Spur nicht weiter zu verfolgen. Zum einen waren sie sich einig, dass Saskia doch wohl nur eine Zufallsbekanntschaft von Petra Malterer gewesen sei, zum anderen sprach vieles dafür, dass der Architekt seine Aussage aus gekränkter Eitelkeit und um sich wichtig zu machen getätigt hatte. In der Summe rechtfertige dies nicht den Aufwand, alle Münchnerinnen mit dem Vornamen Saskia zu behelligen.

Der Computer-Forensiker hatte nicht zu viel versprochen.

»Hör dir das an, Natascha. Sie schreibt: ›Ich kann mich nicht schon wieder von dir verführen lassen. So gern ich es täte, aber ich habe Verpflichtungen. Valdo muss warten!‹«

»Nicht schlecht. Da spricht in der Tat die pure Sehnsucht.« Neugierig spitzte die Kommissarin die Ohren: »Wer ist denn der Absender der Liebesbotschaften?«

»Ein Vermögensberater aus Baldham.«

»Also ein Typ, dem man Romantik und leidenschaftliche Gefühle normalerweise nicht zutraut.«

Alois Schön hielt es nicht für nötig, auf diese Bemerkung einzugehen. Stattdessen erkundigte er sich: »Weißt du, wer oder was Valdo ist?«

»Logo, Chef. Valdo ist eine Prosecco-Sorte, die momentan sehr in ist. Relativ teuer, also gerade gut genug für Männer, die ihre Partnerin mit Prosecco oder Champagner verwöhnen wollen. Das kann ich dir nur empfehlen, Alois!«

»Ach was.« Der Leiter der Mordkommission überlegte, wie er auf diesen Affront, diese unverschämte Beleidigung, reagieren sollte. Er zog die Mundwinkel nach oben.

Doch bevor er eine Entscheidung treffen konnte, bot ihm seine Mitarbeiterin an: »Soll ich nicht lieber das Auswerten der E-Mails übernehmen? Du hast doch bestimmt noch Wichtigeres zu tun!«

Alois Schön grinste. Natascha war stets engagiert und hilfsbereit. Aber in diesem Fall einfach nur neugierig. Deshalb würde er sie nun zappeln lassen: »Danke, nicht notwendig.«

Dennoch stand die Kommissarin bereits zwei Minuten später wieder an seinem Schreibtisch: »Hast du inzwischen etwas gefunden, was uns weiterbringt?«

»Nein, Frau Kollegin. Das ist im Grunde nur das übliche Gesäusel von Verliebten. Aber da der Lover mit Vornamen Sebastian heißt, gehe ich davon aus, dass es sich um den Faschingsprinzen handelt, den die Freundinnen erwähnt haben.« Alois Schön drehte sich mit seinem Stuhl, um Natascha anzusehen: »Doch dann hat sie die Beziehung von jetzt auf gleich beendet.«

»Echt?« Die Kommissarin stemmte erstaunt ihre Hände in die Hüften. »Wie hat er reagiert?«

»Er hat sich massiv dagegen gesträubt.«

»Dann war wohl der abgelegte Liebhaber unser Stalker!«

»Höchstwahrscheinlich. War aber auch ziemlich heftig, was die Dame gebracht hat!«

»Wieso?«

»Sie hat ihm beispielsweise geschrieben, dass sie seine Visitenkarte verbrannt hat. Woraufhin er antwortete, sie würde ihre Entscheidung irgendwann bereuen.«

»Wenn er herausfindet, dass sie ihn von vorn bis hinten verarscht hat, macht ein Mord aus seiner Sicht einigermaßen Sinn. Wenn sie dagegen bloß zu feige ist, ihren Mann zu verlassen …«

»Warte mal«, wurde Natascha von ihrem Chef unterbrochen, »ich lese gerade seine Abschiedsmail … die hat es echt in sich. Ich zitiere: ›Mal sehen, ob der alte Trottel dich weiterhin vergöttert, wenn er erfährt, wie du dich von mir hast verzaubern lassen!‹«

»Glaubst du, er hat es getan?«

»Was?«

»Ihrem Mann von der Affäre erzählt. In diesem Fall hätte Franz Malterer ein glasklares Mordmotiv.«

»Einen Moment bitte.« Alois Schön hob die Hand. »Komisch, trotz allem haben sie sich Anfang November noch einmal getroffen.«

»Und?«

»Keine Ahnung. Er hat ihr geschrieben, dass er ihr etwas Wichtiges mitteilen wolle. Sie hat sich zuerst geziert, dann aber einem Treffen doch zugestimmt.«

»Was meinst du, Alois? Ein Gespräch mit dem Herrn dürfte sehr aufschlussreich sein.«

»Das sehe ich auch so.«

Doch leider meldete sich im Büro des Vermögensberaters nur die Mailbox: Sebastian Keller sei erst am Donnerstag ab 9 Uhr wieder zu erreichen, da er sich auf einer Dienstreise im Ausland befinde.

Gegen Mittag lag der Abschlussbericht der Rechtsmedizin auf Alois Schöns Schreibtisch. Die routinemäßig ermittelten Blutwerte lieferten keinerlei Hinweise auf Antidepressiva oder die Einnahme sonstiger Medikamente. Ebenso wenig brachte die kriminaltechnische Untersuchung des X6 Neuigkeiten. Die gefundenen Spuren ließen sich alle den Familienmitgliedern sowie den beiden Freundinnen zuordnen. Weitere Personen waren in dem Auto nicht mitgefahren.

Alois Schön rief in Bogenhausen an: »Grüß Gott, Herr Malterer. Wie geht es Ihnen?«

»Danke, es geht, mit Gottes Hilfe«, murmelte der Witwer in den Hörer, »ich habe mich und die Kinder bis zu den Weihnachtsferien krankschreiben lassen. Ich denke, das ist besser für uns alle. Maximilian wird noch seine Facharbeit fertigstellen und abgeben. Mehr allerdings nicht.«

»Recht haben Sie, Herr Malterer. Ich rufe an, um Ihnen mitzuteilen, dass die Gerichtsmedizin die Leiche Ihrer Frau freigegeben hat. Haben Sie bereits einen Termin für die Beerdigung?«

»Ja, am Mittwoch. Den Tag hat uns das Institut

reserviert. Jetzt bin ich aber froh, dass das auch von Ihrer Seite aus klappt.«

»Mit Ihrem X6 sind wir ebenfalls fertig, genauso mit dem Handy und der Sporttasche. Sie oder Maximilian können den Wagen und alle anderen Sachen jederzeit bei uns abholen.«

Franz Malterer überlegte: »Ist es möglich, dass Sie ihn vorbeibringen? Ich bin momentan nicht in der Stimmung, um mit Petras Auto zu fahren.«

»Ich schau, was sich machen lässt«, beendete der Leiter der Mordkommission das Telefonat. Die Frage nach dem Liebhaber hob er sich bewusst für später auf.

Am Dienstagmorgen saßen sie um 10 Uhr im Zimmer des Direktors der Schule, in der Franz Malterer unterrichtete. »Eine schlimme Sache«, bewertete dieser die Ereignisse, »der Franz hat seine Frau über alles geliebt.« Danach berichtete er, dass er die Tote nur flüchtig gekannt habe. Wenn sie mit ihrem Mann zu einer Feier gekommen sei, sei sie durch ihre Schönheit, ihr Auftreten und ihren Charme stets aufgefallen. Fraglos habe sie es genossen, im Mittelpunkt zu stehen. Er schloss mit den Worten: »Mehr kann ich Ihnen wirklich nicht zu ihr sagen!«

»Aber Herrn Malterer kennen Sie doch gewiss besser.«

»Selbstverständlich.« Der Schulleiter räusperte sich. »Der Franz ist einer der nettesten Lehrer, die wir haben. Immer fair und um Ausgleich bemüht. Der hat die christlichen Werte jeden Tag vorgelebt!«

»Dennoch stand er auf der Liste der Todeskandidaten.«

Intuitiv griff sich der Direktor an seine Krawatte. »Sie wissen davon?«

»Ja, Herr Malterer hat es uns selbst erzählt. Daraufhin haben wir seine Angaben überprüft und weitere Details recherchiert. Das ist Routine, wenn wir ermitteln.«

»Das war doch nur ein dummer Jungenstreich, wenig durchdacht und eher spontan!« Er holte tief Luft: »Franz hatte beiden kurz vorher eine ›6‹ gegeben. Geben müssen! Sie hatten unentschuldigt gefehlt und er hat sie dann in der übernächsten Stunde abgefragt. Und die Bengel hatten wieder nichts gelernt!« Emotionslos sah er die Kommissare an: »Selbstverständlich haben wir die Burschen von der Schule verwiesen, aber deswegen bringt man doch niemanden um!«

Natascha hatte den Eindruck, dass in den Augen dieses Pädagogen Morddrohungen gegen Lehrer zu deren Arbeitsalltag gehörten wie der Beginn der Sommerferien. Und dass ihn ihr Wissen um diesen Frevel mehr störte, als die Tat selber. Deshalb erwartete sie von ihm keine konkrete Hilfe mehr.

Die Gespräche mit der Lehrerschaft brachten keinerlei Neuigkeiten. Nur die Kunstlehrerin wusste Bemerkenswertes zu berichten: »Direkt aufgefallen ist mir nichts. Aber vor einigen Wochen, so Anfang November, habe ich Herrn Malterer im Café gegenüber mit einer überaus attraktiven Dame gesehen.«

Sie sah Alois Schön an, als hoffte sie, er werde sie in ihrem Redefluss bremsen.

Stattdessen schlug dieser vor, den Ort des Geschehens aufzusuchen.

»Ich hatte eine Freistunde und wollte bei einem Cappuccino in Ruhe Zeitung lesen«, berichtete die Lehrerin noch auf der Straße, »da kamen sie herein. Sie war relativ groß, schwarze lange Haare, Typ Fotomodell. Sie haben mich in der Ecke nicht bemerkt, sonst hätte mich der Franz sicherlich gegrüßt.«

Zufällig war der Tisch in der Ecke noch frei. Alois Schön bestellte drei Cappuccino auf Kosten der Staatskasse.

»Die beiden setzten sich an den Tisch dort drüben am Fenster. Ich habe zwar kein Wort verstanden, aber sie amüsierten sich prächtig. Jedenfalls lachten sie viel!« Es war der Kunstlehrerin anzusehen, dass sie sich in einem Zwiespalt befand. »Daher überlegte ich, wer die Dame wohl sei. Doch dann dachte ich mir: Das geht dich nichts an.« Aufgeregt wippte sie auf ihrem Stuhl hin und her. Sie sprach sehr schnell, als ob sie hoffte, dass die Polizisten dadurch nur die Hälfte des Gesagten aufnähmen. Und die andere Hälfte der Worte, am besten die, die Franz Malterer belasten könnte, unbeachtet unter den Tisch fiele, damit sie die Putzfrau beim nächsten Reinemachen entsorgte. An dieser Nervosität konnte auch das Erscheinen der Bedienung, die die Getränke servierte, nichts ändern.

»Haben Sie ihn mit dieser Schönheit später noch einmal gesehen?«

»Nein, aber drei Wochen danach – bitte nageln Sie mich nicht auf den Tag fest – mit einer langbeinigen Blondine! Da war ich schon etwas irritiert.« Endlich war die Lehrerin wieder fähig, Alois Schön anzuschauen, wenn auch nur seitlich und von unten her. Verlegen lächelte sie ihn an, während sie mit ihrem Kaffeelöffel spielte.

Der ließ sich von ihrer Unruhe nicht anstecken und fragte nur: »Wieso?«

»Früher ist der Franz nach dem Unterricht immer sofort nach Hause gefahren. Und wenn er seine Frau mal zu einer Veranstaltung mitgebracht hat, hat er sie ständig umsorgt und nie aus den Augen gelassen! Und plötzlich sehe ich ihn innerhalb eines Monats mit zwei bildhübschen Frauen. Das sind wir einfach nicht gewohnt von ihm! So katholisch, wie er ist!«

Während Alois Schön nachdachte, ob er eine genauere Erklärung des letzten Satzes fordern solle, erkundigte sich Natascha: »Könnten diese Damen nicht Mütter von Schülern sein?«

»Sie meinen, dass der Franz seine Sprechstunde ins Café verlegt hat? Nie im Leben! Hinsichtlich der Schulordnung ist er überaus korrekt.« Die Mimik der Pädagogin verdeutlichte, wie ernst sie ihre Worte meinte. »Außerdem würde er sich damit eine Menge Ärger einhandeln.« Genauso wie ihre Empörung aus der Tiefe ihres Herzens kam: »Und eine Mutter berührt den Lehrer ihres Kindes nicht ständig an den Händen und streichelt ihn!«

»Da haben sie wohl recht«, bestätigte Alois Schön die Meinung der Kunstlehrerin. »Wo haben Sie ihn denn mit der Blondine getroffen? Auch hier im Café?«

»Nein. Das war nachmittags beim Einkaufen in der Stadt. Rein zufällig, direkt vor dem Oberpollinger.«

»Womöglich handelte es sich ja bloß um eine Verwandte«, überlegte Natascha, »zum Beispiel um eine Nichte, mit der er zum Einkaufen geht. Die ihn berät beim Kauf eines Geschenks für seine Frau.«

»Das kann ich mir ehrlich gesagt nicht vorstellen, Frau Kommissarin. Der Franz ist eher der Typ Mann, der Kaufhäuser meidet.« Erneut machte sie eine Pause: »Abgesehen davon hat auch die Blondine den Franz dauernd betatscht. Das macht eine Nichte nicht mit ihrem alten Onkel!«

»Allerdings.« Alois Schön sah die Kunstlehrerin fragend an: »Gab es denn Anzeichen, dass zwischen den beiden mehr war? Haben sie sich beispielsweise geküsst?«

»Ist mir zumindest nicht aufgefallen. Weder bei der Blonden noch bei der Schwarzhaarigen.« Die Pädagogin schien erleichtert, dass sie nicht von weiteren Schandtaten ihres betagten Kollegen berichten musste.

»Wie alt waren denn die Damen?«

»Sie wissen ja, Herr Kommissar«, der Puls der Kunstlehrerin beruhigte sich nur langsam, »Frauen sind schwierig zu schätzen. Aber ich will's mal versuchen: Die Schwarzhaarige wird so Mitte 40 gewesen sein, die Blonde dagegen war jünger, vermutlich Anfang 30.«

»Haben Sie mit anderen Lehrern darüber gesprochen? Oder wurde Ihnen vom Kollegium Ähnliches erzählt?«

»Also bitte!« Die Lehrerin warf ihre Hände in die Luft. »Ich bin doch kein Waschweib und verbreite irgendwelche Gerüchte!« Trotzig fügte sie hinzu: »Und selbst wenn der Franz eine Geliebte hätte, wäre es doch seine Privatsache!« Verunsichert sah sie die beiden Kommissare an. »Oder nicht?«

»Nicht, wenn später seine Ehefrau ermordet wird.«

Woraufhin sich einzelne Schweißperlen auf der Stirn der Pädagogin bildeten. Mit den Worten »Nun habe ich Ihnen aber wirklich alles gesagt, was ich weiß« verließ sie kurz darauf die Konditorei.

Die Befragung der Bedienung im Café brachte keine neuen Erkenntnisse.

Am Nachmittag besuchten sie die Hausärztin von Petra Malterer. Der Ehemann hatte sie angemeldet und die Medizinerin von der ärztlichen Schweigepflicht entbunden. Frau Dr. Zirngibl saß hinter ihrem gläsernen Schreibtisch und erläuterte, dass die Tote eine langjährige Patientin von ihr gewesen sei. Sie sei stets ohne ihren Gatten in die Praxis gekommen. Auch über Befunde habe sie ausnahmslos mit ihr persönlich gesprochen. Telefonisch habe sie Frau Malterer ausschließlich via Handy kontaktiert, zu Hause auf dem Festnetz habe sie nie angerufen. Dennoch gehe sie davon aus, dass sich die Eheleute über medizinische Dinge ausgetauscht hätten: »Wie hätte ihr Mann sonst von der Borreliose wissen können?« Selbstsicher sah die Ärztin den Kriminalbeamten in die Augen.

»Wie schwer war die Erkrankung von Frau Malterer?«, erkundigte sich Alois Schön.

»Nachgewiesen haben wir die Zeckenkrankheit vor mehr als einem Jahr. Medizinisch gesehen ist diese bereits weiter fortgeschritten. Denn der Erreger hat die Bluthirnschranke überwunden, und sich im Zentralnervensystem festgesetzt.«

»Welche Therapie haben Sie angewandt?«, wollte Natascha wissen.

»Ich habe Frau Malterer mehrere Verfahren vorgeschlagen.« Frau Dr. Zirngibl machte eine Pause, in der sie den Leiter der Mordkommission mit einem kühlen Lächeln ansah: »Zu meinem Leidwesen hat sie sich noch bei einer Heilpraktikerin erkundigt. Und am Ende gar nichts gemacht!« Offenkundig ärgerte sie sich darüber bis heute, denn zum ersten Mal zeigte die Ärztin mehr Emotionen als notwendig. Vermutlich ging es ihr weniger um die entgangenen Einnahmen, denn alles hier deutete auf eine florierende Praxis hin. Das volle Wartezimmer, die Einrichtung und genauso Frau Dr. Zirngibl selbst. Ihre Kleidung, ihr Schmuck, wie sie sich gab und was sie darstellte.

Deshalb nahm Alois Schön an, dass Frau Doktor die Ablehnung ihrer Therapievorschläge als persönlichen Angriff auf ihre medizinische Autorität wertete. Er blieb bewusst gelassen. »Warum?«

»Ganz am Anfang haben wir die Erkrankung konventionell behandelt. Aber es gab keinerlei Besserung, allerdings auch keine Verschlechterung der Symptome. In diesem Jahr sind die Blutergebnisse ebenfalls gleich geblieben und Frau Malterer hatte nicht die geringsten Beschwerden. Daher habe ich sie nicht gedrängt, eine bestimmte Therapie zu beginnen. Schließlich wollte ich keine Privatpatientin verlieren.«

»Hat Frau Malterer Medikamente gegen die Borreliose eingenommen?« Natascha schrieb fleißig mit.

»Von mir hat sie nicht eine Pille bekommen!«

»Vielleicht hat sie heimlich etwas geschluckt? Mittel, die depressiv machen können?«

»Das hätte ich bei den Blutuntersuchungen festgestellt. Und Ihren Medizinern wäre das vermutlich ebenso aufgefallen.«

Natascha nickte. »Kann man mit dieser Krankheit uralt werden?«, forschte sie weiter nach einem Motiv für Selbstmord.

»Das ist äußerst schwierig zu beantworten«, grübelte die Medizinerin, »100 wäre sie wohl nicht geworden. Aber behaupten, dass sie in drei, fünf oder zehn Jahren gestorben wäre, möchte ich auch nicht.«

»Also ist dieses Leiden kein Grund, seinem Leben vorzeitig ein Ende zu setzen.«

»Nein. Mir ist kein Fall von Borreliose mit tödlichem Ausgang bekannt.« Frau Dr. Zirngibl zog ihren Stuhl näher an den Schreibtisch heran. »Zwar kann in einem späten Stadium das Sehen beeinträchtigt sein und es können verstärkt Schmerzen auftreten. Aber deswegen bringt man sich doch nicht um, das lässt sich doch heutzutage gut behandeln!« Mit festem Blick sah sie Alois Schön in die Augen. »In seltenen Fällen können Depressionen hinzutreten. Aber davon habe ich bei Petra Malterer nie etwas bemerkt. Die war eine sehr lebenslustige Frau, ein weiblicher Hans-Dampf in allen Gassen!«

»Das heißt, abgesehen von der Borreliose war Ihre Patientin kerngesund?«

»Richtig, Herr Kommissar. Frau Malterer hat darüber hinaus sämtliche Vorsorgeuntersuchungen gewissenhaft wahrgenommen. Die Befunde waren stets in Ordnung. Ebenso wurden alle Rechnungen pünktlich bezahlt, Diskussionen über deren Höhe gab es nie.«

Noch während der Fahrt ins Büro beschlossen Alois Schön und Natascha, die Selbstmordtheorie ad acta zu legen.

MÄNNER UND FRAUEN

Gut gelaunt stieg Natascha die Treppen zur Wohnung ihres Freundes hinauf. Sie hatte Phil im »8seasons«, einem Club in den Räumen der denkmalgeschützten Isarpost nahe dem Stachus, auf einer After-Wiesn-Party kennengelernt. Ein süßer Kerl, der sich gewählt ausdrücken konnte und etwas auf dem Kasten hatte. Groß und sportlich, volles Haar, Ende 20. Zu Beginn der Beziehung hatte sie den Eindruck gehabt, Phil wäre schüchtern. Aber das hatte sich inzwischen gelegt.

Nachdem sie geklingelt hatte, zog sie ihre Schuhe aus. Denn ihr Liebling hatte in sämtlichen Zimmern Fußbodenheizung, was sie als sehr angenehm empfand.

Phil öffnete und gab ihr einen flüchtigen Kuss. Mit den Worten »Ich habe bis eben den Keller aufgeräumt und muss noch kurz duschen«, verschwand er im Bad.

»Muss man denn allen Männern erst einmal Anstand beibringen? So begrüßt man doch nicht seine Freundin!«, zeigte sich diese von ihrem Lover enttäuscht und ging hinterher. »Ich hab in der Arbeit auch unheimlich geschwitzt und könnte eine Dusche ebenfalls vertragen«, flötete sie bewusst nicht zu laut, während sie sich ihre Bluse aufknöpfte.

»Was hast du gesagt, Schatzi? Ich kann dich nicht verstehen, ich wasch mir gerade die Haare!«

Ohne zu antworten, schob Natascha die Tür der Duschkabine zur Seite und stieg hinein.

Phil war überrascht und erfreut zugleich. Er küsste sie leidenschaftlich und sie begannen, sich gegenseitig einzuseifen. »Soll ich dich hier an Ort und Stelle vernaschen?«

»Damit nachher das ganze Bad unter Wasser steht? Oder wir überall blaue Flecken haben? Du darfst mir gleich den Rücken abtrocknen. Aber zärtlich, wenn ich bitten darf!«

Phil tat wie befohlen. Liebevoll tupfte er mit dem samtweichen Flaum des Handtuchs über den Körper seiner Angebeteten. Erst den Rücken, dann ihren Oberkörper. Stets gefolgt von zahllosen Küssen. Auch Beine und Po vergaß er nicht. Sich selbst trocknete er dagegen nur notdürftig ab.

Anschließend trug er sie ins Schlafzimmer.

»Wir sollten uns mal im P1 umsehen«, schlug Natascha ihrem Chef am nächsten Morgen vor. »Ich opfere mich und gehe mit Phil auf die Silvesterparty. Bisher haben wir zum Jahreswechsel noch nichts vor.«

»Die kostet bestimmt Eintritt.«

»Richtig, mein lieber Alois! 249 Euro. Pro Person natürlich. Haben wir das im Budget?«

»Geht's dir eigentlich noch gut? Das ist doch völlig krank. Von dem Betrag muss ein Grundschüler, des-

sen Eltern Hartz IV bekommen, einen Monat leben!«
Als Erster Polizeihauptkommissar konnte sich Alois Schön ein solches Vergnügen zweifellos leisten. Dennoch käme es ihm niemals in den Sinn, so viel Geld für ein Buffet und ein Glas Champagner auszugeben. Ebenso wenig verstand er, was Natascha daran so toll fand. Hatte sie bereits vergessen, wie lange sie als Kommissaranwärterin für diese Summe hatte arbeiten müssen?

»Okay. Dann gehen wir halt vorher mit Dienstausweis hin. Ich ruf da gleich mal an.«

Aber am anderen Ende der Leitung meldete sich nur die Putzfrau. Die Chefin sei bis 18 Uhr unterwegs.

»Gut, dann befragen wir sie halt nach der Beerdigung«, machte Natascha das Ergebnis ihres Telefonats und ihre Enttäuschung publik. Sie wäre lieber sofort in den Club gefahren.

Die Beisetzung von Petra Malterer fand auf dem kleinen Friedhof in Bogenhausen statt. Hier sind vor allem Künstler wie Erich Kästner und Rainer Werner Fassbinder beerdigt. Da Franz Malterer jedoch mehr als 30 Jahre lang in dem Viertel wohnte, konnte auch er dort eine Grabstätte für sich und seine Familie beanspruchen.

Alois Schön und Natascha erschienen frühzeitig und nahmen in der letzten Reihe der Kirche Platz. So hatten sie einen guten Überblick, wer an der Trauerzeremonie teilnahm. Dennoch entdeckten weder der Leiter der Mordkommission noch seine Kollegin eine Schönheit, auf die die Beschreibung der Kunstlehrerin passte. Weder ein Fotomodell mit schwarzen langen Haaren noch eine langbeinige Blondine.

Die kleine Lena war nach wie vor fix und fertig. Tränenüberströmt starrte sie während der gesamten Zeremonie auf den Sarg. Als ob sie hoffte, ihre Mutter möge diesem entsteigen. Höchstwahrscheinlich wäre es besser gewesen, man hätte ihr eine Beruhigungstablette gegeben.

Franz Malterer wirkte dagegen sehr gefasst. Er bedankte sich bei dem Vorleser der Fürbitten mit einem freundlichen Kopfnicken und folgte konzentriert den Worten des Pfarrers. Ohne große Regung nahm er die Beileidsbekundungen der Trauergäste entgegen.

Maximilian stand händchenhaltend mit Freundin Martina schräg hinter seinem Vater. Ging jemand einen Schritt auf ihn zu, um dem Sohn sein Beileid zu bekunden, deutete er diesem durch Kopfschütteln an, dass er darauf keinen Wert legte. Offenbar war die Beisetzung seiner Mutter für den Jungen nur ein Pflichttermin. Auf dem Weg zum Leichenschmaus gingen Maximilian und Martina eng umschlungen. Unterwegs küssten sie sich.

Kurz nach halb sechs fuhren Natascha und Alois Schön ins P1.

»Was verschafft uns die Ehre, Hauptkommissar Schön?« Nach einem flüchtigen Blick auf den Dienstausweis bat Nora die Kriminalbeamten, neben der Tanzfläche Platz zu nehmen.

»Kennen Sie Petra Malterer?« Alois Schön war froh, nicht auf einem Barhocker sitzen zu müssen.

»Klar kenne ich Petra, wir sind gemeinsam zur Schule gegangen.«

»Wissen Sie, dass sie tot ist?«

Nora erschrak. »Bitte was?«

»Petra Malterer wurde in der Nacht vom 14. auf den 15. Dezember ermordet.«

»Letzten Mittwoch war sie doch noch bei uns!« Nora lächelte verlegen.

»Jetzt wissen Sie, warum wir hier sind«, ergänzte Natascha. »Wir gehen davon aus, dass Frau Malterer den Täter bei Ihnen getroffen hat!«

Alois Schön spürte, wie die verunsicherte Nora bei ihm eine gewisse Genugtuung, ein Gefühl der Überlegenheit, auslöste. Höchst unprofessionell für einen erfahrenen Ersten Hauptkommissar, aber hier regte sich der bodenständige Bayer, der den Schickimickis eins auswischen konnte.

»Das geben Sie aber bitte nicht an die Presse weiter!«, offenbarte Nora, was in ihrem Gehirn vorging. »Schließlich helfen wir der Polizei stets, wo wir können.« Ihre Gesichtszüge blieben weiterhin angespannt.

»Können Sie uns sagen, mit wem Frau Malterer auf Ihrer Crazy Cocktail Night Kontakt hatte?«

»Da muss ich passen, Herr Hauptkommissar. Ich musste früh weg, weil die Presse auf mich wartete.«

»Haben Sie eine Überwachungskamera?«, setzte Natascha das Gespräch fort. Ihr gefiel es in diesem Ambiente und deshalb zeigte sie sich wesentlich freundlicher als ihr Chef.

»Selbstverständlich, sogar mehrere!«

»Wo lagern Sie die Bänder? Wir benötigen die vom 14.12.«

»Ich werde veranlassen, dass sie Ihnen zugeschickt werden. Von mir aus können Sie auch ältere Aufnahmen haben.«

»Nicht nötig, die von Mittwochnacht reichen uns völlig!«, erwiderte Alois Schön. »Aber Ihr Personal müssen wir noch befragen. Vielleicht kann sich ja jemand von Ihren Servicekräften erinnern, wen Petra Malterer bei Ihnen getroffen hat.«

»Ich werde Ihnen eine Datei mit den Telefonnummern der betroffenen Mitarbeiter übersenden, Herr Hauptkommissar. Geht das per E-Mail?«

»Aber gewiss. Dennoch würden wir es begrüßen, wenn wir den ein oder anderen bereits heute sprechen können.«

»Da müssen Sie in ein paar Stunden wieder kommen«, lächelte Nora. »Wir öffnen um 22 Uhr. Daher werden Sie hier vor neun niemanden außer mir und dem Reinigungspersonal antreffen. Wobei diese Damen Ihnen garantiert nicht weiterhelfen können.«

»Dann schicken Sie uns bitte die Liste Ihrer Angestellten so schnell wie möglich an diese Adresse.« Alois Schön überreichte seine Visitenkarte zum Abschied.

Auf der Straße musste er erst einmal durchschnaufen. Es war nun mal nicht seine Welt.

Am Donnerstagmorgen fuhren sie in der Früh nach Baldham. Das Büro des Vermögensberaters war im zweiten Stock eines Wohn- und Geschäftshauses untergebracht. Alois Schön parkte direkt vor dem Anwesen.

»Ja, bitte?«, meldete sich eine Stimme über die Sprechanlage.

»Mein Name ist Schön. Ich möchte gerne Herrn Keller sprechen!«

»Kommen Sie bitte herauf, aber es dauert noch einen Moment. I'm busy, ein conference call mit London!«

Wenige Minuten später öffnete ein großer, gut gekleideter Mann die Tür. Natascha schätzte ihn auf Anfang 40 und 1,90 Meter. Maßanzug, modische Krawatte, handgenähte Schuhe. Alles passte. Bis auf den Pferdeschwanz, zu dem er seine langen schwarzen Haare zusammengebunden hatte. Nach Meinung von Natascha war der Typ dafür zu alt.

»Sorry, ich hatte noch ein dringendes Gespräch mit mehreren Fondsmanagern in London.« Nachdem er die Tür geschlossen hatte, streckte der Finanzexperte den vermeintlichen Kunden freundlich lächelnd seine Hand entgegen.

»Sind Sie Sebastian Keller?«, reichte ihm Alois Schön die seine.

»Ja, was kann ich für Sie tun?«

»Wir hätten ein paar Fragen.«

»Was für Fragen?« Sebastian Keller zog seinen Arm und seine Schultern nach hinten, wich einige Zentimeter zurück. »Sind Sie etwa von der Steuerfahndung?« Doch schon nach wenigen Sekunden hatte er sich wieder gefangen und forderte die Gäste auf: »Gehen wir am besten in mein Konferenzzimmer.« Mit dem selbstbewussten Schritt eines erfolgreichen Unternehmers ging er voran.

Blickfang und Mittelpunkt des Besprechungsraums war ein großer Glastisch, an dem zehn bis zwölf Personen bequem Platz fanden. In der Ecke am Eingang stand ein Flipchart, auf das diverse Kursverläufe gezeichnet waren. An der Wand gegenüber hing ein Flachbildschirm. Alles wirkte sehr nüchtern, fast schon kalt.

Sebastian Keller schaltete das Licht an: »Bitte nehmen Sie Platz.«

»Haben Sie Probleme mit der Steuerfahndung?«, erkundigte sich Natascha freundlich.

»Natürlich nicht! Aber bei den Herren kann man ja nie wissen. Für die ist doch jeder Besserverdienende ein potentieller Steuerhinterzieher!«

Diese Bemerkung wollte Alois Schön nicht weiter kommentieren. Lieber kam er gleich zu seinem Anliegen: »Kennen Sie Petra Malterer?«

»Wer will das wissen?«

Der Leiter der Mordkommission zog seinen Dienstausweis aus der Tasche. »Herr Keller, wir haben Hinweise darauf, dass Sie mit Frau Malterer eine intime Beziehung hatten. Ist das richtig?«

»That's right!« Der Vermögensberater warf nur einen flüchtigen Blick auf die Karte. »Aber sie hat die Sache bereits vor einigen Monaten beendet. Behauptet sie etwa, ich hätte sie belästigt?«

»Nein«, beschwichtigte Natascha, was bei dem Finanzprofi eine ambivalente Reaktion auslöste.

Einerseits schien er beruhigt und fragte: »Was möchten Sie trinken? Bitte bedienen Sie sich!« Dabei deutete er auf das Getränkekarussell, das in der Mitte des Tisches stand. Andererseits wurde er argwöhnisch und begann sich aufzuregen: »Warum kommen Sie dann zu mir? Will sie mir etwas anhängen?«

Alois Schön nahm eine Flasche Mineralwasser, schenkte sich ein und trank einen winzigen Schluck. »Herr Keller, wir sind von der Mordkommission. Wir haben Petra Malterer letzten Donnerstag tot aus der Isar geborgen.« Ohne jede Regung sah er ihn an.

Dagegen versuchte Natascha, genau zu ergründen, was in dem Vermögensberater vorging.

Dessen Selbstbewusstsein war innerhalb weniger Sekunden verschwunden. »Die Petra – tot?« Überdies war sein Teint nun deutlich blasser. »In der Isar? Oh my god.« Er streckte seinen Arm aus, griff sich eine Cola und fingerte nach dem Öffner. »Wer macht denn so was?« Nur mit Mühe konnte der große Mann den Kronkorken von der Flasche entfernen.

»Das werden wir herausfinden«, antwortete Alois Schön selbstsicher, »wie wär's …«

»Wann ist die Beerdigung?«, wurde er von seinem Gesprächspartner unterbrochen. Offensichtlich hatte dieser gar nicht richtig zugehört.

»Die war gestern, in Bogenhausen!«

»O shit. Da war ich noch in Dubai.«

»Besitzen Sie eine Waffe, Herr Keller?«, meldete sich Natascha zu Wort. Zum Unmut ihres Chefs, der diese Frage lieber später gestellt hätte, wie sie an seinem Stirnrunzeln erkannte.

»Nope«, raunzte der Vermögensberater, »why should I?«

»Vielleicht sind Sie ja Mitglied im Schützenverein?«

»Never! Ich bin auch kein Jäger und war ebenso wenig beim Bund. Ich bin ein hundsmiserabler Schütze und treffe nicht einmal die Rosen auf dem Volksfest.« Sebastian Keller stand auf und ging zum Fenster.

»Setzen Sie sich wieder hin!«, wurde er von Alois Schön aufgefordert, »wir sind noch nicht fertig!«

»Wo haben Sie Petra Malterer kennengelernt?« Nataschas Stimme klang sehr energisch. Doch Sebastian Keller gab keinen Mucks von sich. Stattdessen zog er ein Taschentuch aus der Hose und schnäuzte hinein. Dann trottete er zum Tisch zurück. »Wie war nochmal Ihre Frage?«

»Wo Sie Petra Malterer kennengelernt haben!«

»Im Ratskeller in München, am Rosenmontag«, murmelte der Liebhaber. Anschließend erkundigte er sich kaum hörbar: »Und wo wurde Petra beerdigt?«

»Auf dem Bogenhausener Friedhof«, grummelte Alois Schön. Denn er hatte nicht die geringste Lust, sämtliche Einzelheiten doppelt zu erzählen. Er wurde laut: »Herr Keller, so kommen wir mit unserer Befragung nicht weiter! Ich schlage vor, wir nehmen Sie mit auf unser Dezernat. Auf der Fahrt sollten Sie Ihre Gedanken sortieren. Ansonsten dauert es ja ewig, bis wir alle Auskünfte haben, die wir von Ihnen benötigen!«

Der Finanzdienstleister kniff die Augen zusammen. »Bin ich jetzt verhaftet?«

»Nein! Sie sind lediglich ein Zeuge, der uns bei der Aufklärung eines Mordes helfen soll.«

»Brauche ich einen Anwalt?«

»Im Moment sehe ich keinen Grund dafür. Aber natürlich steht es Ihnen frei, sich mit einem Rechtsbeistand zu beraten.«

»Gut, ich komme mit«, antwortete der Vermögensberater nach kurzem Nachdenken. »Ich stelle nur kurz die Rufumleitung auf mein Handy ein. Für den Fall, dass ein Kunde anruft. Schließlich bieten wir Full Service rund um die Uhr: 24/7, wenn Sie verstehen, was ich meine.«

Alois Schön musste innerlich grinsen. Und wann schläfst du, du Angeber?

Sebastian Keller zog seinen Mantel über und schloss die Bürotür ab. Auf der Treppe erkundigte er sich leise: »Können Sie mir bitte einen Gefallen tun?«

»Was denn?«

»Ich möchte gerne am Grab von Petra vorbeifahren. Der Friedhof liegt doch auf dem Weg in die Innenstadt.«

»Stimmt, ausnahmsweise. Wenn es nicht zu lange dauert und unsere Befragung dadurch zügiger vonstattengeht.«

»Dann kauf ich hier schnell noch ein paar Blumen für sie!« Ohne eine Antwort der Kriminalbeamten abzuwarten, war der Zeuge im Laden verschwunden. Die Kommissare folgten ihm unauffällig. Nachdem sie sich vergewissert hatten, dass die Räumlichkeiten keine Fluchtmöglichkeiten boten, warteten sie am Eingang.

Wenige Minuten später kehrte Sebastian Keller mit drei roten Rosen zurück: »Es ist schon tragisch. Da muss die Frau erst sterben, damit ich ihr Blumen schenken kann!«

Solche Emotionen hatte Natascha einem Finanzdienstleister nicht zugetraut. Sie versuchte ihn aufzuheitern: »Die sind aber schön!«

Dennoch wurde sie traurig angeschaut. »Am liebsten hätte ich ihr 100 Rosen geschenkt, für jeden Tag unserer Beziehung eine.«

Ohne ein weiteres Wort zu verlieren, fuhren sie Richtung Innenstadt. Sebastian Keller saß gedankenversunken im Fond des Dienstwagens. Unentwegt starrte er auf die Rosen. Es schien, als wollte er diese durch seine Blicke und Gedanken zum Brennen bringen.

Am Friedhof in Bogenhausen gibt es nur 208 Grabstätten. Daher war der Weg vom Auto zur letzten Ruhestätte von Petra Malterer nicht weit. Mit versteinerter Miene stand Sebastian Keller vor dem noch frischen Grab: »Können Sie mich bitte einen Moment alleine lassen? Ich laufe Ihnen schon nicht weg!«

»In Ordnung, aber nicht zu lange!« Während Alois Schön in Richtung Friedhofsausgang schlenderte, wartete Natascha einige Reihen seitwärts. So konnte sie beobachten, wie der ehemalige Liebhaber den Strauß ordentlich neben den anderen Trauergebinden ablegte. Als er wieder aufgestanden war, starrte er abwechselnd auf die Rosen und das Holzkreuz mit dem Namen seiner früheren Geliebten.

Was wäre, wenn jetzt Franz Malterer auftauchen würde?, überlegte die Kommissarin, während dem trauernden Lover mehrere Tränen das Gesicht herunterliefen. Nachdem er diese mit einem Taschentuch abgewischt hatte, machte er sich schweren Schrittes auf den Weg zum Ausgang. Er ging so langsam, dass es für Natascha ein Leichtes war, ihn einzuholen. »Geht es Ihnen gut?«

»Thanks, I'm fine.« Freilich hätte jedes Eichhörnchen und jeder Maulwurf auf dem Friedhof bestätigen können, dass dies maßlos übertrieben war.

DER FASCHINGSPRINZ

Alois Schön und seine junge Kollegin geleiteten den Zeugen in den Vernehmungsraum: »Möchten Sie etwas trinken?«

»Haben Sie Coke? Ich bin momentan ziemlich down.«

»Einen Moment bitte, ich hole welche«, bot sich Natascha an, damit die Dame aus dem Schreibbüro sitzenbleiben konnte.

»Herr Keller, Sie sagten, Sie haben Frau Malterer Rosenmontag im Ratskeller kennengelernt«, begann ihr Chef derweil die Vernehmung.

Der Finanzdienstleister nickte.

»Geht es auch ausführlicher?«

»Okay.« Sebastian Keller holte tief Luft, bevor er flüssig den Abend des Kennenlernens beschrieb: »Wir standen in der Warteschlange vor der Garderobe nebeneinander. Petra, ihre beiden Freundinnen and myself. Schon beim Warten haben wir miteinander geflirtet. Ich habe dann eine Runde gedreht und kurz einer Bekannten zum Geburtstag gratuliert.«

Während er erzählte, kehrte Natascha mit zwei Flaschen Cola in den Vernehmungsraum zurück.

»Danke, Frau Kommissarin.« Sebastian Keller schenkte sich das Glas bis zum Rand ein. Er leerte es in einem Zug, ehe er leise weitersprach: »Danach habe ich Petra gesucht und thank god sehr schnell gefunden.« Er sprach ungemein langsam und äußerst bedächtig. »Sie hat mir gesagt, dass ihr Ehemann zu Hause auf sie wartet. Dennoch habe ich von Anfang an gespürt, wie es zwischen uns knistert. Welch erotische Vibrations sie aussendete. Also ging ich in die Offensive.« Kellers Stimmung hellte sich sichtbar auf. Es schien, als ob er diese Augenblicke nochmal durchlebte. »Wir haben getanzt. Erst auseinander, ab dem zweiten Song enger. Ich sah ihr tief in die Augen. Petra lächelte zurück. Beim dritten Lied packte ich sie an den Hüften, streichelte ihr über den Po. Sie wehrte sich nicht. Also zog ich sie zu mir heran. Als wir uns küssten, war der Abend gelaufen.«

»Das heißt?« Alois Schön wollte die Aussage des Liebhabers mit der von Manuela Gerhard vergleichen.

»Von nun an regierte die Leidenschaft!« Sebastian Keller schmunzelte. »Aber wir sind alle brav alleine nach Hause gefahren. Ich mit der S-Bahn, Petra und ihre Freundinnen mit dem Taxi.«

»Wann haben Sie Frau Malterer wiedergesehen?«

»Am übernächsten Wochenende, ich weiß es noch wie heute.« Sebastian Keller zog seinen Stuhl ein paar Zentimeter vom Tisch weg und streckte seine Beine lang aus. »Eigentlich wollten wir nur bummeln und miteinander plaudern. Unter Umständen einen Kaffee trinken. Doch schon beim Begrüßungskuss erkannten wir, wie heiß wir aufeinander waren. Also blieben wir in meiner Wohnung.«

Natascha nickte. Sie konnte sich gut in das Liebespaar hineinversetzen. »Wie ging es weiter?«

Der Liebhaber überlegte. »Wir hätten uns gerne öfter getroffen. Denn wenn wir uns sahen, war es jedes Mal grandios. Really great!«

»Wirklich?«

Sebastian Keller kniff die Augen zusammen: »Glauben Sie etwa, ich lüge Sie an? Weshalb sollte ich das tun? Weil ich ein Angeber bin? Sorry, Herr Kommissar, das habe ich wirklich nicht nötig.« Er beugte seinen Oberkörper über den Tisch und sah Alois Schön eindringlich an: »Petra war in meinen Armen glücklich. Totally happy.« Anschließend kehrte er in seine Ausgangsposition zurück. »Doch zu Hause überkamen sie Gewissensbisse«, erklärte er mit gedämpfter Stimme. »Sie hat zweimal versucht, die Beziehung zu beenden. Allerdings konnte ich sie immer überreden, es nicht zu tun.«

»War das richtig?«

»Aus meiner Sicht schon. Schließlich habe ich Petra geliebt wie keine andere«, betonte Sebastian Keller mit leuchtenden Augen, »I really loved her!«

»Aber später hat sie es dann doch getan!«

»Right«, senkte er den Kopf.

Alois Schön wartete lange, ob der abgewiesene Liebhaber noch etwas hinzufügen wollte. Vergeblich. Deshalb stellte er die Frage, die Rhetoriker als Killerfrage bezeichnen: »Warum?«

»I put too much pressure on her!« Sebastian Keller wirkte aufgeregt wie ein Neunjähriger, der seinem Großvater von seiner ersten Fahrt mit der Achterbahn erzählt, und verzweifelt zugleich. »Ich wollte einfach nur mit ihr zusammen sein und konnte mich nicht mehr in ihre Situation hineinversetzen.« Wild gestikulierte er in der Luft: »Ich habe nicht verstanden, warum sie sich mit ihren Freundinnen lieber getroffen hat als mit mir. I couldn't believe this!«

Nachdem sich seine Atmung beruhigt hatte, erkundigte sich Natascha: »Wann genau hat Frau Malterer endgültig Schluss gemacht?«

Der Zeuge überlegte: »Dass es aus sei, hat sie mir kurz nach Pfingsten geschrieben.« Es schien ihm nicht schwerzufallen, die Kommissarin anzusehen.

»Dann war das mit den 100 Rosen für 100 Tage also kein leeres Geschwätz.« Natascha lächelte kurz, bevor ihr Blick wieder ernster wurde. »Allerdings wurde uns ebenfalls berichtet, dass sich Petra Malterer belästigt fühlte. Waren Sie das?«

»Kann schon sein.« Sebastian Keller lehnte sich zurück und verschränkte die Arme vor seiner Brust: »Natürlich habe ich versucht …« Er stoppte mitten im Satz. »Ein paar SMS und E-Mails, die ich ihr schickte, haben Petra nicht gefallen. Daraufhin hat sie mir mit der Polizei gedroht. Ist ja auch schwer, die Wahrheit zu vertragen, wenn man sonst von allen Seiten angehimmelt wird. Selbst wenn man in den Absender verliebt war!«

»Was haben Sie ihr denn geschrieben?«, erkundigte sich Alois Schön, obwohl ihm die SMS und E-Mails vorlagen.

»Ich wollte ihr klarmachen, dass ihre Ehe am Ende ist, und dass sie es bei mir viel besser hat!«

»Das habe ich aber anders in Erinnerung.« Alois Schön beugte sich ein Stück nach vorne, sprach bewusst lauter: »Meines Wissens nach haben Sie Ihrer Geliebten geschrieben, sie würde ihre Entscheidung bereuen!«

»Gut möglich.« Sebastian Keller ließ sich nicht aus der Ruhe bringen. »Das war aber keine Drohung, sondern eine Prophezeiung!« Ruhig saß er auf seinem Stuhl, die Füße fest auf dem Boden platziert. »Weil wir irgendwann, und sei es auf dem Sterbebett, einmal all unsere Fehler bereuen. Und zwar weniger das, was wir getan haben, sondern viel mehr das, was wir unterlassen haben!« Stoisch sah er erst Alois Schön und dann Natascha in die Augen. Dadurch entstand eine kurze Pause, bis er fortfuhr: »Ich habe Petra erläutert, dass ihre eigenen Worte und ihr Verhalten belegten, dass ihre Ehe schon seit geraumer Zeit am Ende sei. Und dass sich ihr Unterbewusstsein längst für mich entschieden hätte, sie das aber nicht wahrhaben wolle.«

»Wenn man eine Frau zurückgewinnen will, sollte man sich seine Worte gut überlegen«, merkte Natascha an.

»Maybe. Auf jeden Fall war ich ehrlich. Höchstwahrscheinlich sogar zu ehrlich … far too much.«

Sebastian Keller griff zur Colaflasche und schenkte sich ein. »Doch unter Stalking versteht man wohl ein wesentlich drastischeres Vorgehen.« Danach trank er einen großen Schluck. »Wissen Sie, Herr Kommissar, Petra war wenig kritikfähig und duldete keinen Widerspruch.« Erneut machte er eine Pause, in der er sich wieder in den nachdenklichen, verletzlichen Romeo verwandelte. »Eigentlich ein Witz, dass ich mich in die Lady so heftig verliebt habe. Aber es ist nun mal geschehen!« Das große Mannsbild saß da wie ein Teenie, der zu schüchtern ist, seine Angebetete zum Abschlussball einzuladen.

»Wir haben Informationen, dass Sie Petra Malterer damit gedroht haben, ihren Ehemann über Ihre Affäre zu informieren«, fuhr Alois Schön mit der Vernehmung fort.

»That's correct.« Der abgewiesene Liebhaber saß unbeeindruckt auf seinem Stuhl, die Füße abermals locker übereinander gekreuzt.

»Und? Haben Sie den Ehemann informiert?«

»Of course not! Sonst wäre die Sache aus dem Ruder gelaufen.«

Natascha runzelte die Stirn. »Wie dürfen wir das verstehen?«

Sebastian Keller verlagerte sein Körpergewicht nach hinten gegen die Stuhllehne und legte den rechten Knöchel auf sein linkes Knie, sodass Ober- und Unterschenkel im 90°-Winkel zueinander standen. Sein großer Zeh berührte von unten die Platte des

Vernehmungstisches. »Ihr Mann wäre mir ziemlich egal gewesen, doch wollte ich ihre Kinder da nicht mit hineinziehen.«

Natascha kniff irritiert die Augen zusammen. »Sie haben Rücksicht auf die Kinder genommen? Das ist aber seltsam.«

»Mag sein, aber ich habe den alten Trottel trotzdem nicht informiert!« Mit festem Blick sah Keller sein Gegenüber an. »Ich wollte Petra nicht in Schwierigkeiten bringen. Schließlich habe ich sie geliebt!«

Alois Schön musste ebenfalls durchatmen: »Glauben Sie, dass der Ehemann dennoch etwas von ihrer Beziehung gemerkt hat?«

»Ich denke nicht, Herr Kommissar. Petra hat stark aufgepasst, dass unsere Affäre nicht ans Licht kommt. Meines Erachtens too much. Denn aufgrund dessen, dass sie niemandem ihr Glück mitteilen konnte, verstärkten sich nur ihre Gewissensbisse.«

»Was macht Sie so sicher?«, hakte Natascha nochmal ein.

»Na ja«, deutete Sebastian Keller zögerlich an, »bei einem Date haben wir es nicht mal bis ins Schlafzimmer geschafft …« Ein frivoles Schmunzeln breitete sich in seinem Gesicht aus. »Also liebten wir uns auf dem Teppich. Petra schrieb mir damals eine SMS, dass ihrem Mann ihre Hautabschürfungen am Steißbein aufgefallen seien. Allerdings habe er keinen Verdacht geschöpft.« Das zweideutige Grinsen verwandelte sich in ein verächtliches Lachen. »Ich weiß nicht, was sie ihm erzählt hat, aber offenbar glaubt ihr der Typ einfach alles!«

»Kennen Sie Herrn Malterer persönlich, haben Sie ihn schon mal gesehen oder aus der Nähe beobachtet?«

»Nein«, schüttelte Sebastian Keller den Kopf, »nur aus Erzählungen.« Er lehnte sich weit zurück, verschränkte seine Arme kurzzeitig im Nacken. Das Lächeln, mit dem er die Kommissare ansah, wirkte hochnäsig und herablassend. »Mich erinnert die Beziehung der Malterers mehr an eine Wohngemeinschaft als an eine Ehe. Jeder macht, was er will, aber nach außen hin den Schein wahren.« Er hielt kurz inne. »Im Grunde kotzt mich ein solches Verhalten an!«, kam ihm noch laut und deutlich über die Lippen. Danach wurde seine Mimik von Sekunde zu Sekunde depressiver, seine Stimme verlor an Volumen: »Und Petra hat selbst gesagt, dass sie für ihren Mann nichts mehr empfindet!« Er schluckte. »Sie war nur zu feige, die Konsequenzen zu ziehen!«

Natascha sprach ebenfalls sehr leise: »Hat sich Frau Malterer später nochmal bei Ihnen gemeldet?« Auch wenn es nicht sehr professionell zu sein schien, der Mann tat ihr irgendwie leid.

»Unfortunately not.«

»Aber Sie haben sie doch noch einmal getroffen, das konnten wir anhand Ihrer E-Mails recherchieren!« Obwohl sie die Lautstärke nur unwesentlich erhöhte, klangen ihre Worte eindringlich und beschwörend.

»Correct. Das streite ich gar nicht ab. Allerdings ging die Initiative dazu von mir aus.« Sebastian Keller seufzte, bevor er sich auf seinem Stuhl zurücklehnte.

»Was wollten Sie noch von ihr?«, erkundigte sich Alois Schön. »Immerhin hatte Ihnen die Dame mit der Polizei gedroht.«

Sebastian Keller grinste: »Das war doch bullshit, reine Panik.« Es schien, als seien seine Lebensgeister von einer Sekunde auf die andere erwacht. Er setzte sein Glas an die Lippen, obwohl es bereits leer war. Mit Mühe und Not erreichte ein letzter Tropfen seinen Gaumen.

»Ich hatte inzwischen eine neue Freundin«, begann er in ruhigem Ton, »wir verstanden uns hervorragend und ich hegte die Hoffnung, dass ich durch diese Liebe Petra vergessen könnte.« Er griff nach der zweiten Colaflasche, um sein Glas zu füllen. Anschließend sah er die beiden Kommissare beschwörend an. Als ob er aus ihren Gesichtern lesen wollte, wie sie auf seine Worte reagierten. »Aber zu allem Unglück erkrankte Karla an Krebs.«

Tatsächlich stand Natascha einen Moment lang der Mund offen.

Auch Alois Schön zeigte sich mitfühlend: »Das muss für Sie sehr hart gewesen sein.«

»Das können Sie laut sagen!«, fuhr Sebastian Keller in seiner Geschichte fort. Als ob er nur darauf gewartet hatte, diese erzählen zu können. »Aber vor allem habe ich durch diesen Schicksalsschlag erkannt, dass es wichtigere Dinge als Geld im Leben gibt! Und genau das wollte ich Petra mitteilen. Denn die war schon sehr materialistisch.«

»Wann war das?«

»What do you mean?« Keller zuckte mit den Achseln, bevor er antwortete: »Der Krebs wurde bei Karla Anfang August diagnostiziert.« Er überlegte laut: »Die SMS an Petra, das war kurz nach der Wiesn. Das Treffen selbst fand allerdings erst im November statt.«

»Erzählen Sie uns davon!«

Sebastian Keller schüttelte grinsend den Kopf. Wobei es sich weniger um ein erotisches Schmunzeln oder ein schweinisches Feixen handelte. Sondern ein Lächeln voll Häme, Zynismus und Hohn, ein Lachen der Marke »dass ich das erleben durfte« vielleicht sogar der Sorte »was war ich damals für ein Idiot«. »Petra reagierte absolut kühl und emotionslos. Wir haben uns fast zwei Stunden unterhalten, aber eigentlich war das ganze Gespräch – abgesehen von meinen Ausführungen über Karla – nur hohles, oberflächliches Geschwätz. Sie erzählte, was ihre Kinder in der Schule machen, fragte, ob ich Skifahren gehe und wie mein Geschäft liefe.« Sebastian Keller zog die Mundwinkel nach oben: »Als ob sie nicht wüsste, was ich die letzten Monate durchgemacht hatte. Zwei hochgradig emotionale Beziehungen mit unglücklichem Ausgang, da ist es doch normal, dass der Job drunter leidet!« Sein Blick wanderte zur Decke. »Aber der Hammer war, dass sie mich fragte, weshalb ich sie mit dieser rührseligen Krankheitsgeschichte vollquatsche!« Den Kopf lehnte er zurück. »Noch Tage danach habe ich mich gefragt, ob sie tatsächlich ein so eiskaltes Luder ist? Oder ob sie nur Angst hatte, ihre wahren Gefühle zu offenbaren?«

Nach einer Pause fügte er hinzu: »Dabei war die Trennung von Karla bei Weitem nicht so schmerzhaft wie der Liebeskummer, den Petra verursachte. Die Lady hat mich wirklich einen Haufen Geld gekostet!«

»Das klingt, als ob Sie damals sehr wütend waren.«

»Finden Sie?« Sebastian Keller zuckte mit den Achseln. »Bei Karla hatte ich Verständnis für ihre Entscheidung. Bei Petra dagegen … Ich denke, bei solch heftigem Herzschmerz … bei den Gefühlen … ist das normal. An manchen Tagen sind Sie wütend, an anderen depressiv … kommt ganz darauf an.«

»Dennoch hielten sich Ihre Trauerphasen in Grenzen«, wandte Natascha ein. »Oder sollen wir annehmen, dass die Beziehung zu Ihrer Freundin Karla rein platonisch war?«

Sebastian Keller schmunzelte: »Natürlich nicht, Frau Frey. Wenn man sich liebt, gehört doch Sex dazu, oder nicht?«

»Hofften Sie, das Verhältnis mit Frau Malterer fortsetzen zu können?«, erkundigte sich Alois Schön.

Sebastian Keller legte beide Unterarme auf den Vernehmungstisch. »Auf jeden Fall wusste ich, dass es fast unmöglich ist. Das musste sogar ein Optimist, wie ich es bin, anerkennen. Obwohl es zu Petras Vorteil gewesen wäre!«

»Sie sind aber selbstbewusst!«, entfuhr es Natascha.

»Ich denke, dass ich mich nicht verstecken muss, Frau Frey. Zusammen mit Petra …« Sebastian Keller stoppte mitten im Satz. »Wir zwei wären ein echtes Traumpaar gewesen … Alle Welt hätte uns beneidet.« Er nahm den Kopf nach hinten, blickte starr an die Wand. »Wenn Petra frei gewesen wäre … ihre Gefühle für mich nicht verdrängt hätte … das wäre ganz toll geworden. Really great!« Nach einer kurzen Pause beendete er seine Ausführungen mit folgenden Worten: »Sie können es gerne in Ihr Protokoll schreiben: Petra Malterer was the love of my life.«

»Was Sie jedoch nicht von der Liste der Verdächtigen streicht«, entgegnete Alois Schön unbeeindruckt. »Deswegen frage ich Sie das jetzt ganz direkt: Wo waren Sie am Abend des 14. Dezember?«

»Vermutlich zu Hause. Wo sonst?«

»Gibt es dafür Zeugen?«

»Of course not, ich lebe allein.«

»Oder waren Sie da schon auf Geschäftsreise?«

»Nein, nach Dubai bin ich erst letzten Samstag geflogen.«

»Das heißt, Sie haben für die Tatzeit kein Alibi!«, stellte Natascha fest.

»Kann schon sein, brauche ich aber auch nicht. Ich habe Petra nicht umgebracht!«

»Tun Sie sich und uns trotzdem den Gefallen und schauen Sie sich bitte noch einmal Ihren Terminkalender an.« Alois Schön stand auf, um den Zeugen zu verabschieden: »Sollen wir Ihnen ein Taxi rufen?«

»Nicht nötig, ich nehme die U-Bahn. Der Spaziergang an der frischen Luft von der S-Bahn zu meinem Büro wird mir gut tun.«

»Fahren Sie über die Feiertage in Urlaub?«

»No, Sir. Ich erhol mich lieber zu Hause.« Mit großen, schnellen Schritten verließ Sebastian Keller das Kriminaldezernat in der Hansastraße.

Am Nachmittag befragten Natascha und Alois Schön das Personal des P1. Niemand erinnerte sich an Petra Malterer und ihre Begleitung. Geschweige denn, mit wem sich die Tote zu später Stunde amüsiert hatte.

DIE ZWEI LEBEN DER PETRA MALTERER

Am Freitagmorgen rief Alois Schön in Bogenhausen an. Die Ergebnisse der Untersuchung des Laptops machten eine weitere Befragung von Vater und Sohn notwendig. Franz Malterer sträubte sich zu Anfang, doch der Leiter der Mordkommission ließ keine Ausrede gelten.

Pünktlich und ohne Anwalt erschienen die beiden zum vereinbarten Termin. Während Alois Schön den Witwer befragte, durfte sich Natascha um Maximilian kümmern. Zwecks Analyse der Körpersprache hatten sie sich jeweils einen Kollegen eines anderen Kommissariats ausgeliehen.

Franz Malterer trug weiterhin Trauer: schwarzer Hut, schwarzer Anzug, weißes Hemd und schwarzer Schlips.

»Haben Sie sich mit Maximilian wieder vertragen?«, begann Alois Schön die Vernehmung im freundlichen Ton.

»Maximilian hat mir bei den Vorbereitungen zur Beerdigung sehr geholfen. Und gestern hat er mich gefragt, ob ich ihm bei der Formulierung der Eigenbedarfskündigung helfen könne.«

Alois Schön hatte den Eindruck, dass dem Witwer der letzte Satz rausgerutscht war. »Er scheint es mit dem Ausziehen wirklich ernst zu meinen«, behauptete er deshalb. »Wollte er das schon früher, als Ihre Frau noch lebte?«

»Erst seitdem er mit Martina zusammen ist. Allerdings haben wir ihm immer gesagt, dass wir ihm in München keine eigene Wohnung finanzieren. Petra war in dieser Hinsicht sogar noch strikter als ich!«

»Und seine Freundin? Wie hat die reagiert?«

Franz Malterer lächelte. »Na, wie schon? Sie hat Maximilian in seiner Meinung bestärkt! Allerdings ist sie dabei nie laut geworden. Dazu ist sie viel zu besonnen.«

Diese Aussage schrie nach einer Pause. Demzufolge ließ sich Alois Schön mit der nächsten Frage Zeit: »Wie gut kennen Sie Martina?«

»Die beiden haben sich in der 089 Bar kennengelernt«, begann Franz Malterer, ohne groß nachzudenken. »Sie ist ganz schön verschossen in ihn. Daher wollte sie auch nicht, dass Maximilian zum Studium in eine andere Stadt zieht.« Um seine Mundwinkel breitete sich ein zaghaftes Lächeln aus. »Sie ist ein sehr nettes Mädchen, ich mag sie!«

»Können Sie sich vorstellen, dass Maximilian oder Martina etwas mit dem Tod Ihrer Frau zu tun haben?«

»Warum denn das?« Franz Malterer stützte seine Hände gegen den Vernehmungstisch.

»Damit er die Wohnung in Schwabing erbt und nicht mehr bei Ihnen wohnen muss!«

»Und deswegen soll er seine Mutter ermorden? Entschuldigung, Herr Kommissar, das ist doch krank!« Mit festem Blick musterte der Studiendirektor den Leiter der Mordkommission. Es schien, als ob er an dessen Verstand zweifelte.

»Wir erleben so einiges! Habgier ist ein weit verbreitetes Mordmotiv. Es wäre nicht das erste Mal, das ein Sohn seine Eltern tötet, um schneller an sein Erbe zu gelangen.«

Der Vater schüttelte den Kopf.

»Außerdem hat sich Maximilian darüber aufgeregt, dass seine Mutter verhindert hat, dass er ein eigenes Auto bekommt. Ferner besteht noch die Möglichkeit, dass er seiner Freundin sein Herz ausgeschüttet hat, und diese später ohne sein Wissen zur Tat geschritten ist.«

»Auch das halte ich für ausgesprochenen Blödsinn, werter Herr Kommissar. Martina und Petra haben sich hervorragend verstanden. Zudem müsste sie damit rechnen, dass sie erwischt wird und ins Gefängnis muss. Dann wäre sie endgültig von Maximilian getrennt!«

Alois Schön war überrascht, wie nüchtern Franz Malterer seine These zerlegt hatte, obwohl ihm sein Ärger und sein Missfallen deutlich anzusehen waren. Augen und Mund waren zusammengekniffen, zwischen seinen Augenbrauen hatte sich eine tiefe Falte gebildet.

»Sie haben vollkommen recht, Herr Malterer. Aber viele Mörder denken nicht so weit. Und verliebte Mörder schon gar nicht!«

Franz Malterer runzelte die Stirn, was ihn für den Bruchteil einer Sekunde witzig aussehen ließ. Es schien, als ob sein Gehirn nicht wusste, wie es auf die Überlegungen des Kommissars am besten reagierte: Sollte es seine Emotionen angesichts dieser unverschämten Unterstellungen wie einen Vulkan ausbrechen lassen, sollte es die Kontrolle bewahren oder seine Unsicherheit zur Geltung bringen? Bis es sich dann doch entschied: Franz Malterer haute mit der Hand auf den Tisch. »Weder Maximilian noch Martina haben etwas mit dem Tod meiner Frau zu tun. Merken Sie sich das!«

Alois Schön wollte den Witwer beruhigen: »Ich weiß, dass viele unserer Fragen provokativ, teilweise sogar absurd klingen. Aber wir dürfen bei unseren Ermittlungen keine Möglichkeit außer Acht lassen. Und sei sie noch so unwahrscheinlich.«

Er nahm die Flasche mit Mineralwasser und schenkte sich und dem Zeugen ein: »Ich habe noch eine ganz andere Frage, Herr Malterer. Hatten Sie in den letzten Wochen Besuch von Verwandten?«

»Nein, warum?«

»Weil Sie mit zwei überaus attraktiven Damen gesehen worden sind.« Vier auf Körpersprache geschulte Augen musterten den alten Herrn aufs Genaueste, achteten auf jede Regung seines Körpers. Dieser saß jedoch auf seinem Stuhl, als könne er nicht bis drei zählen.

»Nun interessiert uns, wer die Schönheiten waren?«

»Wer erzählt denn sowas?« Franz Malterer wirkte verwirrt. »Wen meinen Sie?« An seiner Stirn bildeten sich zwei waagerechte Furchen. »Wollen Sie nun auch noch behaupten, ich hätte Petra betrogen? Bitte unterlassen Sie diese unverschämten Unterstellungen!« Die Ader an seiner Schläfe wuchs vor Zorn. »Ist das Ihre normale Vorgehensweise bei Mordfällen? Dass Sie zuallererst die gesamte Familie des Opfers in den Schmutz ziehen, und erst später Ihr Hirn einschalten und ermitteln?«

»Wir analysieren nur die Fakten und stellen Fragen.« Freundlich, aber bestimmt blickte Alois Schön seinem Gesprächspartner in die Augen. »Haben Sie denn Ihre Frau betrogen?«

»Um Gottes willen, nein! Ehebruch ist doch eine Todsünde! Außerdem habe ich Petra vor Gott versprochen, mit ihr zusammenzubleiben. In guten wie in schlechten Tagen!« Seiner festen Stimme konnte man anhören, dass er diese Worte vollkommen ernst meinte. Todernst.

»Wer waren die beiden Damen?«, blieb der Leiter der Mordkommission hartnäckig.

»Wen meinen Sie denn? Helfen Sie mir auf die Sprünge. Bitte!«

»Also gut, Herr Malterer.« Alois Schön wollte den Witwer nicht länger auf die Folter spannen. »Man hat

Sie beobachtet, als sie Anfang November mit einer attraktiven Schwarzhaarigen in einem Café gegenüber Ihrer Schule saßen. Und drei Wochen später wurden Sie mit einer langbeinigen Blondine vor dem Oberpollinger gesehen.«

Franz Malterer begann, sich zu erinnern. Ein sanftes Lächeln zog langsam über sein ganzes Gesicht. »Das waren Kathi und Lisa, zwei ausnehmend hübsche Wesen. Sie haben recht, mit diesen Schönheiten hatte ich ein Date!«, schmunzelte er über seine eigene Wortwahl.

»Erzählen Sie mir von den Damen. Wo haben Sie sie kennengelernt?«

»Kathi hat mich beim Verlassen des Gymnasiums angesprochen, ob ich helfen könne. Ihr Auto springe nicht an und sie benötige ein Starterkabel. Selbstverständlich habe ich ihr geholfen. Zum Dank wollte sie mich zum Mittagessen einladen, aber ich habe abgelehnt, weil ich nach Hause musste. Am nächsten Tag stand sie wieder vor der Schule. Sie war sehr beharrlich und so haben wir uns im Café verabredet.«

»Wollte die Dame etwas von Ihnen?«

»Schon möglich«, gab Franz Malterer treuherzig zu. »Sie erzählte mir, dass sie kürzlich nach München gezogen sei und sich einen neuen Bekanntenkreis aufbauen müsse. Und da ich zu der fast ausgestorbenen Rasse der Gentlemen zählen würde, würde sie gerne öfter mit mir ausgehen. Das hat mir natürlich imponiert!«

»Die hat ja ganz schön Süßholz geraspelt.«

»Stimmt, und ich muss zugeben, dass es mir gefallen hat. Aber als sie begann, meine Hand zu streicheln, fragte ich sie, ob sie meinen Ehering nicht bemerkt habe?« Franz Malterer sprach mit jedem Wort schneller, war sichtlich erregt: »Wissen Sie, was sie daraufhin gemacht hat?«

»Nein«, bekannte Alois Schön so schnell er konnte, um den Redefluss des Witwers nicht zu stoppen.

»Sie hat meine Hand genommen, mir tief in die Augen geschaut …« Er benötigte eine Pause, damit sich die Silben nicht überschlugen. »… und dann hat sie grinsend den Ring geküsst! Ich war völlig perplex. Dennoch habe ich ihr erklärt, dass ich glücklich verheiratet sei. Mit einer Frau, die nicht älter sei als sie und die ich auf keinen Fall betrügen würde.«

Alois Schön lehnte sich entspannt in seinem Stuhl zurück. Er führte sein Glas an die Lippen, in der Hoffnung, der Zeuge möge es ihm gleichtun und sich ein wenig beruhigen. Aber auch er wünschte sich eine Verschnaufpause, um sich zu sammeln. Denn obwohl er Franz Malterers Verhalten zu hundert Prozent guthieß, musste er innerlich grinsen. »Wie ging es weiter?«, erkundigte er sich in ruhigem Ton, nachdem sich dessen Blutdruck normalisiert hatte.

»Kathi entschuldigte sich und sagte, sie wolle den Kontakt mit mir aufrechterhalten. Eine Woche lang kam sie täglich zur Pausenzeit. Bis ich laut wurde, und ihr klar und deutlich zu verstehen gab, dass ich nicht das geringste Interesse an ihr habe.« Zufrieden und in der Gewissheit, alles richtig gemacht zu haben, lehnte sich Franz Malterer in seinen Stuhl zurück. »Scheinbar hat sie es daraufhin selbst eingesehen.« Er streckte die Beine unter dem Tisch so weit aus, dass sie die Füße von Alois Schön leicht berührten.

»Was war mit Lisa?«

»Lisa rief in der Schule an.« Der Witwer setzte sich wieder gerade hin. »Sie sei Journalistin, die einen Bericht über Fördervereine schreibe. Ob man sich nachmittags in der Stadt treffen könne?« Franz Malterer griff zu seinem Wasserglas. »Sie müssen wissen, ich bin Vorstand des Fördervereins unseres Gymnasiums. Natürlich habe ich zugestimmt, denn Publicity schadet nie!«

»Wo haben Sie sich getroffen?«

»Wir waren um 15 Uhr am Stachusbrunnen verabredet. Ich habe sie zuerst gar nicht erkannt, denn mit einer solchen Schönheit hatte ich nun wirklich nicht gerechnet. Zudem klang ihre Stimme am Telefon älter.« Er zog seinen Stuhl ein paar Zentimeter näher an den Tisch heran und beugte sich leicht nach vorne. Als ob die nächsten Sätze nicht für alle Ohren im Raum bestimmt wären: »Lisa fragte mich, ob es mir etwas ausmache, wenn ich mit ihr kurz in die Sportabteilung von Karstadt käme. Sie müsse dort nur schnell eine Kleinigkeit besorgen, und es wären ja nur ein paar Meter dorthin.« Seine Arme lagen ruhig auf dem Vernehmungstisch. »Anschließend haben wir uns ins Café Rischart am Marienplatz gesetzt und uns sehr nett unterhalten. Sie machte sich eifrig Notizen für ihren Artikel und versprach, mir ein Exemplar zur Kontrolle vorab zuzusenden. Als wir fertig waren, fragte sie mich, ob sie mich um einen weiteren Gefallen bitten dürfe.« Offensichtlich maß Franz Malterer den nun folgenden Worten eine besondere Bedeutung bei. Sonst hätten seine Augen nicht so sehr geglänzt, hätte er die Pause nicht so stark ausgedehnt. »Sie müsse zu Palmers, um Dessous zu kaufen. Ich könne sie da als Mann von Welt doch sicherlich gut beraten!«

Alois Schön schmunzelte, obwohl er das Ganze für eine plumpe Anmache hielt. »Haben Sie eingewilligt?«

»Um Gottes willen, nein! Wie stellen Sie sich das vor? Dass sie mir die Wäsche vorführt? Und im Anschluss daran mit mir in ein Hotel geht?«

»Vielleicht wollte sie das ja.«

»Dazu gehören immer noch zwei!« Franz Malterers Herz schlug erneut schneller, sein Puls raste. »Ich auf jeden Fall habe meinen Kaffee bezahlt und bin gegangen.« Nachdem er sich beruhigt hatte, ergänzte er mit Stolz in der Stimme: »Ich gebe zu, bei den beiden ist es für einen Mann schwer, treu zu sein. Aber ich bin standhaft geblieben! Denn das Sakrament der Ehe ist mir heilig!«

»Eine äußerst lobenswerte Einstellung«, bestätigte Alois Schön. »Hat Sie die Lady denn daraufhin in Ruhe gelassen?«

»Nein. Lisa hat ein paar Tage später angerufen, um sich ein weiteres Mal mit mir zu treffen. Natürlich habe ich dankend abgelehnt. Darauf erwiderte sie, dass sie ohne ein zweites Gespräch den Artikel nicht schreiben könne. Ich antwortete ihr, dass der Förderverein unter diesen Voraussetzungen lieber verzichtet.« Selbstzufrieden sah der Studiendirektor die Kriminalbeamten an: »Das war's dann endgültig. Die Dame hat sich bis heute nicht mehr bei uns gemeldet, weder bei mir noch bei einem anderen Vorstand unseres Vereins.«

»Das klingt alles sehr plausibel, Herr Malterer, Sie haben sich vorbildlich verhalten! Wie es sich für einen guten Ehemann gehört. Ich glaube Ihnen, dass Sie weder mit Lisa und ebenso wenig mit Kathi eine Affäre hatten.«

»Wunderbar, dass Sie mir zustimmen. Für mich gibt es nun mal nur eine Frau im Leben. So wie es die katholische Kirche vorgibt!« Franz Malterer saß wieder völlig entspannt auf seinem Stuhl und atmete ruhig. Seine Hände hatte er in seinem Schoß zusammengefaltet.

»Allerdings …«, Alois Schön schaute den Witwer mit ernster Miene an, »… scheint das Ihre Frau nicht ganz so streng gesehen zu haben.«

»Ich verstehe nicht.«

»Unsere Spezialisten haben den Laptop und das Handy Ihrer Frau untersucht.«

»Und?«

»Wir konnten diverse gelöschte E-Mails und einige SMS rekonstruieren. Aus den Dateien geht eindeutig hervor, dass Ihre Frau eine außereheliche Beziehung hatte.«

Die Gesichtszüge des Betrogenen versteinerten sich. Er schluckte, sagte aber kein Wort.

Daher wurde Alois Schön lauter: »Wussten Sie davon, Herr Malterer?«

Der Witwer schluckte ein zweites Mal. Er war sichtlich geschockt und hatte Schwierigkeiten, Haltung zu bewahren. Obwohl es im Vernehmungsraum nicht sehr warm war, hatten sich zwischen seinen lichten Haaren Schweißperlen gebildet. »Nein!« Mehr als diese eine Silbe brachte er nicht heraus. Stattdessen vergrub er das Gesicht in seinen Händen.

Alois Schön lehnte sich in seinen Stuhl zurück: »Ich kann nicht glauben, dass Sie von der Affäre Ihrer Frau nichts bemerkt haben, Herr Malterer! Ein Mensch mit Ihrer Intelligenz, Ihrer Ausbildung und Ihrer Lebenserfahrung!«

Das saß. Entgeistert sah Franz Malterer den Leiter der Mordkommission an. Mit zittrigen Fingern lockerte er seine Krawatte. »Ich bin kein Psychologe«, merkte er kleinlaut an. Mit seinem Stofftaschentuch tupfte er sich die Stirn ab. »Außerdem ist meine Studienzeit schon ewig vorbei.« Seine Oberlippe vibrierte. »Wann? … Kenne ich … Wie …«, stammelte er. Er spuckte die Worte aus, ohne seine Gedanken zu Ende zu führen. Offenbar wusste er selbst nicht, ob er Einzelheiten dieser Schmach ertragen wollte. So dauerte es, bis ihm ein vollständiger Satz über die Lippen kam: »Vielleicht kann ich mich ja rückwirkend erinnern!« Mit riesigen Augen sah der alte Mann seinen Gesprächspartner an.

»Nach unseren Erkenntnissen haben sich die beiden im letzten Fasching kennengelernt und kurz nach Pfingsten wieder getrennt.«

Franz Malterer atmete schwer. Seine Augenbrauen zogen sich zusammen. »Tut mir leid.« Es schien, als ob er sich deswegen schämte. Vermutlich wusste er selbst nicht, auf wen er wütender sein sollte: auf den Liebhaber, auf seine Gattin oder seine eigene Person.

»Warum haben Sie denn Ihre Frau so oft alleine ausgehen lassen?«, bohrte Alois Schön weiter.

»Petra brauchte das einfach«, platzte es aus dem Senior heraus, »sie war doch viel jünger als ich!« Es dauerte einen Moment, bis er leise hinzufügte: »In meinem Alter muss man nicht mehr jede Party mitmachen.« Es schien, als ob er sich nun für den Tod seiner Frau verantwortlich fühlte. Auf jeden Fall hatte er Mühe, Alois Schön anzusehen.

»Demzufolge hat es Sie nie gestört, dass Ihre Frau so oft alleine ausging?«

»Nein«, antwortete der Witwer. »Freilich war mir bewusst, dass Petra mit anderen Männern flirtet. Aber den Spaß habe ich ihr gegönnt.«

»Waren Sie nie eifersüchtig?« In den Augen von Alois Schön war Eifersucht auch ein Zeichen von Liebe. Sie durfte nur nicht ausarten.

»Wieso? Ich habe Petra vertraut. Obwohl wir schon

so lange verheiratet waren, habe ich sie geliebt wie zu Beginn unserer Ehe. Und ich war fest davon überzeugt, dass sie mich genauso liebt!« Der Aspekt, dass sich diese hehren Gedanken als falsch erwiesen hatten und dennoch ausgesprochen wurden, verstärkte Franz Malterers Unwohlsein. Er öffnete den obersten Knopf seines Hemdes und lockerte die Krawatte ein weiteres Stück. Dann fügte er zu seiner Entschuldigung hinzu: »Ich war mir die ganzen Jahre über sicher, dass es beim Flirten bliebe. Schließlich wusste Petra, dass ich eine Affäre niemals tolerieren würde. Unter keinen Umständen!«

Alois Schön ließ bewusst einige Sekunden verstreichen, bevor er sich erkundigte: »Wirkte Ihre Frau in der Zeit von Anfang März bis Mitte Juni verändert?«

»Ist mir nicht aufgefallen, weder positiv noch negativ. Und mehr Termine hatte sie auch nicht!«

»Sonst irgendetwas? Anonyme Post oder Anrufe?«

»Kann ich mich nicht erinnern«, schleuderte der betrogene Ehemann dem Kommissar geschwind eine Antwort entgegen. »Oder doch!« Offensichtlich ging er erst jetzt in sich. »Zu ihrem Geburtstag erhielt Petra eine Karte ohne Absender. Auf meine Frage hin erklärte sie mir, diese sei von einem Kollegen, der immer so blöde Witze mache. Ich habe ihr geglaubt.« Verlegen lächelte er die Kriminalbeamten an. »Aber aus heutiger Sicht kann das natürlich schon ihr Liebhaber gewesen sein.«

»Und später? Wie gesagt, Herr Malterer, die Affäre Ihrer Frau wurde kurz nach Pfingsten beendet. Haben

Sie in dieser Zeit etwas bemerkt? Wirkte sie vielleicht sogar erleichtert?«

»Nein, Herr Kommissar. Es tut mir aufrichtig leid, aber ich habe nichts festgestellt. Petra hat ganz normal gearbeitet, weil wir dieses Jahr in den Pfingstferien zu Hause geblieben sind. Wir waren ja bereits Ostern in Urlaub.«

Die Hände gefaltet, die Unterarme auf dem Tisch, den Oberkörper leicht nach vorne gebeugt. Franz Malterer schien aufmerksam und konzentriert. Seine Füße hatte er unter dem Stuhl angewinkelt und gekreuzt.

Alois Schön prüfte dennoch genau, inwieweit sich der Witwer beruhigt hatte, bevor er fortfuhr: »Dann habe ich nur noch eine Frage, Herr Malterer.« Er sah ihm direkt in die Augen: »Wenn Sie den heutigen Kenntnisstand berücksichtigen und das Abenteuer Ihrer Frau als Tatsache akzeptieren …«

Franz Malterer wandte den Kopf zur Seite, hörte dem Anschein nach nicht zu.

Trotzdem führte Alois Schön seinen Gedanken zu Ende: »… erscheinen dann Ihre Treffen mit Kathi und Lisa in einem anderen Licht?«

Die Antwort ließ lange auf sich warten: »Ich verstehe nicht!« Unsicher sah er sein Gegenüber an.

»Lassen Sie uns Folgendes überlegen.« Alois Schön sprach betont sanft. »Ihre Frau beendet ihre Affäre und enttäuscht damit den Liebhaber.«

»Ja und?«

»Mir fallen da verschiedene Möglichkeiten ein.« Der Leiter der Mordkommission erwartete gar nicht, dass ein betagter Mathe- und Physiklehrer ähnlich viel Phantasie besaß wie er. Dass ein Studiendirektor über genauso viel Erfahrung mit schrägen Typen und unwahrscheinlichen Lebenssituationen verfügte wie ein altgedienter Kriminalhauptkommissar. »Kathi und Lisa könnten sich an Sie herangemacht haben, um für den Mörder das Umfeld auszukundschaften!«

»Oder eine von ihnen hat Petra umgebracht!« Franz Malterer hatte verstanden.

»Das ist ebenfalls denkbar.« Alois Schön nickte. »Deshalb schlage ich vor, dass wir beim Landeskriminalamt anhand Ihrer Angaben Phantombilder von den Damen erstellen.«

»Gute Idee, probieren wir es«, antwortete der Witwer prompt.

»Sollen wir es sofort erledigen?«, schlug Alois Schön daraufhin vor.

»Ungern«, erwiderte Franz Malterer, »ich möchte gleich Lena von ihrer Freundin abholen. Das habe ich mit ihr so ausgemacht.«

»Gut, dann kommen Sie bitte gegen 15 Uhr in die Maillingerstraße.«

»In Ordnung. Ich werde pünktlich dort sein.«

JUNGE LIEBE

»Was macht Ihre Facharbeit?«, begann auch Natascha die Vernehmung mit Smalltalk.

»Sie ist fertig, ich habe sie gestern abgegeben.« Völlig entspannt saß Maximilian Malterer auf seinem Stuhl. Im Gegensatz zu seinem Vater hatte er sich normal angezogen. Seine langen Beine steckten in einer von denjenigen Jeans, die so teuer sind, weil sie so aussehen, als wären sie mit Mühe und Not dem Reißwolf entkommen. Die Haare nach hinten gekämmt und hinter die Ohren frisiert, setzten seine blonden Haarspitzen auf dem Kragen seines weißen Napapuri Sweatshirts auf.

»Gut ausgeschaut hat sie ja«, erwiderte er lapidar auf die Frage, ob er von der Affäre seiner Mutter gewusst hätte. Bestimmt habe es viele Kerle gegeben, die gerne mit ihr in die Kiste gehüpft wären. Und deshalb schließe er nicht aus, dass sie mal schwach geworden sei.

Woraufhin sich Natascha erkundigte, wie denn die Ehe der Eltern aus seiner Sicht gewesen sei.

»Jo mei, die große Liebe war's nicht mehr«, wurde ihr eine schnelle Antwort auf den Tisch geknallt. »Ist doch völlig normal, wenn man so lange verheiratet ist.«

»Wirklich?«

Erst jetzt ging Maximilian in sich: »Meine Mutter ist schon verdammt oft alleine ausgegangen.« Er blies Luft aus den Nasenlöchern. »Aber meinen Vater störte das offenbar überhaupt nicht.« Auch ihn habe das nicht tangiert, denn er habe keinen Grund zur Klage gehabt: »Es war genug zu essen im Kühlschrank, sie hat mir die Wäsche gemacht und wenn ich Geld brauchte, habe ich welches gekriegt«, fasste er seine Situation zusammen.

Für einen Moment überlegte Natascha, ob sie Maximilian auf das Autothema ansprechen solle. Doch dann verwarf sie ihren Gedanken. Die Aussage der Freundin war zu eindeutig, und für den Fortgang der Ermittlungen erschien ihr seine Reaktion unerheblich.

Stattdessen erkundigte sie sich nach dem Verhältnis zwischen der Toten und Martina Beck.

Seine Mutter habe sich mit seiner Freundin bestens verstanden, Martina sei praktisch ein Teil der Familie gewesen. Seine Eltern hätten niemals gemeckert, wenn sich Martina an ihrem Pool gesonnt hätte, zum Essen blieb oder auch über Nacht.

Die nächste Frage wollte Natascha so beiläufig wie möglich stellen. Deshalb lehnte sie sich in ihren Stuhl zurück und spielte mit ihren langen blonden Haaren: »Kannten Sie den Liebhaber Ihrer Mutter?«

Doch Maximilian ließ sich nicht in die Irre führen: »Ich wusste doch gar nicht, dass sie einen Geliebten hatte!« Er stützte die Hände auf den Vernehmungstisch, beugte seinen Oberkörper nach vorne und fragte fordernd: »Wer war es denn?«

Die Kommissarin reagierte gelassen: »Sagen Sie mir, wem Sie eine Affäre mit Ihrer Mutter zutrauen!«

»Sind wir jetzt bei Günther Jauch?« Der Abiturient setzte sich wieder zurück.

»Er hat ihr eine Visitenkarte gegeben.«

Maximilian streckte seine Beine aus und verschränkte die Arme vor seiner Brust: »Erwarten Sie wirklich, dass ich die Sachen meiner Mutter durchwühle oder ihr hinterherspioniere? Was weiß denn ich, von wem meine Mutter eine Visitenkarte bekommt? Und gewiss ist nicht jeder, der ihr seine Karte in die Hand drückt, ihr neuer Stecher!« Mit dieser Aussage hatte Maximilian sicherlich recht. Trotzdem empfand Natascha die Bemerkung als vulgär und respektlos gegenüber der Toten.

»Wie hätten Sie denn reagiert, wenn Sie erfahren hätten, dass Ihre Mutter fremdgeht?«, forschte sie dennoch in dieser Richtung weiter.

Der Junge konterte patzig: »Was geht mich die Ehe meiner Eltern an? Das müssen die mit sich selbst ausmachen!«

»Endloser Streit zwischen Ihren Eltern, permanentes Misstrauen bis hin zur Scheidung. Die Folgen hätten verheerend sein können!«

»Keine Ahnung, ich bin ja kein kleines Kind mehr.« Maximilian saß unaufgeregt auf seinem Stuhl. »Vielleicht hätte eine Trennung sogar Vorteile für mich gebracht? Womöglich hätte ich dann mit Martina in eine eigene Wohnung ziehen können!«

Natascha zog die Augenbrauen nach oben: »Wären Ihre Chancen auf ein Auto gestiegen?«

»Kann schon sein. Probiert hätte ich es bestimmt!«

»Ihre Schwester wäre doch in diesem Fall völlig am Boden zerstört. Und Ihr Vater ebenso!«, brachte die Kommissarin erneut die emotionale Seite ins Spiel.

»Mein Vater wär' doch selbst schuld!«

»Wieso?«

»Er wird schon irgendwas falsch gemacht haben. Wenn die Ehe funktioniert, geht keiner fremd.«

»Dem kann ich nur zustimmen«, nickte Natascha. Anschließend rückte sie einige Zentimeter näher an den Vernehmungstisch heran. Ihre Stimme klang sanft: »Haben Sie – rückblickend betrachtet – den Eindruck, dass Ihr Vater den Seitensprung Ihrer Mutter bemerkt hat?«

»Ist mir nicht aufgefallen.« Maximilian zeigte sich weiterhin distanziert. »Wie auch? Der Alte ist ständig in seinem Arbeitszimmer oder in der Kirche, meine Mutter selten zu Hause und ich bin normalerweise genauso viel unterwegs.« Er griff zu seinem Wasserglas und leerte es bis zur Hälfte.

»Hätte es Sie wirklich so kalt gelassen, wenn Ihre Schwester unter der Affäre oder einer Trennung Ihrer Eltern leidet?«, wiederholte Natascha ihre Frage.

Maximilian antwortete überraschend milde: »Natürlich ist es mir lieber, wenn die Lena fröhlich ist. Aber was soll ich denn tun?« Mit fragendem Blick, dem ein Spritzer Provokation beigemischt war, sah er Natascha an. »Meinen Eltern sagen, sie sollen eine bessere Ehe führen, damit sich die Kleine nicht so quält? Soll ich ihnen vielleicht auch noch vorschreiben, wie oft sie miteinander ins Bett gehen?«

Gut gekontert, dachte sich die Kommissarin und beendete die Befragung des Sohnes. Maximilians Position hatte sich in ihren Augen kein bisschen verändert. Weder positiv noch negativ.

Anschließend rief sie Martina Beck an. Diese versprach, sofort nach der Arbeit in die Hansastraße zu kommen.

Alois Schön, der die Vernehmung leitete, kam gleich zur Sache: »Wussten Sie von der Affäre von Frau Malterer?«

»Was für eine Affäre?« Martina Beck sah den Leiter der Mordkommission ungläubig an.

»Petra Malterer hatte einen Liebhaber.«

»Bitch!«, entfuhr es der jungen Dame. Ein Zischen, ziemlich leise und vermutlich ohne Absicht, aber selbst für Natascha, die etwas abseits saß, sehr gut vernehmbar. Gefolgt von einem Ausruf tiefer Empörung: »Einen so netten Menschen wie den Franz kann man doch nicht betrügen!«

Alois Schön blieb gelassen: »Wir haben bereits mit dem Herrn gesprochen.«

Eine Information, die nicht zur Beruhigung der Zeugin beitrug. »Die hat doch einen Mann wie den Franz gar nicht verdient!«, schrie Martina Beck laut auf.

»Maximilians Vater hat Ihnen also leidgetan?«

Die junge Frau zog die Stirn in Falten: »Wie meinen Sie? Ich sagte doch schon, ich hatte keine Ahnung, dass Petra fremdgegangen ist!« Sofort stieg ihr Blutdruck wieder an.

Doch Alois Schön war mit seinen Fragen noch nicht am Ende: »Glauben Sie, dass Maximilian etwas von der Affäre seiner Mutter mitbekommen hat?«

»Das hätte er mir bestimmt gesagt«, erwiderte die Freundin ohne zu zögern.

»Hätten Sie es auch dem Vater erzählt?«

»Vermutlich ja«, antwortete sie erst nach längerer Überlegung, »denn er ist zu nett, um hintergangen zu werden.«

Alois Schön hielt es nicht für notwendig, das Thema zu vertiefen. Demzufolge war die Befragung von Martina Beck beendet.

Am Nachmittag erschien Franz Malterer in den Räumen des Landeskriminalamtes. Anhand seiner Informationen erstellte ein Beamter mit Hilfe des Computerprogramms »Facette« Phantombilder von Kathi und Lisa.

»Wie gefällt Ihnen das Resultat?«, wollte der Experte am Ende der Prozedur wissen.

»Erstklassig, wie auf einem Foto!«

»Sie glauben also, dass wir die Damen hiermit finden?«

»Auf jeden Fall, Sie haben hervorragende Arbeit geleistet!«

»Dieses Kompliment kann ich nur zurückgeben. Hoffen wir, dass sich unsere Mühe gelohnt hat.« Der Polizist sah den Witwer freundlich an: »Also nochmals vielen Dank für Ihre Hilfe.«

»Nichts zu danken. Ich will schließlich auch wissen, wer Petra ermordet hat. Frohe Weihnachten.« Mit diesen Worten verließ Franz Malterer die Räume des LKA in der Maxvorstadt.

Die Kunstlehrerin bestätigte die Korrektheit der Phantombilder. Zwar habe sie die beiden Frauen nur von der Seite gesehen, und die beobachteten Treffen seien bereits eine Zeit lang her. Trotzdem entsprächen die präsentierten Ergebnisse ihren Erinnerungen. »Ich hätte sie nicht besser zeichnen können«, lobte sie das Computerprogramm.

Was Alois Schön dagegen ärgerte, war der Umstand, dass die versprochenen Aufnahmen aus dem P1 noch nicht vorlagen. Nora beteuerte, sie habe den zuständigen Mitarbeiter angewiesen, das Band sofort in die Hansastraße zu schicken.

Dieser erklärte, er habe die Filme gleich rausgesucht und einem Kurierdienst übergeben. Aber im Dezernat war das Paket auch am Abend noch nicht angekommen.

DIE STUNDE DER COMPUTERFORENSIKER

An Heiligabend und während der Weihnachtsfeiertage hatten Alois Schön und Natascha frei. Nach menschlichem Ermessen bestand nicht die geringste Gefahr, dass sich einer der Verdächtigen über die Festtage aus dem Staub machte. Selbstverständlich stand der Leiter der Mordkommission für den Fall einer dramatischen Wende oder eines neuen Deliktes auf Abruf bereit. Aber er war guten Mutes, in aller Ruhe Weihnachten feiern zu können.

Am ersten Weihnachtsfeiertag klingelte es um 11 Uhr Sturm. Frederik schien sich auf den Besuch bei seinem Papa und dessen Freundin sehr zu freuen.

»Wie geht's, Kumpel? Frohe Weihnachten!«

»Frohe Weihnachten, Papa. Hast du ein Geschenk für mich?«

»Kann gut sein, dass das Christkind bei mir etwas für dich abgegeben hat.«

»Papa, was soll denn der Schmarrn mit dem Christkind? Ich bin doch kein Baby mehr!«, tadelte Frederik den Vater, während er seine Jacke aufhängte.

»Dann kannst du dich gewiss auch ein bisserl gedulden! Ich muss erst noch einmal die Ente übergießen. Danach können wir bescheren.«

»Sag bloß, du hast gekocht?«

Alois Schön zog es vor, diese Bemerkung zu überhören. »Willst du Pommes oder Kroketten als Beilage? Als Gemüse gibt es Rotkohl.«

»Dann mag ich Pommes. Aber nur, wenn du Ketchup hast!«

»In Ordnung. Dann machen wir beides.«

»Während dein Vater in der Küche werkelt, können wir beide ja schon mal mit dem Bescheren anfangen.« Beate kam aus dem Arbeitszimmer und hielt Frederik ein kleines Paket entgegen.

»Voll geil! FIFA 12. Das habe ich mir schon ewig gewünscht«, jubelte der Elfjährige.

Die Schürze umgebunden, kam Alois Schön grinsend ins Wohnzimmer: »Wenn du Beates Geschenk so geil findest, brauchst du meins ja gar nicht mehr!« Dennoch ging er zum Schrank und holte ein großes, hübsch verpacktes Paket aus dem obersten Fach.

Frederik riss einfach das Papier auf. »Toll, der Container-Truck. Der fehlt mir noch in meiner Sammlung!«

Er umarmte Beate und danach seinen Vater, bevor er in seinem Rucksack kramte. »Ich habe auch ein Geschenk für euch. Das haben wir in der Schule gemacht. Passt auf, das hier ist zerbrechlich!«

Vorsichtig öffnete Alois Schön die Verpackung. Zum Vorschein kam eine Stiftschale aus Ton. Beate erhielt einen Briefkuverthalter aus Metall, den der Junior mit viel Liebe behämmert hatte.

»Danke, Frederik, die kriegen einen Ehrenplatz auf unserem Schreibtisch.«

»Für beide habe ich eine Eins bekommen!« Diese Nachricht vergrößerte die Freude des Vaters zusätzlich.

»Langsam müssen wir die Pommes und die Kroketten in den Ofen schieben. Wie groß ist denn dein Hunger?«

»Riiiiiiiesig!«, antwortete der Elfjährige und bestand darauf, das ganze Blech mit den Beilagen zu füllen. Anschließend deckte er mit Beate den Tisch.

Die Ente schmeckte vorzüglich und alle wurden rundum satt.

Alois Schön und Beate tranken Merlot, während sich Frederik mit Cola zufriedengab.

»Sollen wir dir beim Aufbau des Trucks helfen, oder schaffst du das alleine?«

»Das mache ich doch mit links, mit Lego kenn ich mich aus.«

»Das glaube ich dir, aber das hier ist nicht so einfach. Weil ich weiß, dass du ein kluges Kerlchen bist, habe ich dir bewusst etwas Schwierigeres gekauft.« Aus den Augen des Vaters blitzte der Schalk. »Außerdem geht es zu dritt garantiert schneller. Dann kannst du zu Hause sofort damit spielen.«

»Dann machen wir es eben gemeinsam.« Frederik schien von den Hilfsfähigkeiten des Papas und seiner Freundin nicht sonderlich überzeugt.

»Fangt schon mal an. Ich räume nur kurz noch die Spülmaschine ein!« Es dauerte gut zwei Stunden, bis das Werk vollendet war. Anschließend gingen sie zum Bäcker und um 20 Uhr brachte Alois Schön den Jungen zu seiner Mutter zurück.

Am Dienstag nach Weihnachten brachte ein Bote die Überwachungsbänder des P1 in die Hansastraße. Natascha machte sich sofort an die Arbeit. Sie erkannte Petra Malterer und ihre Freundin Manuela beim Tanzen. Für die Disco aufgebrezelt – aber eigentlich sahen sie aus wie immer. Wiederholt huschte Paul Steiner durchs Bild. Michaela Schmidbauer stand dagegen den ganzen Abend an der Bar. Zwar konnte man nicht genau erkennen, wie viel sie getrunken hatte, doch ihr Verhalten ließ erahnen, dass sie stark angeheitert war. Sogar den Streit mit der Toten hatten die Kameras festgehalten. Ebenso schien Petra Malterer jemandem eine Frage zu beantworten. Doch zu Nataschas Bedauern ließ sich nicht herausfinden, wer diese gestellt hatte. Vermutlich eine langbeinige Disco-Schönheit, ein Typ wie Kathi und Lisa. Aber von dieser Spezies gab es an besagtem Abend viele Exemplare im Club. Und unter Berücksichtigung der Tatsache, dass der Mörder sein Aussehen verändert haben könnte, noch ein paar mehr.

»So kommen wir nicht weiter«, stellte Natascha am Ende des letzten Filmes fest. »Wir sollten uns auf jeden

Fall noch einmal ausführlich mit dem Liebhaber unterhalten, die Zeit der Trauer ist vorbei!«

»Gute Idee, Frau Kollegin. Bei dieser Gelegenheit zeigen wir ihm die Bilder von Kathi und Lisa. Vielleicht finden wir einen Zusammenhang.«

»Glaubst du wirklich, dass es den gibt?« Natascha war überrascht, dass Alois Schön diese Spur ernsthaft verfolgte. »Womöglich waren die Damen nur zufällig zur gleichen Zeit auf der Suche nach einem solventen älteren Herrn?«

»Meinst du einen mit den Traummaßen eines Mannes? Ungefähr 90-60-43?«

»Ich versteh nicht, Alois?«

»Kennst du nicht die idealen Maße eines Mannes, nach denen jede Frau sucht?«

»Nein!«

»Dann will ich dich mal aufklären, Madel: Die Maße des idealen Mannes für eine Frau sind: 90-60-43: 90 Jahre alt, 60 Millionen Euro auf der Bank und 43 °C Fieber!«

»Könnte hinkommen«, stimmte Natascha schmunzelnd zu. Alois Schön genoss seinen Auftritt. Danach wurde er wieder ernster: »Ich denke, dass zwischen dem Erscheinen zumindest einer der Ladys und dem Mord eine Verbindung besteht. Ich hab das im Urin!«

Wie so oft in den letzten Tagen begann es auf dem Weg nach Baldham zu schneien. Kein Wunder also, dass ein Teil der Parkplätze vor dem Büro des Vermögensberaters durch geräumte Schneemassen blockiert war. Alois Schön parkte seinen Dienstwagen auf der anderen Seite der Straße.

Sie stellten ihre Schirme in den dafür vorgesehen Ständer und hängten ihre Mäntel in der Garderobe auf.

»Unsere Unterredung wird offenbar etwas länger dauern. Scheinbar sind Sie von meiner Unschuld immer noch nicht überzeugt!« Mit lässigem Fingerzeig bat Sebastian Keller die Kommissare, ihm in den Besprechungsraum zu folgen.

»Kommt drauf an. Wenn Sie uns ein vernünftiges Alibi präsentieren, sind wir schnell wieder weg.«

»Wann nochmal wurde Petra umgebracht?« Sebastian Keller stoppte mitten im Schritt und drehte sich ruckartig um.

»Vermutlich am 15. Dezember, in der Nacht von Mittwoch auf Donnerstag. Sagen wir zwischen 1 Uhr und 4 Uhr morgens.«

»Um diese Zeit schlafe ich normalerweise.«

»Womöglich haben Sie ja anderswo übernachtet!«

»Unfortunately not, Frau Kommissarin. Ich bin momentan Single, ein lonesome Cowboy!« Schelmisch lächelte er Natascha an: »Wenn ich das vorher gewusst hätte, hätte ich mich um ein Alibi gekümmert!« Bevor er selbstbewusst, fast arrogant, hinzufügte: »Für die Stunden nach Mitternacht bevorzuge ich natürlich schnuckelige weibliche Alibis.«

»Womit wir beim nächsten Thema wären«, nahm Alois Schön den Ball auf, als sie im Besprechungsraum Platz genommen hatten. Er zog die Phantombilder von Kathi und Lisa aus seiner Aktentasche: »Kennen Sie eine dieser Damen? Oder vielleicht sogar beide?«

»No, never seen.«

»Wirklich nicht?« Für Nataschas Geschmack kam diese Antwort viel zu schnell. »Schauen Sie sich die Bilder bitte genau an und bedenken Sie, dass diese anhand von Zeugenaussagen aus dem Gedächtnis erstellt wurden. Es reicht, wenn Sie jemanden kennen, der eine gewisse Ähnlichkeit aufweist.«

Alois Schön nickte zustimmend. Sebastian Keller zog daraufhin die zwei Blätter zu sich herüber und nahm diese einzeln in seine Hände: »Nice, alle beide! Really hot stuff!« Anschließend sah er die Kommissare mit ruhigem Blick an: »Aber ich muss Sie leider enttäuschen. Ich kenne eine Menge hübscher Ladys und die meisten sind groß und schlank. Aber diese Beautys gehören bedauerlicherweise nicht dazu. Believe me, an die würde ich mich garantiert erinnern!«

»Schade, wir hatten gehofft, Sie würden uns helfen können«, seufzte Alois Schön, bevor er sein nächstes Anliegen ansprach: »Außerdem interessieren wir uns für die Damen, mit denen Sie in Kontakt standen, nachdem Petra Malterer Ihre Beziehung beendet hat.«

»Bitte was?«

»Wir benötigen Informationen über die Nachfolgerinnen von Petra Malterer!«

Über der Nase des Finanzdienstleisters bildete sich eine senkrechte Furche, seine Augen verengten sich. »Wollen Sie jetzt mein gesamtes Privatleben durchleuchten?«

»Von Wollen kann keine Rede sein. Und auf unsere Diskretion können Sie ebenfalls zählen! Trotzdem müssen wir die Damen befragen!«

»Viel kann ich Ihnen da aber nicht bieten!«

Was sollte dieses Rumgezicke? Alois Schön wurde lauter. »Geben Sie uns einfach das, was Sie haben. Fotos, E-Mails, SMS«, erwiderte er unwirsch. »Am besten nehmen wir Ihren Computer und Ihr Handy mit!«

»Das geht nicht!«

»Warum?«

»Ich brauche den Laptop für meine Arbeit, ich habe nur einen Rechner. Und ohne mein Smartphone bin ich ja gar nicht erreichbar!« Sebastian Keller stand auf und stützte die Arme auf den riesigen Glastisch, um seiner Forderung Nachdruck zu verleihen: »Ohne richterliche Anordnung kriegen Sie von mir gar nichts!«

»Sie haben drei Möglichkeiten«, entgegnete Alois Schön ruhig. »Sie geben uns die Geräte freiwillig, sie akzeptieren unser Argument ›Gefahr in Verzug‹ oder Sie bestehen auf einem Schreiben der Staatsanwaltschaft. Wir haben dafür hier in München eine Art Bereitschaftsdienst, das Fax wäre in fünf Minuten da.« Er sah den Finanzdienstleister freundlich an: »Keine Angst, wir werden uns mit der Auswertung Ihres PCs beeilen. Wir wollen Ihnen ja nicht mehr Umstände als nötig machen.«

»Okay, ich Ihnen dann auch nicht«, zeigte sich Sebastian Keller einsichtig.

Die Kommissare hatten Glück. Sowohl sein Handy als auch der Laptop lagen ausgeschaltet auf seinem Schreibtisch. Folglich konnte man beide Geräte einfach mitnehmen und zur Beweismittelauswertung in die Tegernseer Landstraße bringen.

Die Experten der Polizei hatten schnell herausgefunden, warum sich Keller so vehement gegen die Beschlagnahmung seines Laptops gewehrt hatte. Bereits am Nachmittag erhielt Alois Schön einen Ordner mit diversen Fotos, die man auf Kellers PC und auf seinem Handy gefunden hatte. Dieser enthielt verschiedene Schnappschüsse einer rothaarigen Dirndl-Schönheit auf dem Oktoberfest. Ebenso von seiner Freundin Karla. Er hatte die Krebspatientin sogar im Krankenhaus fotografiert. Und vorher im Biergarten und zu Hause. In sexy Hotpants, in Dessous und mit noch weniger an.

»Der hat einen echt guten Geschmack!«, musste Alois Schön anerkennen, als die Bilder auf seinem PC angezeigt wurden.

»Ist ja auch ein süßer Kerl. Wieso soll er da keine hübsche Freundin haben?« Von Neugier gepackt, trat Natascha an Schöns Schreibtisch. »Wer ist denn nun unsere Krebskranke?«

»Die mit der schwarzen Mähne!«

»Wow, die sieht aber toll aus! Hoffen wir, dass sie durch die Chemotherapie nicht all ihre Haare verliert.«

»Die im Dirndl ist aber auch nicht schlecht! Schau dir mal das Dekolleté an!«

»Männer, ihr schaut immer nur auf die Titten!«, schüttelte Natascha den Kopf. »Dabei wird mit einem gescheiten Dirndl-Büstenhalter und dem passenden Mieder jeder noch so mickrige Busen zu einem ansehnlichen Dekolleté.« Die Kommissarin grinste ihren Chef von der Seite her mitleidig an: »Ist dir das noch nie aufgefallen, Alois?«

Nach dieser Lehrstunde über die weiblichen Möglichkeiten optischer Täuschung rief Alois Schön in Baldham an. Sebastian Keller war hocherfreut, dass er Handy und Laptop so früh abholen durfte.

Bevor der Vermögensberater im Dezernat erschien, meldeten sich noch einmal die Computerspezialisten. Sie hätten festgestellt, dass Kellers PC mit einem Spionageprogramm infiziert worden sei. Absender der mit einem Cookie präparierten E-Mail sei seine krebskranke Freundin Karla Mancioni.

Alois Schön entschied sich dagegen, Keller diese Erkenntnis bereits zu Beginn der Befragung mitzuteilen. »Warum haben wir kein Foto von Petra Malterer gefunden?«, erkundigte er sich stattdessen.

»Na, weil sie sich von mir nie hat fotografieren lassen!«, antwortete der Finanzdienstleister patzig. »Im Gegensatz zu Karla und Jasmin, die fanden das sogar schick!«

»Es sind halt nicht alle gleich«, kommentierte der Leiter der Mordkommission. »Und Sie stehen scheinbar besonders auf Abwechslung!«

»What?«

»Die beiden Damen sehen Petra Malterer überhaupt nicht ähnlich!«

»Ich bin ja nicht Boris Becker«, grummelte der Vermögensberater.

»Glichen sich denn Ihre Freundinnen vom Charakter her?«

Sebastian Keller überlegte lange, was er auf Nataschas Frage antworten sollte. »Bezüglich Jasmin dürfen Sie mich so etwas nicht fragen, Frau Frey. Ich kann nur sagen, dass sie ein ganz heißer Feger ist. Das war eine reine Bettgeschichte, eine geile Nummer zum Ausklang des Oktoberfests. Keiner von uns hatte Interesse, dass wir uns näher kennenlernen.« Er sah zur Decke. »Aber zwischen Karla und Petra gab es kolossale Unterschiede.«

»Geht das konkreter?«

»Die zwei hätten verschiedener nicht sein können. Like fire and ice!« Keller sprach langsam und machte nach jedem Halbsatz eine Pause. »Während Petra nach außen hin oft sehr kühl und oberflächlich wirkte, war Karla … viel emotionaler.« Mit seiner Nachdenklichkeit verschwanden auch die englischen Begriffe und Ausrufe, die er sonst so gerne in seine Äußerungen einfügte. »Sie wollte am liebsten … an nur einem Tag die ganze Welt retten. … und wenn sich Karla etwas in den Kopf gesetzt hatte … hat sie für die Sache gekämpft wie eine Löwin«, charakterisierte der Finanzdienstleister seine an Krebs erkrankte Freundin. »Sie konnte unheimlich stur … um nicht zu sagen radikal, sein. Oder ist rigoros besser? … nein, radikal ist gut! … einmal habe ich scherzhaft zu ihr gesagt, sie sei eine Mischung aus Mutter Teresa und Che Guevara.« Für einen Moment huschte ein Lächeln über sein Gesicht. »Petra war dagegen viel … egoistischer. Sie interessierte sich nur für ihren eigenen Vorteil … Wenn etwas nicht so lief, wie sie es sich vorstellte, war sie sofort … beleidigt … oder sagen wir eingeschnappt.« Wehmütig seufzte er: »Aber trotz ihrer Art habe ich Petra geliebt wie keine andere Frau auf dieser Welt.«

Alois Schön ließ dem Zeugen Zeit. Um seine Gedanken zu sortieren und/oder etwas hinzuzufügen. »Haben Sie ihr deswegen so viele E-Mails geschickt?«

»Mit den anderen konnte ich ja nach Herzenslust telefonieren!«, erläuterte der Finanzdienstleister. »Natürlich habe ich mich auch bei Karla ab und zu für die schöne Nacht per E-Mail bedankt. Oder ihr ein lustiges Video, das ich auf YouTube fand, weitergeleitet. Aber im Allgemeinen bevorzuge ich Telefonate und persönlichen Umgang.«

»Haben sich Frau Mancioni und Petra Malterer gekannt?«

»Nicht, dass ich wüsste.«

»Aber Sie haben Frau Malterer doch von Karla erzählt!«

Sebastian Keller kniff die Augen zusammen. Er überlegte. »Ach, Sie meinen bei unserem letzten Treffen in der Stadt! Da habe ich aber keine Namen genannt.«

»Und umgekehrt?«

Sebastian Keller legte seine Hand an seine rechte Gesichtshälfte und streckte den Zeigefinger senkrecht nach oben. Er begann schleppend: »Natürlich hat sich Karla mal nach ihren Vorgängerinnen erkundigt.« Wurde aber mit jedem Satz lockerer. »Aber mehr, um mich aufzuziehen! ... deswegen habe ich auch meistens mit einem blöden Spruch geantwortet: Sie wisse doch, wie schüchtern ich sei. Ich hätte die letzten Jahre im Kloster verbracht.« Bis er sogar grinste: »Einmal sagte ich zu ihr, bevor sie sich meiner erbarmt hätte, hätte ich auf kleine Dicke mit Pickeln gestanden!« Er setzte sich gerade hin: »Irgendwann hat Karla dann mitbekommen, dass Petra verheiratet war. Das war ein gefundenes Fressen für sie: Ob ich mir überhaupt bewusst wäre, dass sie nicht meiner Zielgruppe der vernachlässigten, gelangweilten Gattinen, deren Männer nie zu Hause seien, angehöre. Dass ich mich bei ihr mehr anstrengen müsse als bei einer Ehefrau, bei der zu Hause im Bett tote Hose herrsche.« Sebastian Keller griff zum Wasserglas und trank mehrere Schlucke. »Daraufhin habe ich Karla erklärt, dass Petra zwei Kinder hat und bei der Stadt München arbeitet. Ebenso erwähnte ich, dass ihr Mann als Lehrer arbeitet und demzufolge eher häufig zu Hause ist.«

»Also haben Sie ihr doch einiges erzählt«, merkte Natascha an.

»Finden Sie? Das waren doch nur Kleinigkeiten, um Petra zu verteidigen! Nicht einmal seine Fächerkombination habe ich genannt!«

»Die aber in Summe ein hübsches Bild ergeben«, stimmte Alois Schön seiner Kollegin zu, bevor sich diese erneut zu Wort meldete.

»Auf jeden Fall konnte Frau Mancioni ganz schön austeilen.«

»Karla hatte Feuer, in jeder Beziehung!«, huschte ein Lächeln über das Gesicht des ehemaligen Liebhabers.

»War sie eifersüchtig? Aufbrausend oder gar jähzornig?«

»Zur Eifersucht hatte sie keinen Grund!«, konterte Keller die erste Frage wie aus der Pistole geschossen, während er hinsichtlich der restlichen Antworten lange nachdachte: »Jähzornig? Sie war halt 'ne Powerfrau. Karla kämpfte für ihre Überzeugungen mit Leib und Seele, ging für ihre Ideale bis an die Grenzen.« Welcher Bedeutung er bei seinen Äußerungen der Vergangenheitszeitform beimaß, erklärte sein trauriger Blick. »Sie war stets bestrebt, dass es allen Erdbewohnern gut geht. Und sie war auch bereit, dafür selbst Opfer zu bringen. Da war sie geradezu besessen. Hauptsache sie hätte mitgeholfen, das Paradies auf Erden zu erschaffen.« Er seufzte. »Schade, dass gerade so ein Mensch todkrank wird. Offenbar trifft es immer die Falschen.«

»Haben Sie sie geliebt?«, fragte Natascha leise, nachdem man dem Zeugen eine längere Pause gegönnt hatte.

»Vermutlich ja, aber ich weiß es nicht genau, Frau Kommissarin. Wir hatten nicht genug Zeit, um dies festzustellen.«

»Das heißt, Sie haben Petra Malterer mehr geliebt«, stellte Alois Schön fest.

»Hundertprozentig«, erwachte Sebastian Keller aus seiner melodramatischen Stimmung.

»Und dennoch sagten Sie, dass Frau Mancioni die Liebe Ihres Lebens hätte vergessen machen können«, erinnerte ihn Natascha an eine frühere Aussage.

»Das ist richtig. Vielleicht wäre das Prickeln im Bauch noch gekommen. Es kann ja nicht immer sofort PENG machen!«

»Haben Sie noch Kontakt zu ihr?«

»Nein, Frau Frey. Seit Mitte November überhaupt nicht mehr. Karla brauchte schon im Oktober immer länger, um auf meine Anrufe und Nachrichten zu reagieren. Ich vermute, sie wollte mich mit ihrem Leiden nicht belästigen. Also habe ich sie in Ruhe gelassen.« Sebastian Keller seufzte. »Selbstverständlich hatte ich Karla jedwede Unterstützung angeboten.« Er senkte erneut seine Stimme: »Hierzu zählt dann allerdings auch, dass ich sie in Ruhe lasse, wenn sie meine Hilfe nicht will.«

Alois Schön gab dem Zeugen so viel Zeit wie er brauchte. Erst als Sebastian Keller wissen wollte, ob es das nun gewesen sei, erkundigte er sich beiläufig: »Wussten Sie, dass Ihr Laptop infiziert war?«

Der Vermögensberater schluckte, riss die Augen weit auf. Sein Kopf schnellte einige Zentimeter nach vorne: »What? That's impossible!«

»Ein Programm, durch das man mitlesen kann, was auf Ihrem PC passiert. Jede Datei und jede E-Mail.«

»Das kann nicht sein! Ich mache regelmäßig einen Virenscan.«

»Dann hat Ihr Virenschutz versagt.« Der Leiter der Mordkommission zuckte mit den Achseln. »Aber keine Angst, unsere Spezialisten haben die Schädlingsdatei vollständig, forensisch, wie sie sagen, gelöscht. Sie können also mit dem Gerät weiterarbeiten.«

Dem Finanzdienstleister stand seine Unsicherheit ins Gesicht geschrieben: »Wie konnte das passieren? Und vor allem: Wer macht so was?«

»Unsere Experten haben mir erklärt, dass der Virus mittels einer E-Mail, die von Frau Mancioni verschickt wurde, auf Ihren Laptop gelangt ist.«

»Warum denn das? Weshalb sollte sie das tun?«

»Erklären Sie's mir!«

»Wir waren uns doch so sympathisch, haben uns vielleicht sogar geliebt!« Sebastian Keller überlegte: »Vielleicht hat sie ja gar nicht gemerkt, dass die E-Mail infiziert war. Mein Virenprogramm hat es schließlich auch nicht erkannt.«

»Schon möglich.« Alois Schön blieb gelassen. »Was machte Karla denn beruflich?«

»EDV-Beratung für kleinere und mittlere Unternehmen. Erstellung von Websites und so.«

»Dann wäre sie also durchaus in der Lage, Ihren PC zu …«

»Aber das ergibt doch überhaupt keinen Sinn!«, fiel Sebastian Keller dem Kommissar ins Wort. »Selbst wenn sie Zugriff auf meine Kundendaten erlangt, was will sie denn damit?«

Zwei Minuten später war die Befragung beendet. Alois Schön hatte erkannt, dass ihm der Vermögensberater nicht weiterhelfen konnte.

FREUNDINNEN FÜRS LEBEN

Die Gespräche mit Kellers Freundinnen waren für Mittwochmorgen vorgesehen. Jasmin, die Rothaarige vom Oktoberfest, berichtete bereits am Telefon freimütig über ihre Beziehung mit dem Finanzdienstleister. Es habe sich um eine reine Bettgeschichte gehandelt, man habe sich im besten Einvernehmen getrennt, und sie wünsche Sebastian für die Zukunft alles Gute. Allerdings lege sie genau aus diesem Grund keinen Wert auf weitere Kontakte mit ihm. »Wenn Mann und Frau im Bett waren, können sie hinterher nicht Freunde sein. Und schon gar nicht, wenn wie in diesem Fall der Alkohol eine größere Rolle gespielt hat.« Mit dem Namen Petra Malterer wusste sie ebenfalls nichts anzufangen. Alois Schön erkannte, dass er sich einen Besuch bei dieser Dame sparen konnte.

Auf Nataschas Anruf bei Karla Mancioni meldete sich eine jugendliche weibliche Stimme. Die Mutter könne nicht ans Telefon kommen.

»Leidet sie unter der Chemotherapie?«

Das Mädchen stutzte: »Woher wissen Sie das?« Nachdem Natascha ihre Identität offenbart hatte, redete sich die Tochter ihren Kummer von der Seele.

»Können wir später vorbeikommen?«

»Das bringt Ihnen nichts, Frau Kommissarin. Vermutlich wird meine Mutter den ganzen Nachmittag schlafen. Wenn sie dann aufwacht, ist ihr immer kotzübel. Und heute hat sie die Infusionen besonders schlecht vertragen. Da kann sie Ihnen keine Fragen beantworten!«

»Wirklich nicht?«

»Ehrlich, Sie müssen mir glauben! Kommen Sie bitte in der nächsten Woche vorbei. Am vierten oder fünften Tag nach der Chemo geht es ihr erfahrungsgemäß am besten.«

»Also am 2. Januar.«

»Genau, am Montag. Rufen Sie aber sicherheitshalber vorher nochmal an.«

»In Ordnung, dann bis nächste Woche. Kommen Sie gut ins neue Jahr!«

»Wir sollten uns noch einmal eingehend mit den Freundinnen von Petra Malterer unterhalten«, schlug Natascha daraufhin vor. »Ich glaube, die wissen mehr als sie zugeben wollen.«

»Seh ich auch so«, stimmte Alois Schön zu. »Zumindest über die Affäre mit Sebastian Keller dürften sie informiert sein.«

Manuela Gerhard zeigte sich kooperativ und kam rechtzeitig zum vereinbarten Zeitpunkt in die Hansastraße. Michaela Schmidbauer zickte dagegen rum: »Heute passt es mir nicht, Herr Kommissar!«, bat ihre Piepsstimme um Verständnis, »ich muss gleich ins Fitnessstudio und um 16 Uhr habe ich einen Termin beim Friseur.«

»Ihr Training wird dann wohl ausfallen müssen!« Nur mit Mühe konnte Alois Schön verbergen, wie ihn solche Argumente nervten.

»Das geht nicht, ich bin verabredet!«

»Wir können Sie gerne mit Blaulicht und Sirene abholen. Ich erwarte Sie in 30 Minuten in unserem Büro. Seien Sie bitte pünktlich!«

Die Blondine aus Solln erkannte, dass Widerworte in diesem Fall zwecklos waren. Daher zog sie es vor, sich zu beeilen. »Hier bin ich, Herr Kommissar!« Atemlos erschien sie in den Räumen des Dezernats.

»Nehmen Sie Platz, Frau Schmidbauer.« Der Leiter der Mordkommission hätte viel lieber Manuela Gerhard vernommen, aber als guter Chef kümmert man sich um die schwierigen Fälle persönlich. »Ich sage es ganz offen. Wir wissen, dass Petra Malterer einen Liebhaber hatte und schließen nicht aus, dass es weitere gibt.«

»Die Petra ist doch nicht fremdgegangen! Niemals!«

»Die Affäre zwischen Petra Malterer und ihrem Faschingsprinzen ist eine Tatsache. Er hat uns die Beziehung bereits bestätigt.«

Michaela Schmidbauer verschränkte die Arme vor ihrer Brust. »Kann schon sein, aber dann war es die absolute Ausnahme«, erwiderte sie bockig.

»Dann berichten Sie bitte, was Sie über diese Ausnahme wissen.«

»Ich?« Hektisch suchten die Pupillen der Zeugin nach einem Punkt im Raum, den sie anstelle des Kommissars fixieren konnten.

Dieses Gespräch zehrte an Alois Schöns Nerven. Selbst unumstößliche Fakten wurden von Manuela Schmidbauer beschönigt. Dazu Rechtfertigungen, die an Naivität nicht zu überbieten waren. Die in der Aussage gipfelten, die Mordkommission könne doch nicht verlangen, dass sie bestätige, dass ihre Freundin fremdgegangen sei. Es sei doch bekannt, dass man über Tote nichts Schlechtes reden dürfe.

Damit war seine Schmerzgrenze erreicht. Alois Schön haute mit der flachen Hand so fest auf den Tisch, dass die Dame aus Solln fast vom Stuhl flog: »Vielleicht haben Sie ja Petra Malterer umgebracht. Immerhin hatten Sie Streit miteinander!« Dabei sah er ihr mit grimmigem Blick ins Gesicht.

Michaela Schmidbauer war schockiert. Die blonden Haare an ihren Unterarmen standen senkrecht nach oben. Ihre Finger verkrallten sich ineinander, ihr Kopf bewegte sich ruckartig nach hinten, während sich ihre Augen und ihr Mund weit öffneten. »Iiich?« Sie geriet ins Stottern. »Wwwie kkkommen Sie denn darauf?« Nach einem Moment der Stille fügte sie in weinerlichem Ton hinzu: »Ich lag doch im Bett, weil es mir nicht gut ging!«

Alois Schön ließ sich nicht erweichen: »Niemand hat gesehen, wie viel Sie tatsächlich getrunken haben. Womöglich haben Sie den Schwips ja nur vorgetäuscht und sich später, als ihre Freundin Manuela schlief, aus dem Haus geschlichen.«

Michaela Schmidbauer wurde weiß wie die Wand. Dabei hatte der Kommissar gar nicht erwähnt, dass er sie von nun an als Beschuldigte vernehmen wollte.

»Vermutlich hatten Sie einen Komplizen, etwa Ihre verschollene Freundin Saskia!«, fuhr Alois Schön ungerührt fort. »Sie mussten doch nur auf Ihre Rivalin warten, bis diese zu ihrem Auto kommt! Dann haben Sie sie erschossen, in die Isar geworfen und sich anschließend wieder ins Bett gelegt. Zu zweit dauert eine solche Aktion um diese Uhrzeit keine 20 Minuten.«

Michaela Schmidbauer japste nach Luft: »Warum hätte ich das tun sollen?«

»Vielleicht ging es ja bei Ihrem Streit um ein ganz anderes Thema? Dass Petra Malterer Ihnen einen Liebhaber ausgespannt hat beispielsweise!«

Dieses Mal dauerte die Pause noch länger. Offensichtlich malte sich das Gehirn von Frau Schmidbauer bereits aus, wie sie in Handschellen ins Frauengefängnis gebracht wurde. Bestimmt sah die Realität wesentlich schlimmer aus als in der Fernsehserie »Hinter Gittern – der Frauenknast« dargestellt. »Nein, ehrlich nicht! Es ging nur darum, dass ich zu viel getrunken hatte. Sie müssen mir glauben!« Aus ihren Augen schossen die Tränen, als hätte man einen Staudamm geöffnet. »Außerdem kenne ich keine Saskia!« Fassungslos trocknete sie ihr Gesicht mit einem Papiertaschentuch, wodurch ihre Schminke verwischte. »Ich bin doch mit meinem Lothar vollkommen glücklich!« Flehend sah sie Alois Schön an, damit er ihr wenigstens diese Aussage glaubte.

Daraufhin setzte dieser statt eines grimmigen Blickes ein gutmütiges Lächeln auf: »Ist es denn gänzlich ausgeschlossen, dass es einen zweiten Liebhaber gab? Den sie beispielsweise auf dem Oktoberfest getroffen hat?«

»Kann ich mir nicht vorstellen«, schluchzte die Befragte leiser und auch schon etwas langsamer, »wir waren an zehn Tagen gemeinsam auf der Wiesn. Wir waren ständig zusammen, von Anfang bis zum Ende einschließlich der After-Wiesn-Partys. Das hätte ich bemerkt, wenn sie da irgendwen kennengelernt hätte.« Mit zittrigen Händen führte sie ihr Wasserglas zum Mund.

Alois Schön musterte die Zeugin von oben bis unten. Je länger er sie ansah, desto mehr konnte er nachvollziehen, dass Petra Malterer der Freundin die Affäre mit Sebastian Keller verschwiegen hatte. Die Gefahr, dass sich Michaela Schmidbauer verplappert, schien sehr hoch. Daher beschloss er, die Dame höflich zu verabschieden.

Manuela Gerhard taugte als Kummerkasten wesentlich besser. »Natürlich kann ich nicht ausschließen, dass Petra dem Charme eines Schönlings erlegen ist«, schätzte sie die Situation realistischer ein. »Ich war ja nicht überall dabei.« Unaufgeregt sah sie Natascha in die Augen. »Allerdings kann es sich höchstens um einen One-Night-Stand gehandelt haben. Alles andere hätte ich mitbekommen.«

»Demzufolge haben Sie auch von der Beziehung mit dem Faschingsprinzen gewusst!«, erwiderte die Kommissarin trocken.

»Nicht offiziell, Frau Frey.« Die Zeugin schmunzelte. »Ich habe Petra einmal gefragt, was denn mit ihrem Charmeur vom Rosenmontagsball wäre. Sie hat geantwortet, dass sie mit ihm zum Kaffeetrinken verabredet gewesen sei. Ich musste grinsen und habe ihr dann bestätigt, dass es absolut kein Problem sei, wenn sie mit ihrem Bekannten telefoniere oder ab und zu einen Kaffee trinke. Freilich bräuchte man so etwas nicht an die große Glocke hängen und deswegen käme mir diesbezüglich kein Sterbenswort über die Lippen. Zu niemandem.«

»Aber uns hätten Sie informieren müssen!« Natascha sah die Freundin vorwurfsvoll an.

»Wieso denn?«

»Weil Sie mein Chef explizit gefragt hat, ob da mehr war! Muss ich wirklich erst die Abschrift Ihrer Befragung holen, um Ihrem Gedächtnis auf die Sprünge zu helfen?«

»Nicht nötig.« Manuela Gerhard schüttelte den Kopf. Anschließend lehnte sie sich in ihrem Stuhl zurück und schob die Unterlippe trotzig nach vorne. Nach Sekunden des Nachdenkens warf sie ihre Arme in die Luft. »Aber ich hatte doch keinerlei Beweise für diese Affäre, das haben doch erst Ihre Ermittlungen ergeben!«, rechtfertigte sie sich in angespanntem Tonfall. »Erwarten Sie etwa, dass ich jemanden, von dem ich gerade mal den Vornamen weiß, so mir nichts dir nichts des Mordes bezichtige? Das ist nun wirklich nicht mein Stil!«

»Es hätte uns sehr geholfen, wenn Sie das, was Sie mir eben gesagt haben, bereits beim ersten Gespräch zu Protokoll gegeben hätten.« Natascha blickte Manuela Gerhard freundlich aber bestimmt in die Augen. »Hat Petra Malterer Ihnen nicht bestätigt, dass sie in ihren Faschingsprinzen verschossen war?«, erkundigte sie sich in sanftem Ton. Zudem wählte sie bewusst eine saloppere Ausdrucksweise, um der Zeugin eine Brücke zu bauen.

»Natürlich nicht«, blieb diese dennoch wortkarg.

Also gut, dachte sich Natascha, während sie durchatmete. Sie bezweifelte nach wie vor, dass die Dame aus dem Lehel lediglich den Vornamen des Liebhabers kannte. »Dann frage ich Sie das jetzt ganz direkt, Frau Gerhard. Trauen Sie diesem Herrn den Mord an Ihrer Freundin zu?«

Manuela Gerhard zögerte. »Intelligent genug wäre er dazu vermutlich schon.« Sie sprach leise, ihre Augen wanderten zur Decke. »Petra hatte mal erwähnt, dass Sebastian unheimlich klug sei und einen Haufen Bücher besitze.«

»Wenn er zu der Ansicht gelangt, dass er belogen und benutzt wurde?«, bohrte Natascha weiter.

Woraufhin die Freundin ins Grübeln geriet. Minutenlang kam ihr nicht eine Silbe über die Lippen.

»Kann ich mir nicht vorstellen, Frau Frey«, überlegte sie, ohne die Kommissarin anzuschauen. »So wie Petra strahlte.« Dabei spielte sie mit ihren Locken. »Auch wenn sie ihre Beziehung zu Sebastian stets nur andeutete …, aber ich denke schon …, dass die zwei über beide Ohren verliebt waren.«

»Oder aus Frust, weil sie ihn abserviert hat!«

»Ist ein Mord so einfach?« Für einen Moment riss die Zeugin die Augen auf und zog die Augenbrauen nach oben. Ihr Mund war leicht geöffnet. Doch schon Sekunden später fügte sie in ruhigem Tonfall hinzu: »Warum fragen Sie mich das, Frau Kommissarin? Ist das nicht Ihr Metier? Außerdem kennen Sie Sebastian doch viel besser als ich!« Manuela Gerhard schien zu alter Gelassenheit zurückgefunden zu haben. Entspannt saß sie auf ihrem Platz und lächelte.

Fällt Ihnen denn sonst jemand ein, der Petra Malterer getötet haben könnte?«

»Tut mir leid, da muss ich passen.« Die Antwort kam wie aus der Pistole geschossen.

»Was ist mit Ihrer Freundin Michaela Schmidbauer? Gab es öfter Streit zwischen ihr und der Toten? Vielleicht sogar wegen eines Mannes? Immerhin sehen sich Ihre Freundinnen ziemlich ähnlich.«

Manuela Gerhard zögerte: »Bitte schreiben Sie das jetzt nicht ins Protokoll, Frau Frey. Aber die Michi konnte der Petra in keinster Weise das Wasser reichen. Die hätte ihr nie im Leben einen Typen ausspannen können.«

»Genau das könnte ein Grund für sie sein, Petra Malterer umzubringen.«

»Die Michi, eine Mörderin?« Manuela Gerhard lachte laut auf. »Die lässt doch die Waffe vor Schreck fallen, wenn sie sie nur anfasst!«

Es dauerte eine Weile, bis sich die Zeugin wieder beruhigt hatte. »Abgesehen davon hätte die Petra der Michi eher einen Liebhaber abgetreten, als ihr ihren Freund auszuspannen. Sie wollte doch niemals eine neue Beziehung, der Franz hat ihr doch alle Freiheiten gelassen!«

»Hmh …« Natascha schaute der Freundin aus dem Lehel nachdenklich in die Augen. Sie wollte sie zu weiteren Überlegungen zwingen.

Mit Erfolg. »Sebastian war meines Erachtens die absolute Ausnahme. Da sind wohl die Gefühle mit Petra durchgegangen. Ist ja auch ein süßer Burschi.« Manuela Gerhard lehnte sich ruhig auf ihrem Stuhl zurück. »Vielleicht waren es auch die Hormone. Dass sie einfach mal mit einem Jüngeren ins Bett wollte. Einer, der mehr Leistung bringt, wenn Sie verstehen, was ich meine.«

Natascha nickte. »Kann es nicht sein, dass dieses Bedürfnis später wieder aufgetreten ist? Oder vorher schon einmal?«

»Sie meinen, ob es einen weiteren Herrn gibt, dem sie den Kopf verdreht hat?«

»Genau«, sagte Natascha der Zeugin direkt ins Gesicht. »Und den sie so sehr enttäuschte, dass er in der Lage ist, sie umzubringen!«

Manuela Gerhard ließ sich mit der Antwort Zeit. Doch dann erwiderte sie mit fester Stimme: »Ich denke, Sebastian war der einzige Ausrutscher von Petra.«

»Was macht Sie so sicher?«

»Das sagte ich bereits, das hätte ich mitbekommen. Von einer früheren Affäre hätte mir Petra bestimmt erzählt. Nicht unbedingt sofort, aber vielleicht nach ein paar Monaten. Wir sind oft zusammen in Urlaub gefahren, manchmal sogar ohne den Franz. Da gab es genügend Gelegenheiten, ein inzwischen beendetes Abenteuer zumindest anzudeuten.« Die Freundin war von ihrer Behauptung so sehr überzeugt, dass sie nach einigen Sekunden sogar noch hinzufügte: »Für die Zeit vor Sebastian kann ich das definitiv ausschließen.«

»Gut, aber vielleicht ist sie durch ihn erst auf den Geschmack gekommen?«

»Warum hätte sie dann die Beziehung beenden sollen? Sie konnte doch gar nicht wissen, ob ein neuer Liebhaber besser ist als Sebastian. Außerdem hat Petra ihre ehelichen Pflichten dem Franz gegenüber weiterhin erfüllt. Ich halte es daher für äußerst unwahrscheinlich, dass sie schon nach kurzer Zeit wieder das Bedürfnis hatte, sich einen neuen Lover zu suchen.« Manuela Gerhard holte tief Luft: »Abgesehen davon verliebt man sich nicht mehr so schnell in unserem Alter.« Die Dame aus dem Lehel sagte die letzten Sätze in einem solchen Brustton der Überzeugung, dass Natascha zu diesem Thema keine Fragen mehr hatte.

»Wie gut kennen Sie die Familie Ihrer Freundin?«, erkundigte sie sich stattdessen.

»Sehr gut. Für ihre Kinder bin ich wie eine Tante.«

»Trauen Sie Franz Malterer den Mord an seiner Frau zu?«

Manuela Gerhard lächelte spöttisch: »Der Franz? Die Petra? Niemals. Der hat sie vergöttert!«

»Nur die wenigsten Männer verzeihen ihrer Frau einen Seitensprung.«

»Sofern sie ihn bemerken!«, lachte sie vor Hohn. »Der Franz hat der Petra doch alles geglaubt. Der würde nie im Leben auf die Idee kommen, dass seine Frau aus der Ehe ausbricht. Dazu war er viel zu sehr vom Bestand des heiligen Sakraments der Ehe überzeugt.«

Natascha musterte die Zeugin eindringlich. Deren Körpersprache ließ absolut keine Zweifel an der Ernsthaftigkeit ihrer Aussage aufkommen. Die Treue von Franz Malterer war für Manuela Gerhard so sicher wie das Amen in der Kirche. Und ebenso seine Ahnungslosigkeit.

»Und wie verdächtig ist für Sie der Sohn?«

»Maximilian? Warum sollte er das tun?«

»Um seine Mutter zu bestrafen!«

»Weil sie fremdgegangen ist? Wieso denn das? Aus Mitleid zu seinem Vater etwa?« Manuela Gerhard war wiederum kurz davor, laut loszulachen. »Wenn Maximilian von der Affäre seiner Mutter erfahren hätte, hätte er gewiss versucht, einen Vorteil für sich daraus zu ziehen! Aber sie umbringen?«

Das wundert mich nicht, dachte sich Natascha, fragte dann aber doch: »Können Sie das bitte genauer ausführen?«

»Er hätte seine Mutter beispielsweise drängen können, ihm als Belohnung für sein Schweigen ein Auto zu kaufen.«

Mit dieser Aussage hatte Natascha nicht gerechnet. »Sie wussten von dem Streit?«

»Ja, Petra hat es mir erzählt. Und einmal habe ich ihn sogar hautnah mitbekommen.« Manuela Gerhard setzte sich in ihrem Stuhl zurück. »Ich weiß, der Junge kann sehr hitzköpfig sein. Dennoch kann ich mir beim besten Willen nicht vorstellen, dass Maximilian von der Beziehung zu Sebastian wusste. Ich war doch die Einzige, die in die Sache halbwegs eingeweiht war!«

»Das heißt, Frau Gerhard, Sie sind der Ansicht, dass weder der Liebhaber noch der Ehemann für den Mord an Ihrer Freundin in Frage kommen. Und schon gar nicht Maximilian Malterer oder Michaela Schmidbauer.«

»Korrekt.«

»Fällt Ihnen sonst noch jemand ein?«

Manuela Gerhard zuckte mit den Schultern und schüttelte den Kopf. Somit war auch diese Vernehmung beendet.

SILVESTERKRACHER

Natascha hatte sich am Silvestermorgen in aller Früh mit Phil nach Kitzbühel aufgemacht. Obwohl jedes Quartier in dem Nobelskiort seit Langem ausgebucht war, wollte sie die Jahreswende in edlem Ambiente verbringen: »Dann machen wir eben durch. Wir sind doch noch jung!« Sie hatte die beiden Tage genau geplant: »Nach dem Skifahren relaxen wir in der Sauna. Da können wir uns in Ruhe stylen. An Neujahr gehen wir erneut auf die Piste und am Abend fahren wir nach dem Feuerwerk nach Hause.« Bekanntermaßen ist in Kitzbühel das große Feuerwerk erst am 1. Januar.

Da sie schon auf der Berghütte ausgiebig gegessen hatten, reichte zum Abendessen ein Döner an der Imbissbude. Arm in Arm flanierten sie durch die Altstadt. In den Hotels pilgerten die Leute in Smoking und Abendkleid zum Silvesterbuffet. Um Mitternacht stießen sie mit Champagner auf der Terrasse des Sporthotels Reisch auf das neue Jahr an.

Anschließend gingen sie ins »Fünferl«. Die Bar war proppenvoll. Mit Glück fanden sie noch zwei Plätze am Stehtisch neben zwei jungen Damen. Die Regensburgerinnen waren ebenfalls erst am Morgen angereist.

Plötzlich wurde Natascha so stark an den Tisch gedrückt, dass ihr die Luft wegblieb. Ein rotznäsiger Schnösel hatte sie auf seinem Weg zur Toilette einfach zur Seite geschoben. Ohne ein Wort, geschweige denn einer Entschuldigung.

Als er zurückkam, stellte sie ihn zur Rede: »Was soll denn das? Hast du nicht gemerkt, dass du mir wehgetan hast?«

»Hä?« Offensichtlich war der Kerl nicht mehr nüchtern. »Was ist los, Spatzl?« Mit lüsternem Blick taxierte er das weibliche Wesen, das sich ihm in den Weg gestellt hatte. Busen und Po erfreuten sich besonders gründlicher Begutachtung. »Du gefällst mir, Mausi«, setzte sich seine Zunge schwerfällig in Bewegung, »magst was von meinem Schampus abhaben?« Mit windmühlenartigen Kraulschlägen versuchte er, Natascha zu umarmen.

Doch ehe er sich versah, hatte diese seinen Arm gepackt und auf den Rücken gedreht. Gelernt ist gelernt. Auch Phil konnte nur noch staunen.

»Ich schlage vor, du bezahlst deine Rechnung und ziehst danach Leine.«

»Aber nur, wenn du mitkommst, Schatzi! Wir zwei haben bestimmt viel Spaß miteinander.«

»Ich glaube, du gehst lieber in einen Puff.« Natascha zog den Polizeigriff fester an. Die Schmerzen trieben dem Maulhelden die Tränen in die versoffene Visage. »Da ist es egal, wenn du keinen mehr hochkriegst! Hauptsache, du zahlst gut. Und jetzt mach, dass du

Land gewinnst!« Natascha löste den Armhebel, damit der Flegel seine Zeche begleichen und das Lokal verlassen konnte.

»Ein volles Konto schützt nicht vor schlechter Kinderstube!«

»Richtig, und ebenso wenig vor mangelnder Intelligenz.« Interessiert lauschten Natascha und Phil der Geschichte, die die Regensburgerin Anfang Dezember hier erlebt hatte: Nach dem Skifahren war die hübsche, großgewachsene Studentin mit ihrer Freundin durch die Hinterstadt von Kitzbühel flaniert. Dort hatte eine neue Nobelboutique mit sündhaft teuren Schuhen gerade erst eröffnet. Wohl wissend, dass sie sich in diesem Geschäft niemals ein Paar der exklusiven Fußbekleidung leisten könnten, gingen sie hinein. Doch der Ladenbesitzer war an diesem Tag extrem cool drauf. »Da sind ja meine Models!«, rief er den beiden entgegen.

Sofort drehten sich einige ältere Damen in ihren Pelzmänteln um: »Kennen wir Sie nicht aus der Gala?«

»Nein, meine Liebe, die waren doch in der Bunten!«, korrigierte die Freundin.

Nur mit Mühe konnten sich die Regensburgerinnen das Lachen verkneifen. Umso mehr genossen sie den kredenzten Champagner sowie den dazu servierten Imbiss.

»Lass uns tanzen gehen!«, forderte Natascha ihren Phil auf.

»Wenn du magst.«

»Das klingt aber nicht sehr begeistert. Machst du etwa schon schlapp?«

»Wie kommst du denn darauf? Ich bin fit wie ein Turnschuh!«

Also verließen sie das »Fünferl« in Richtung »Take Five«. Um 4.30 Uhr in der Früh kostete der Eintritt noch 30 Euro. Trotzdem wurden die Plätze der Gäste, die den Heimweg antraten, sofort durch neue Nachtschwärmer eingenommen.

»Ich habe Durst. Möchtest du auch etwas trinken?«, erkundigte sich Phil.

»Nein, danke, geh nur. Ich bin froh, mal fünf Minuten sitzen zu können.« Natascha trug höhere Absätze als gewohnt.

Während er an der Bar auf sein Bier wartete, beobachtete Phil das Treiben auf der Tanzfläche. Der Lederminirock der heißen Blondine hätte als breiter Gürtel durchgehen können, sah jedoch extrem scharf aus. Als die Disco-Queen seine Blicke bemerkte, zwinkerte sie ihm zu. Lasziv wippte sie mit den Hüften, drehte sich in alle Himmelsrichtungen und wackelte mit ihrem wohlgeformten Hintern aufreizend zum Takt der Musik.

Phil prostete ihr amüsiert zu, bevor er einen kräftigen Schluck aus seinem Glas nahm.

»Let's dance!«, forderte er Natascha nach der Rückkehr an ihren Platz auf. »Schließlich sind wir zum Abhotten hergekommen!«

Neben Blondie war noch Platz. Die Lady musterte Phil von oben bis unten, drehte ihm jedoch anschließend den Rücken zu. Gleichwohl streifte sie ab und zu mit ihrem Po seinen Oberschenkel oder berührte sein Gesäß.

Als der DJ die Musikrichtung änderte, wollte Natascha die Tanzfläche verlassen: »Ich hab keine Lust mehr!«

»Du wirst doch nicht müde werden?«, grinste Phil sie provokativ an. Zum Beweis seiner eigenen Fitness legte er beim Tanzen einen Zahn zu.

»Mir tun die Füße weh!«

Aber Phil blieb hart.

Missmutig setzte sich Natascha in den Sessel und leerte das Pils ihres Freundes in einem Zug.

Blondie hatte sich derweil umgedreht. Beim nächsten Song tanzte sie noch aufreizender: Erst lehnte sie sich so schnell zurück, dass ihre Haare in hohem Bogen nach hinten flogen. Dann beugte sie sich so weit nach vorne, dass Phil unweigerlich in ihren tiefen Ausschnitt blicken musste.

Den schien das jedoch nicht zu stören.

Dagegen verfinsterte sich Nataschas Miene umso mehr. Am liebsten hätte sie geschrien, er möge sich sofort seine Ohrfeige abholen.

Bald darauf musste sie zur Toilette. Als die Disco-Queen das realisierte, packte sie Phil an der Hüfte und zog ihn näher zu sich heran.

Der konnte das Champagneraroma ihres Atems riechen. Deshalb verließ er die Tanzfläche und machte es sich in seinem Sessel bequem.

Woraufhin Blondie ihre Reize beim Tanzen noch stärker betonte. Fortwährend lächelte sie ihn an, strich mit der Zunge langsam über ihre Oberlippe und sandte Phil mehrere Küsse durch die Luft.

Als dieser einen davon vergnügt erwiderte, stöckelte sie an seinen Platz und setzte sich direkt auf seinen Schoß. Sie ergriff seine rechte Hand, legte diese an ihre Brust und küsste ihn leidenschaftlich auf den Mund: »Das fühlt sich gut an, nicht wahr?«

Phil verschlug es die Sprache.

»80 C, alles Natur, nur für dich!« Zur Bekräftigung ihrer eindeutigen Absichten küsste sie ihn ein weiteres Mal.

Als Natascha das sah, kochte sie vor Wut. Gottlob lag ihre Dienstwaffe zu Hause im Schrank. »Ich seh schon, du brauchst mich nicht mehr.« Sie schnappte sich ihre Jacke und stürmte aus dem Club.

Phil rannte ihr hinterher: »Was ist denn los?«

»Ich fahr nach Hause! Mir reicht's!«, schrie sie, während sie weiterlief.

»Aber wir wollten doch heute noch Ski fahren und uns am Abend das Feuerwerk anschauen!«

Erst jetzt drehte sich Natascha um: »Geh zu deinem Schickimicki-Hasen, wenn du es krachen lassen willst!«, fauchte sie. Anschließend rannte sie, so schnell es ihre Absätze zuließen, zum Parkplatz. Sie schloss die Autotür auf, setzte sich auf den Fahrersitz und startete den Motor.

Phil verstand den Ernst der Lage nicht. Vermutlich hatte er dazu schon zu viel getrunken. »Was regst du dich denn so auf? Ich habe doch gar nichts gemacht!« Diese Worte veranlassten Natascha, das Gaspedal durchzudrücken und schnellstmöglich davonzufahren.

Alois Schön feierte den Jahreswechsel mit Beate bei Freunden. Mit Tanz und Fondue, Champagner und Böllerschüssen.

Gegen Mittag servierte er seiner Geliebten Frühstück im Bett, nachmittags unternahmen sie einen romantischen Spaziergang im verschneiten Wald.

Allerbester Laune erschien er am Montagmorgen im Büro: »Guten Morgen, Natascha. Bist du mit deinem Phil gut ins neue Jahr gerutscht?«

»Hör mir bloß mit dem auf!«

»Was ist denn los?« Mit besorgter Miene trat der Leiter der Mordkommission an den Schreibtisch seiner Mitarbeiterin heran.

»Is doch wurscht.« Natascha war froh, dass das Telefon klingelte, weil sie so den Grund für ihre miese Stimmung nicht näher erläutern musste.

»Hallo, Frau Frey. Hier spricht Maximilian Malterer …«

Der hat mir gerade noch gefehlt, verdrehte sie die Augen.

»… kann ich bei Ihnen eine Vermisstenanzeige aufgeben?«

»Normalerweise nicht. Wen vermissen Sie denn?«

»Meine Freundin Martina!«

Natascha setzte sich gerade hin, griff nach Papier und Bleistift: »Und wie lange schon?« Dieses Telefonat würde sie höchst professionell durchziehen. Sie atmete leise aus.

»Seit Silvester. Wir wollten auf die Silvesterparty auf dem ›Winter-Tollwood‹ gehen. Aber sie hat mich nicht abgeholt! Natürlich habe ich versucht, sie auf dem Handy zu erreichen, aber da war immer nur ihre Mailbox dran!«, berichtete der Abiturient aufgewühlt. »Ich wollte eigentlich schon gestern anrufen, aber mein Vater meinte, Sie würden so früh eh nichts unternehmen.« Von seiner bisher gezeigten Coolness war bei diesem Telefonat nicht das Geringste zu spüren.

»Und wann haben Sie sie zuletzt gesehen?«

»Am Donnerstagmorgen. Wir waren am Mittwoch gemeinsam aus, und ich habe bei ihr übernachtet. Am Morgen hat sie mich aus der Wohnung geschmissen. Sie müsse lernen und dringend mal wieder ihre Bude aufräumen.«

»Hatten Sie Streit?«

»Bestimmt nicht, ich schwör! Martina sagte sogar, ich könne gerne bleiben. Allerdings müsse ich sie dann abfragen und außerdem saugen und ihr Klo putzen. Da bin ich dann doch lieber gegangen.«

Typisch Mann!, schoss es Natascha durch den Kopf, kaum bittet man einen Kerl um einen Gefallen, macht er sich aus dem Staub. Und die Drecksarbeit bleibt sowieso immer an uns Frauen hängen. Dabei verzog sie keine Miene.

Maximilian fuhr indes aufgeregt fort: »Am Nachmittag habe ich sie noch einmal angerufen. Bei diesem Gespräch haben wir vereinbart, dass sie mich an Silvester so um 19 Uhr zu Hause abholt.« Endlich gönnte er sich eine Pause, um Luft zu holen.

»Haben Sie es schon bei ihren Eltern versucht? Oder bei anderen Verwandten?«

»Bei wem denn, Frau Frey? Ihre Mutter ist tot, zu ihrem Vater hat sie seit dem Kindergarten keinen Kontakt mehr. Und Geschwister hat sie nicht!«

»Gut, Herr Malterer. Ich werde die Vermisstenstelle anrufen und alles Notwendige veranlassen. Die Kollegen werden zuerst die Krankenhäuser in München anrufen und, wenn das nichts gebracht hat, die Fahndung einleiten. Wobei Sie uns schon vorher unterstützen können!«

»Was soll ich tun?«

»Wir brauchen ein aktuelles Foto von Martina sowie den Namen der Telefongesellschaft von ihrem Handy.«

»Ich schicke Ihnen eine Aufnahme von Heiligabend per MMS.« Natürlich wusste er auch, mit welcher Gesellschaft seine Freundin den Handyvertrag abgeschlossen hatte.

Nachdem sie den Hörer aufgelegt hatte, sah Natascha zu ihrem Chef rüber: »Hast du das mitbekommen, Alois? Martina Beck ist verschwunden!«

»Verschwunden oder abgehauen?«

»Keine Ahnung«, zuckte sie mit den Achseln. »Glaubst du, sie hat kalte Füße bekommen?«

»Wie lange wird sie denn schon vermisst?«

»Seit Silvester. Aber zuletzt gesehen haben sich die beiden am Donnerstagmorgen.«

»Wir sollten das übliche Prozedere beschleunigen und sofort die Fahndung rausgeben«, entschied Alois Schön. »Außerdem brauchen wir die letzten Gesprächsdaten von der Telefongesellschaft!« Während er sich um den richterlichen Beschluss für die Herausgabe der Telefondaten kümmerte, sandte Natascha das Foto der Vermissten an alle Flughäfen und den Zoll.

Martina Beck wohnte in einer Zwei-Zimmer-Altbauwohnung in der Nähe des Baldeplatzes. Zu den Stränden der Isar ist es nur eine kurze Wegstrecke zu Fuß, der Bus benötigt zum Hauptbahnhof nicht einmal zehn Minuten. Eine idyllische Wohngegend, deren Mieten für Münchner Verhältnisse noch erschwinglich waren. Aber auch das Glockenbachviertel mauserte sich langsam zu einer hippen, stark nachgefragten Wohnlage, was nicht nur an den sündhaft teuren Luxus-Apartments des Designers Philippe Starck im alten Arbeitsamt in der Thalkirchner Straße lag. Der alte südliche Friedhof mit seinen uralten Bäumen und

Gräbern von bekannten Münchner Honoratioren ist nicht nur ein Paradies für Eichhörnchen, sondern ein Stück Münchner Geschichte.

Der Hausmeister öffnete ihnen die Wohnungstür.

»Danke, wir kommen alleine zurecht«, gebot Alois Schön dessen Neugier von vornherein Einhalt.

Nach einem überstürzten Weglaufen sah es in den beiden Zimmern nicht aus. Mit Ausnahme eines Haufens schmutziger Wäsche auf dem Fußboden im Bad, war die ganze Wohnung ordentlich aufgeräumt. Die Zahnbürste stand an ihrem Platz, und die Inhalte der Schuh- und Kleiderschränke boten ebenso wenig Hinweise für eine längere Abwesenheit.

»Hast du Autoschlüssel, Geldbörse oder Kreditkarten gefunden?«

»Fehlanzeige. Was meinst du, Alois? Ist die abgehauen?«

»Dann hat sie ihre Flucht aber exzellent geplant, einschließlich der schmutzigen Wäsche und des dreckigen Geschirrs in der Spülmaschine als falsche Fährte.«

»Allerdings müsste sie sich vor Ort komplett neu einkleiden.«

»Das fällt euch Frauen doch nicht schwer.« Alois Schön grinste Natascha an.

Doch die verzog keine Miene. »Richtig, aber es belastet den Geldbeutel. Außerdem hinterlässt es Spuren. Wenn ich mich verdünnisiert hätte, hätte ich zumindest ein paar Klamotten mitgenommen.«

»Jetzt hast du deinen eigenen Gedanken ad absurdum geführt!«, lächelte der Leiter der Mordkommission seine Mitarbeiterin abermals an. Denn er wollte ihr so schnell wie möglich zu besserer Laune verhelfen.

Natascha blieb dennoch todernst: »Stimmt.« Sie zuckte mit den Achseln, bevor sie laut überlegte: »Womöglich ist sie entführt worden?«

»Dann hätte sie im Normalfall die Autoschlüssel in der Wohnung zurückgelassen. Oder glaubst du, der Kidnapper hat sie in ihrem eigenen Auto verschleppt?«

»Nach Aussage des Hausmeisters ist ihr Polo ebenfalls verschwunden!«

»Trotzdem halte ich diese Variante für sehr unwahrscheinlich. Kommen Sie, Frau Kollegin, hier gibt's für uns nichts mehr zu tun!« Alois Schön hatte die Klinke der Wohnungstür bereits in der Hand: »Wenn wir sie bis Mittwoch nicht gefunden haben, schicken wir die Spusi in die Wohnung.«

Nachdem der Hausmeister die Wohnungstür doppelt abgeschlossen hatte, wurde sie von Alois Schön versiegelt.

»Ich werde für Mittwochmorgen eine Pressekonferenz einberufen«, beschloss Alois Schön auf der Rückfahrt. Bisher war er seiner Informationspflicht gegenüber der schreibenden Zunft äußerst spärlich nachgekommen. Zwar hatte man die Medien über den Fund einer Frauenleiche in der Isar informiert, mehr jedoch nicht. Alle Anrufe neugieriger Journalisten waren von der

Pressestelle mit dem Hinweis auf laufende Ermittlungen abgeblockt worden. Die Identität der Toten sei bekannt, gesicherte Erkenntnisse über die Hintergründe der Tat gebe es noch nicht. Darüber hinaus hatte man jedem Pressevertreter versichert, dass man ihn selbstverständlich als Allerersten bei bedeutenden Neuigkeiten informieren würde.

Zurück im Büro setzte er sich gleich ans Telefon: »Grüß Gott, Frau Mancioni! Hier spricht Hauptkommissar Schön von der Kripo in München. Wir hätten ein paar Fragen an Sie. Können wir in einer Stunde bei Ihnen vorbeikommen?«

»15 Uhr ist mir lieber. Bis dahin habe ich den Abwasch erledigt.«

»Wir werden pünktlich da sein. Auf Wiederhören!«

EIN UNGLÜCKSELIGES LIEBESABENTEUER

50 Minuten später waren sie auf der A8 Richtung Salzburg unterwegs. Majestätisch ragten die verschneiten Berge am Horizont hervor, als sie die Abfahrt zur Ausfahrt Holzkirchen herunterfuhren.

»Kennst du Sachsenkam?«, wollte Alois Schön seine junge Kollegin durch Smalltalk erheitern.

»Nie gehört.«

»Da machen sie häufig Filmaufnahmen: Sturm der Liebe, Rosenheim Cops und natürlich auch für den Bullen von Tölz!«

»Ich schau kaum Fernsehen.«

So knappe Antworten war Alois Schön von Natascha nicht gewohnt. Daher zog er es vor, den Rest der Fahrt zu schweigen.

Karla Mancioni saß mit einer dunklen Sonnenbrille auf der Terrasse ihres Hauses und las in einem Buch von Al Gore über die drohende Klimakatastrophe. Obwohl sie einen warmen Mantel trug, hatte sie sich zusätzlich in eine flauschige Decke eingewickelt. Ihre Haare waren von einer dicken, modischen Strickmütze umhüllt. Neben ihr saß ein Dreikäsehoch, der die Hausaufgaben eines Erstklässlers erledigte.

»Grüß Gott, Frau Mancioni, mein Name ist Schön!« Der Leiter der Mordkommission streckte der Dame seine Hand entgegen. Wie geht es Ihnen?«

»Danke, gut.« Sie legte das Druckwerk zur Seite und machte eine Handbewegung in Richtung des Schuljungen. »Das ist Tobias, mein Jüngster!«

Die Kommissare verstanden. In Anwesenheit des Kindes wollte die Mutter nicht über ihre Krankheit sprechen. Stattdessen flötete sie: »Ist heute nicht ein wunderschöner Wintertag?«

»Fertig!«, rief Tobias und klappte das Heft zu. »Darf ich jetzt rodeln gehen, Mama?«

»Darfst du. Aber in einer Stunde bist du wieder hier. Dann wird es dunkel.«

Zwei Minuten später rannte der Kleine mit seinem Schlitten aus dem Haus.

»So, Herr Kommissar, jetzt können wir reden.«

»Prima. Also noch einmal von vorn. Wie geht es Ihnen wirklich, Frau Mancioni?«

»Momentan ganz gut. Aber es schwankt halt sehr stark. Letzte Woche war mir andauernd schlecht, da habe ich keinen Bissen hinuntergebracht. Heute dagegen habe ich wieder großen Hunger.« Sie bediente sich am Obstteller, der vor ihr stand. »Außerdem ist mir ständig kalt. Und lichtempfindlicher bin ich auch geworden. Daher trage ich beim mickrigsten Sonnenstrahl eine Sonnenbrille.«

Alois Schön betrachtete die Zeugin von oben bis unten. Viel war an ihr nicht dran, das war trotz Decke zu erkennen. Zwar konnte er sich nicht vorstellen, dass Karla Mancioni jemals in ihrem Leben pummelig gewesen war, aber diese hervorstehenden Backenknochen und die mehr als dünnen Handgelenke wertete er als Beweis, dass die Krankheit erste Spuren hinterlassen hatte.

»Mama, ich bin dann weg«, trat kurz darauf ein junges Mädchen mit einem Paar Schlittschuhen über der Schulter aus der Haustür.

»Wann kommst du wieder, mein Schatz?«

»Wenn du schon schläfst!«

»Aber ich wollte dir doch noch …«

»Mama!«, stemmte die Tochter trotzig ihre Arme in die Hüften. »Ich sagte dir doch: heute nicht!« Zornig blickte sie zur Mutter rüber. »Erst gehe ich Schlittschuh laufen und anschließend ins Kino. Ich habe auch ein Recht auf Privatleben!« Ohne eine Reaktion abzuwarten, ging sie aus der Einfahrt und stieg in ein Auto, das bereits auf sie wartete.

»Kinder«, lächelte Karla Mancioni verschämt, »haben Sie auch welche?«

»Ja, einen elfjährigen Sohn«, antwortete Alois Schön knapp, »aber kommen wir gleich zum Punkt, Frau Mancioni. Wir interessieren uns für Ihre Beziehung zu Sebastian Keller. Erzählen Sie uns bitte davon.«

»Ja mei, der Sebastian«, strahlte Karla über ihr schmales Gesicht. »Bestimmt hätte es mit uns beiden etwas werden können … Aber leider kam uns der Krebs dazwischen.« Den letzten Satz sprach sie sehr leise, beendete ihn jedoch mit einem lauten Seufzer. Ihr Lächeln war längst wieder verschwunden.

»Wann haben Sie sich kennengelernt?«

»Am 9. Juli in der Muffathalle.« Die Zeugin musste keine Sekunde überlegen. »Wir waren uns auf Anhieb sympathisch und genossen die Stunden, die wir miteinander verbringen durften. Wir trafen uns am Baggersee oder im Biergarten und gingen gemeinsam zum Tanzen.«

»Waren Sie auch im P1?«

»Mit Sebastian nicht.«

»Aber Sie kennen den Club?«

»Freilich, Herr Kommissar, in meiner Jugend war ich da öfter!« Karla Mancioni senkte den Kopf. »Aber die Zeiten sind schon lange vorbei.«

»Das klingt dennoch so, als ob Sie zu Beginn Ihrer Beziehung mit Herrn Keller noch sehr fit waren«, meldete sich Natascha zu Wort.

»Wie man's nimmt. Schon damals war ich häufiger krank. Allerdings habe ich mir nicht die geringsten Sorgen gemacht. Mal schob ich es auf den Stress mit meinem Exmann, mal vermutete ich eine Sommergrippe. Die üblichen Ursachen halt. Bis dann zu Beginn der Sommerferien der Krebs diagnostiziert wurde.«

Die Kommissarin nickte intuitiv. Auch Alois Schön schwieg.

»Wie alle Verliebten schmiedeten Sebastian und ich fantastische Pläne für unsere Zukunft.«

Nataschas Hand ballte sich zu einer Faust, ihr ganzer Körper verkrampfte.

Karla Mancioni schluckte, bevor sie sich eine einzelne Träne aus ihrem Augenwinkel wischte. »Wir wollten noch gemeinsam aufs Oktoberfest!« Sie nahm ein Taschentuch und schnäuzte hinein. »Entschuldigung, ich will Sie nicht mit meiner Leidensgeschichte langweilen. Sie haben bestimmt Wichtigeres zu tun!«

Alois Schön zog es daraufhin vor, das Thema zu wechseln: »Kannten Sie Petra Malterer?«

»Wen?«

»Ihre Vorgängerin, sofern wir das so sagen dürfen.«

»Nie gehört.« Sonnenbrille und Decke machten es den Kriminalbeamten unmöglich, die Gelassenheit der Zeugin anhand von Körpersprache, Mimik und Veränderung der Pupillen zu überprüfen.

»Hat Herr Keller Ihnen niemals von ihr erzählt? Immerhin sagte er zu uns, sie sei seine große Liebe gewesen!«

»Wirklich?« Karla Mancioni sah den Leiter der Mordkommission an, als zweifelte sie an dessen Verstand. »Aber selbst wenn. Warum sollte er?« Sie strich sich über ihre Unterarme. »Sebastian und ich hatten Besseres zu tun, als uns über seine Verflossenen zu unterhalten.« Anschließend bat sie: »Können wir bitte ins Haus gehen? Mir wird jetzt doch zu kalt.«

Erst im warmen Wohnzimmer setzte die Patientin ihre Brille ab. Die tiefen Augenhöhlen und ihre spindeldürren Beine, die nun in gefütterten Hausschuhen steckten, lieferten einen weiteren Beleg, dass diese Frau schwerkrank war. »Bitte nehmen Sie Platz«, forderte sie die Kommissare auf, während sie einen Nähkorb vom Wohnzimmertisch räumte und in die Ecke neben der Tür stellte. »Ach ja, das hätte ich fast vergessen!« Sie holte ein Maßband sowie eine Schere aus dem Nähkorb, schnitt einen Zentimeter von ihm ab und legte es wieder in den Korb zurück. Dann knüllte sie das abgeschnittene Stück zusammen und verstaute es in der Hosentasche.

»Darf ich fragen, was Sie da gemacht haben?«, erkundigte sich Natascha freundlich.

»Das ist mein Motivationsband!«

»Bitte was?«

Karla Mancioni setzte sich in den freistehenden Sessel und schlug die Beine übereinander: »Die Ärzte haben mir im Oktober gesagt, dass ich nur noch 3 Monate, also knapp 100 Tage zu Leben hätte. Also habe ich mir ein Maßband gekauft, von dem ich jeden Tag einen Zentimeter abschneide.«

»Wie früher die Wehrpflichtigen beim Bund«, lächelte Alois Schön.

»Zuerst wollte ich mir einen Kalender kaufen, in dem ich jeden Tag eintrage, ob es mir gut oder schlecht geht. Aber das hätte Tobias zu sehr belastet. Deshalb habe ich mich für das Maßband entschieden.« Mit festem Blick sah sie die Kriminalbeamten an. »Ich bin mir sicher, ich brauche noch ein zweites, vielleicht sogar ein drittes.«

»Das wünschen wir Ihnen«, bekannte Natascha ehrlich.

Alois Schön holte die Phantombilder von Kathi und Lisa aus der Innentasche seines Mantels. »Haben Sie diese Damen schon einmal gesehen, Frau Mancioni?«

»Nicht dass ich wüsste, ist eine der Ladys Frau …?« Fragend sah sie den Leiter der Mordkommission an.

»Das hätten wir Ihnen gesagt.«

»Sind die beiden verdächtig?«

»Weshalb schauen Sie sich die Bilder nicht einfach an und sagen uns, ob Sie jemanden kennen, der den Personen auf den Fotos ähnlich sieht?«, erhob Natascha ihre Stimme. Gelassenheit zählte heute nicht zu ihren Tugenden.

»Die eine sieht aus wie eine Moderatorin von PRO 7.«

»Wir dachten schon eher an Ihren Bekanntenkreis«, wurde nun auch Alois Schön ungeduldig.

»Nein, da fällt mir niemand ein.«

Anschließend erkundigten sie sich nach dem Vorfall mit der Tochter.

»Solange es mir gut geht«, lächelte die Mutter, »will ich Nicki noch einige Dinge zeigen, damit sie Tobias besser versorgen kann, wenn ich nicht mehr bin. Aber heute wollte sie unbedingt mit ihrer Clique ausgehen, weil ein Junge, für den sie schwärmt, ebenfalls mitkommt.« Karla Mancioni setzte sich in ihren Sessel zurück und schlug die Beine locker übereinander. »Da kann man nichts machen, so ist die Jugend von heute.«

»Wie alt ist Ihre Tochter?«, wollte Natascha wissen.

»16. Sie und Tobias werden bei meiner Ältesten wohnen. Die wird zwar das Sorgerecht für die beiden haben, aber natürlich muss sich Nicki auch um Tobias und den Haushalt kümmern.«

Alois Schön wartete bewusst einen Moment, bevor er ein weiteres Thema ansprach: »Frau Mancioni, unsere Spezialisten haben herausgefunden, dass Sie den Laptop von Herrn Keller infiziert haben!«

»Wirklich? Daran kann ich mich gar nicht erinnern!«

»Mittels einer E-Mail, die Sie ihm Ende September geschickt haben.«

Karla Mancioni legte ihren Zeigefinger an die Nase, ihre Augen wanderten zur Decke. »Ach ja, die Wiesn-Mail«, rief sie nach einigen Sekunden des Überlegens, »stimmt, das Filmchen im Anhang habe ich mit einem Cookie präpariert.« Dabei lächelte sie.

»Sie wissen, dass Sie sich damit strafbar gemacht haben?«

»Ach, hören's doch auf, Herr Kommissar.« Karla Mancioni unterlegte ihre Worte mit einer wegwerfenden Handbewegung. »Oder hat Sebastian Anzeige gegen mich erstattet?«

»Nein, hat er nicht.«

»Das hätte mich auch gewundert.« Spöttisch-amüsiert sah sie ihre Gesprächspartner an: »Öffentliches Interesse dürfte ebenso wenig vorliegen. Also sollten wir die Sache am besten vergessen.«

Alois Schön schüttelte den Kopf, bevor seine Stimme energisch forderte: »Sie müssen mir schon erklären, weshalb Sie das gemacht haben!«

»Gerne, Herr Kommissar.« Karla Mancioni holte tief Luft: »Ich sagte ja bereits, dass Sebastian und ich zum Anstich aufs Oktoberfest wollten. Aber leider war ich dazu nicht fit genug.« Sie sprach nun sehr leise: »Sebastian wollte daraufhin ebenfalls zu Hause bleiben … aber ich habe ihn bekniet, alleine zu gehen. Er solle sich amüsieren und mir dann hinterher Bericht erstatten.« Sie nippte an ihrem Wasserglas. »Doch als er sich Mitte der Woche immer noch nicht bei mir gemeldet hatte, habe ich ihm besagte Mail geschickt.« Die Zeugin lächelte. »Ich war halt neugierig!« Entschuldigend fügte sie hinzu: »Aber Sie haben recht, mein lieber Herr Schön, so etwas macht man nicht.« Wie ein Kind, das seine Mutter treuherzig um Verzeihung bittet, sah sie dem Kommissar in die Augen. »Irgendwie ist da der Gaul mit mir durchgegangen.« Karla Mancioni zog ihre Mundwinkel weiter nach oben und stellte ihren

Kopf schräg. Als ob sie den Leiter der Mordkommission fragen wollte, ob nicht das nun folgende Ergebnis die Mittel heilige: »Immerhin habe ich so erfahren, dass Sebastian am letzten Wiesnsonntag im Weinzelt eine Neue kennengelernt hatte. Das hat mich gefreut, denn nun wusste ich, dass er meinen Rat befolgt hatte.«

Permanentes Klingeln sowie das Geplärre eines aufgebrachten Sechsjährigen ließen Alois Schön und Natascha keine Möglichkeit, auf diese Sätze einzugehen.

Vor der Haustür stand ein völlig durchnässter Schlittenjunge, zitternd vor Kälte und Wut. Viertklässler hatten Tobias mit Schneebällen bombardiert und mit Schnee eingeseift. Die Mutter steckte den Kleinen sofort in die Badewanne, woraufhin sich die Kommissare verabschiedeten.

»Erzähl mal, was über den Jahreswechsel passiert ist. Weshalb du in letzter Zeit so schlecht gelaunt bist, Natascha. Warst du nicht wie geplant in Kitzbühel?« Nachdem all seine Versuche, die Kollegin aufzuheitern, grandios gescheitert waren, entschied sich Alois Schön auf der Rückfahrt nach München für die direkte Art.

Dennoch dauerte es eine Weile, bis sich die Kommissarin zu einer Antwort bequemte: »Schon«, grummelte sie widerwillig, »aber von Franz Beckenbauer und Hansi Hinterseer keine Spur.«

»Und deswegen hattest du Streit mit deinem Phil?«

»Ach, hör mir doch mit dem auf!«

»Ich will dir doch nur helfen, dir mit meiner Lebenserfahrung zur Seite stehen!«

»Danke, ich brauche dein Angebot nicht. Männer sind nun mal Schweine und ich bin auf das Oberschwein hereingefallen. Mehr gibt es da nicht zu sagen.«

Angesichts dieses klaren Statements zog es der Leiter der Mordkommission vor, zu schweigen. Er schaltete das Radio an. Als sie die Autobahn erreichten, spielte Antenne Bayern den passenden Song: »Highway to Hell«. Hardrockfan Alois Schön drückte aufs Gaspedal. Endlich kam er mal frühzeitig nach Hause.

Natascha telefonierte am Abend mit ihrer besten Freundin.

»Du solltest einen richtigen Schnitt machen, eine Radikalkur sozusagen«, riet ihr diese, nachdem ihr die Kommissarin ihr Leid geklagt hatte.

»Wie meinst du?«

»Du solltest deinen Typ verändern. Geh zum Friseur! Vielleicht solltest du dir sogar die Haare abschneiden lassen. Mit einer anderen Frisur wirst du auch für einen anderen Kreis von Männern interessant!«

»Du meinst, für solche, die sich nicht so aufführen wie Phil? Die nicht jedem Minirock hinterherlaufen?«

»Genau!«

»Super Idee. Dann mach ich gleich morgen einen Termin aus.«

Als sie in der Früh ins Büro kam, lag eine Liste mit vielen Zahlen auf ihrem Schreibtisch. Es war die Aufstellung aller Telefonate und SMS von Martina Beck. Die Telefongesellschaft hatte ihre Anfrage überraschend schnell bearbeitet. »So ein Mist«, murmelte sie vor sich hin, als Alois Schön den Raum betrat, »zuletzt wurde sie an Silvester in der Nähe des Stuttgarter Hauptbahnhofs geortet. Die ist bestimmt schon über alle Berge.« Erst jetzt drehte sich Natascha zu ihrem Chef um: »Wir sollten uns noch einmal den kleinen Malterer vorknöpfen. Nicht, dass er mit seiner Freundin unter einer Decke steckt!« Sie rief ihn an, und Maximilian machte sich sofort auf den Weg ins Dezernat.

»Hat Martina erwähnt, dass sie verreisen wollte?«

»Nein, dann wäre ich mitgefahren.«

»Was tat sie dann an Silvester am Stuttgarter Bahnhof?«

»Keine Ahnung, wie kommen Sie denn darauf?«

»Zumindest ihr Handy war dort.«

»Bitte was?« Maximilian wirkte heute ausgesprochen verletzlich.

»Vielleicht hat sie ja einen neuen Freund?«

Nur mit Mühe kam ihm ein »Ich versteh nicht« über seine Lippen.

»Womöglich hat es Ihre Freundin ja vorgezogen, Silvester bei Kerzenlicht und Maultaschen zu verbringen, anstatt mit Ihnen auf dem Tollwood. Und anschließend lässt sie sich in südlichen Gefilden von der Sonne und ihrem schwäbischen Lover verwöhnen.« Ihren Oberkörper weit zurückgelehnt, mit dem Ellbogen auf der Armlehne ihres Stuhls und den Zeigefinger an der Backe, sah Natascha dem Abiturienten seelenruhig in die Augen.

»Martina liebt mich! Die würde mich niemals betrügen!« In Maximilians Stimme vermengten sich Wut, Trotz und Wehmut.

Aber die Kommissarin war noch lange nicht fertig. Sie wollte das Bröckeln der coolen Fassade des jungen Malterers ausnutzen: »Das hat Ihr Vater über Ihre Mutter auch gesagt. Die Männer in Ihrer Familie haben offensichtlich kein Glück mit den Frauen.«

Maximilian sprang auf und trat gegen den ihm benachbarten Stuhl, der in hohem Bogen in die Ecke flog. Schnellen Schrittes eilte er zur Tür.

»Bleiben Sie hier, Herr Malterer!«, befahl Alois Schön, »Sie kommen sowieso nicht weit!« Vermutlich hätte er das Kommando viel früher übernehmen sollen. Denn Natascha war heute offenbar nicht in der Lage, so professionell zu handeln, wie er es von ihr gewohnt war.

»Fuck, Fuck, Fuck!« Mit voller Wucht schlug der Gymnasiast drei Mal gegen die Tür.

»Setzen Sie sich wieder!«

Langsam, den Blick nach unten gerichtet, trottete Maximilian zurück zum Tisch. »Was will diese Frau von mir? Die spinnt doch!« Dabei rieb er sich die Hand.

Alois Schön beugte sich zu Natascha und flüsterte ihr zwei Sätze zu. Daraufhin verließ diese den Raum.

»Entschuldigen Sie die Worte meiner Kollegin«, wandte er sich anschließend an Maximilian. »Wir können ihre Theorie zwar nicht gänzlich ausschließen, dennoch glaube ich nicht, dass sie recht hat.«

»Martina würde mich nie betrügen!«, wiederholte Maximilian mit Tränen in den Augen, »wir lieben uns doch so sehr!« Der selbstbewusste, coole Abiturient hatte sich in ein schnell atmendes, zitterndes Häufchen Elend verwandelt.

»Dann helfen Sie uns, Ihre Freundin zu finden, Herr Malterer.« Alois Schön schob zuerst ein Papiertaschentuch und danach die Telefonliste über den Tisch. »Sagen Ihnen diese Nummern etwas?«

»Das ist meine«, deutete der Freund schniefend auf die Ziffern, die am häufigsten aufgeführt waren, »und der Anschluss gehört einer Freundin.« Am Ende hatte Maximilian sämtlichen Telefonaten und SMS einen Empfänger zugeordnet. Nur mit einer Nummer konnte er beim besten Willen nichts anfangen.

Um die Mittagszeit rief ein Mitarbeiter der Telefongesellschaft an. Man habe das Handy der Vermissten am Hot Spot in der Nähe der Klinik in Geislingen an der Steige geortet.

Zwei Telefonate später stand fest, dass es für ihr Verschwinden eine simple Erklärung gab: Martina Beck war an Silvester unweit der Stadt am Rande der mittleren Schwäbischen Alb mit ihrem Auto bei Glatteis verunglückt. Dort wurde sie ins örtliche Krankenhaus eingeliefert und in ein künstliches Koma versetzt.

»Wir können uns die Pressekonferenz sparen«, lehnte sich Alois Schön zufrieden zurück.

»Wunderbar, dann kann ich in aller Ruhe zum Friseur gehen.« Natascha hatte bei ihrem Anruf in der Mittagspause schlicht Glück gehabt. Weil eine Kundin kurz zuvor abgesagt hatte, war ihr ein Termin noch am selben Abend angeboten worden.

Gegen 18 Uhr verließ sie das Büro und machte sich auf den Weg zum Gärtnerplatz.

»Grüß Gott, Frau Kommissarin! Nimm Platz, was darf ich dir anbieten? Kaffee oder vielleicht ein Glas Prosecco?«

»Prosecco? Warum nicht? Ich hab ja Feierabend!«

»Hast du es gut«, seufzte der Freund des Inhabers, während er das Glas einschenkte und auf die Ablage vor dem Spiegel stellte. »Was darf's denn sein?«

»Radikale Typveränderung!«

Der Figaro erschrak. Intuitiv trat er einen Schritt zur Seite. Er legte Zeige- und Mittelfinger an die Backe und sah Natascha mit leicht geneigtem Kopf an: »Willst du etwa deine wunderschönen langen Haare abschneiden?«

»Ja, bitte!«

»Hast wohl Liebeskummer, Schätzchen?« Voller Mitgefühl sah er seine Kundin an: »Da hat dir wohl ein Kerl sehr wehgetan.« So war er halt, der Friseur von Natascha: äußerst liebenswürdig und einfühlsam gegenüber der Damenwelt. Obwohl er nur an Männern interessiert war. Vor allem aber verstand er etwas von Frauenhaaren. »Hast du schon eine Idee, was wir machen wollen?«

»Ich dachte, ihr gebt mir ein paar Tipps.«

»Willst du Locken?«

»Nur, wenn es nicht zu viel Arbeit macht.«

»Am besten, wir schauen mal in unsere Frisurenbücher.« Nach kurzer Diskussion stand die neue Frisur fest. Natascha entschied sich für einen modischen Kurzhaarschnitt: die Ohren bedeckt, knapp schulterlang, an den Seiten fransig. Ferner ließ sie ihre blonden Haare rot färben.

»Toll, wie du ausschaust« lobte der Hairstylist sein Werk. »Damit findest du schnell wieder einen entzückenden Burschen, der dich tröstet.«

»Rattenscharf«, bestätigte sein Freund, »zum Verlieben!«

»Wehe, wenn nicht, dann verklage ich euch!«

»Dann kommst du uns halt im Roy am Sendlinger Tor besuchen. Dort spülen wir dann unseren Kummer gemeinsam runter.«

»Das mache ich glatt«, versprach Natascha, während sie zahlte.

Auch Alois Schön hatte sich auf einen geruhsamen Abend mit Beate gefreut. Doch kaum hatte er die Jacke in der Garderobe aufgehängt, läutete das Telefon. Spaziergänger – oder besser gesagt ihr Hund – hatten eine Leiche im Deininger Weiher entdeckt.

DIE VERLOCKUNGEN DES MOORES

Die Feuerwehr packte ihr Boot bereits wieder ein, als Alois Schön am Tatort erschien. Den Leichnam hatten sie auf der Wiese des Moorsees abgelegt. Dort, wo im Sommer Hunderte von Sonnenhungrigen Handtuch an Handtuch liegen, störte die Moorfrau heute niemanden. Ihr Körper war vollständig mit einer braunen Schicht überzogen. Dennoch hätte selbst ein Laie erkennen können, dass es sich um eine Frau handelte und dass diese erschossen wurde.

Den Wanderern, die die Polizei verständigt hatten, stand noch der Schrecken ins Gesicht geschrieben. »Weil das Wetter so schön war«, erstattete der Mann Bericht im Licht der aufgestellten Scheinwerfer, »hatten wir uns zu einem längeren Spaziergang mit unserem Hund entschlossen. Selbst auf die Gefahr hin, dass es dunkel werden würde, wollten wir eine Runde um den Deininger Weiher drehen und anschließend in einer Wirtschaft einkehren.«

»Genau«, stimmte ihm seine Frau zu. »Und kaum haben wir unseren Caesar von der Leine gelassen, rennt der Richtung Ufer und fängt das Bellen an.« Der Golden Retriever saß neben dem Ehepaar und gab keinen Mucks von sich.

»Der folgt aufs Wort«, erklärte sein Besitzer stolz, »wir waren mit ihm in einer erstklassigen Hundeschule.«

»Genau! Deswegen waren wir ja so überrascht, als Caesar nicht mehr aufhörte zu bellen, und auf unser Rufen nicht reagierte. Er stand am Rand des Sees und bellte irgendetwas im Wasser an. Leider konnte ich nicht erkennen, was es war. Ich hatte meine Brille nicht dabei.«

»Ich aber mein Fernglas! Damit erkannte ich sofort, dass aus einem Loch im See eine tote Person, vermutlich eine Frau, herausragte. An ihrem Kopf hingen ein paar Zweige, die sich beim Auftauchen in ihren Haaren verfangen hatten. Daraufhin habe ich mit dem Handy die Polizei verständigt.«

»Das haben Sie gut gemacht!«, sparte Alois Schön nicht mit Lob.

Die Fußspuren am Ufer waren jedoch nicht zu gebrauchen. Dazu war der Boden aufgrund des Tauwetters der letzten Tage viel zu matschig. Wenngleich es erst diesem zu verdanken war, dass den Deininger Weiher lediglich eine dünne Eisschicht zierte. Bei starkem Frost und entsprechend dicker Eisdecke hätte es noch Wochen gedauert, bis die Leiche entdeckt worden wäre. Verwertbar waren nur die frischen Spuren von Caesar, doch der war definitiv unschuldig.

»Die Spusi soll sich das Ufergelände und den Parkplatz anschauen«, wies Alois Schön die Kollegen an. Danach fuhr er wieder nach Hause. Seine Person wurde hier nicht mehr gebraucht.

»Was hast du rausgefunden, Doc?«, begrüßte er am nächsten Morgen den Gerichtsmediziner in der Nußbaumstraße.

Der war gerade dabei, den Raum zu verlassen. »No ned so vui. A bisserl Schönheitsschlaf braach i ja a!«

»Dann gib mir das, was du hast.«

»In fünf Minuten.«

Alois Schön wartete vor der Tür des Sezierraumes. Denn der Geruch, der diesem Saal innewohnte, war heute noch beißender als gewohnt.

»Die Dame wurde vermutlich vor drei bis vier Tagen ermordet, die Totenflecken lassen sich nicht mehr wegdrücken«, erstattete der Doc nach seiner Rückkehr Bericht. »Wie eure Isar-Schönheit ist sie erschossen worden, ebenfalls mitten ins Herz. Die Tatwaffe war wohl auch hier eine 9-Millimeter. Und es gibt durchaus weitere Parallelen.«

»Machst du Witze?«

»Nein, lieber Alois, es gibt diverse Gemeinsamkeiten. Für Einzelheiten muss ich jedoch erst die Kugel finden! Allerdings brauchen wir dazu a bisserl Glück. Denn leider haben schon ein paar Viecher an der Lady geknabbert.«

»Was meinst du mit Viechern, Doc?«

»Ja, was halt im Deininger Weiher so rumschwimmt:

Schlangen, Blindschleichen, Fische. Was weiß denn ich?«

»Kannst du mir etwas zum Tathergang sagen?«

»Raubmord kann ich definitiv ausschließen. Die Dame hatte noch ihren gesamten Schmuck und sogar ihre Papiere bei sich. Da fällt mir ein …« Der Doc sah den Leiter der Mordkommission kurz an. »Ein Handy haben wir bei ihr nicht gefunden, obwohl in ihrer Tasche ausreichend Platz gewesen wäre.« Sein Blick wanderte zur Leiche. »Saskia Engels, so heißt sie, scheint wie eure Isartote nicht die Ärmste gewesen zu sein …« Er deutete auf die Kiste mit den Utensilien der Toten: »… die teure Handtasche, Ringe und Ketten aus 750er Gold, und ihr Wohnort Grünwald ist auch nicht gerade als Armenviertel bekannt.«

»Kannst du feststellen, ob dieselbe Waffe verwendet wurde?«

»Klar, wenn du mir das Projektil bringst. Und a bisserl Zeit wär a nid schlecht.«

»Nur keine Hektik, Doc. Dafür, dass sie erst ein paar Stunden auf deinem Tisch liegt, hast du mir schon genügend Informationen geliefert. Vielen Dank.«

Im Büro in der Hansastraße warf Alois Schön einen Blick in die Vermisstendatei. Fehlanzeige, Saskia Engels wurde nicht vermisst. In ganz Bayern nicht.

»Jetzt wird es doch Zeit für eine Pressekonferenz«, beschloss er. »Vielleicht können uns ja die Schreiberlinge helfen.« Nachdem er mit der Presseabteilung wegen der Organisation gesprochen hatte, rief er seinen Chef an: »Egal, ob die beiden Morde zusammenhängen oder nicht. Wir brauchen dringend Verstärkung. Zu zweit kommen wir da nicht weiter, wir müssen eine Soko einrichten.«

Der Polizeidirektor stimmte sofort zu.

Anschließend rief Alois Schön den Architekten in Bogenhausen an. Er möge sich umgehend mit den Kollegen in der Maillingerstraße in Verbindung setzen, um ein Phantombild von Petra Malterers Freundin Saskia zu erstellen, sprach er in eindringlichen Worten auf den Anrufbeantworter. Den wahren Grund für sein Anliegen und die plötzliche Eile verschwieg er jedoch. Denn sonst hätte er dem Herrn auch ein Foto der Toten zeigen können.

Stattdessen fuhr er mit Natascha nach Grünwald. Große Häuser mit gepflegten Gärten reihten sich in der Straße aneinander. Hier und da ein Schwimmbad, teure Karossen vor den Garagen. An der Engelschen Villa waren die Rollläden halb heruntergelassen. Alois Schön klingelte, aber es machte keiner auf.

»Soll ich über das Tor klettern?«, bot sich Natascha an.

Der Leiter der Mordkommission beäugte seine Mitarbeiterin mit Sorge: »Willst du vom Wachhund gebissen werden?« Er drehte sich um. »Lass uns lieber die Nachbarn befragen.«

Im angrenzenden Garten kehrte eine Frau mittleren Alters den frischen Schnee von den Platten des Gehweges: »Die Engels habe ich schon lange nicht mehr gesehen, die sind bestimmt in Urlaub gefahren.«

»Wann sind Sie Ihnen denn zuletzt begegnet?«

»Warten Sie … am Freitagnachmittag, also am 30., habe ich Saskia einen Guten Rutsch gewünscht. Wir haben uns kurz unterhalten, wie wir ins neue Jahr kommen. Sie wollte ins ›Undosa‹ nach Starnberg. Kennen Sie das?«

»Nur vom Hörensagen«, antwortete Alois Schön knapp. »Und ihren Mann? Wann hatten Sie mit dem zuletzt Kontakt?«

»Lassen Sie mich überlegen … Den Thomas habe ich zuletzt in der Christmette an Heiligabend getroffen.« Erst jetzt wurde die Dame argwöhnisch: »Warum interessiert Sie das?«

Alois Schön zückte seinen Ausweis, der von der Nachbarin misstrauisch beäugt wurde. Zur Sicherheit drehte sie ihn mehrmals hin und her, vor und zurück: »Polizei? Bei uns in der Straße? Was ist denn passiert?«

»Spaziergänger haben gestern Abend die Leiche von Saskia Engels im Deininger Weiher entdeckt.«

»Jesses Maria!«, bekreuzigte sich die Frau und ließ ihren Besen fallen.

Natascha fing ihn reaktionsschnell auf. »Vielleicht ist es besser, wenn wir ins Haus gehen.«

Drinnen ergriff Alois Schön wieder das Wort: »Wohnt sonst jemand nebenan im Haus?«

»Bei den Engels? Nein, das hier sind alles Einfamilienhäuser.«

»Ein großes Haus für zwei Personen.«

»Da haben Sie recht, Frau Kommissarin. Aber wie heißt es bei uns seit König Ludwig: ›Wer ko der ko!‹ Außerdem hat Herr Engels noch ein Büro in seiner Villa.«

»Was macht er beruflich?«

»Er ist Mitinhaber einer Maschinenbaufirma, etwa 120 Mitarbeiter. Ein mittelständisches Unternehmen mit weltweitem Vertrieb. Der kommt ganz schön rum, ist ständig auf Geschäftsreise.«

Sie setzten sich an den Wohnzimmertisch, damit sich Natascha den Namen und die Adresse der Firma notieren konnte.

»Kennen Sie eine Familie Malterer?«, erkundigte sich die Kommissarin.

»Nie gehört.« Die Nachbarin sah die Beamten unsicher an: »Sollte ich?«

Alois Schön zog ein Foto von Petra Malterer aus seiner Tasche.

Inzwischen hatte sich der Ehemann zu ihnen gesellt: »Nein, die Frau kennen wir nicht. Wer ist das?«

»Eine Tote, die wir Mitte Dezember in München aus der Isar geborgen haben. Wir schließen nicht aus, dass die beiden Morde in Zusammenhang stehen.«

Seine Frau wurde kalkweiß: »Das ist ja fürchterlich!«

»Wir stehen erst am Beginn unserer Ermittlungen«, versuchte Natascha, das Ehepaar zu beruhigen. Ohne Erfolg. Weitere brauchbare Informationen ließen sich ihm nicht mehr entlocken.

Auch die übrigen Befragungen im Viertel lieferten keinerlei Hinweise auf eine Verbindung zwischen den beiden Fällen. Ebenso wenig waren Lisa und Kathi in Grünwald bekannt. Einzige Ausbeute der Kommissare war ein Foto von Thomas Engels, dem Ehemann der Toten. Ein Nachbar hatte es auf einem Straßenfest im August geschossen. Ein typischer Allerweltskerl: klein und gedrungen, wenig Haare, fast schon eine Glatze. Obwohl er noch nicht einmal 50 war.

Anschließend fuhren Alois Schön und Natascha im Restaurant Undosa in Starnberg vorbei. Sie hatten Glück. Eine Bardame erinnerte sich: »Ja, die Saskia war auf unserer Silvesterparty. Die kommt öfter zu uns, meistens allein. Aber an Silvester habe ich sie in Begleitung gesehen.«

»Ihres Mannes?«

»Den kenne ich nicht.«

Alois Schön holte das Foto des Gatten hervor.

»Nee, kahl war der nicht. Der hatte kurze, dunkle, schwarze Locken. So ein südländischer Typ wie Antonio Banderas!« Die Servicekraft grinste: »Ich hatte nicht den Eindruck, dass die beiden Bruder und Schwester sind.«

»Kannten Sie den Herrn?«

»Zu meinem eigenen Bedauern nein, Herr Kommissar. An so einen hübschen Burschen würde ich mich bestimmt erinnern, der dürfte mir seine Handynummer sogar mit Lippenstift auf den Bauch schreiben!«

Während ihr Chef aufgrund dieser Antwort schmunzelte, blieb Natascha ernst: »Der Ehemann war also noch nie bei Ihnen?«

»Nicht, dass ich wüsste.« Zur Sicherheit warf die Angestellte erneut ein Blick auf das Foto vom Sommerfest in Grünwald.

»Und wie sieht es mit dieser Dame aus?« Alois Schön zeigte ihr das Foto von Petra Malterer.

»Kann sein, kann aber auch nicht sein. Von der Sorte verkehren bei uns einige Schätzchen. Deshalb möchte ich mich nicht festlegen. Schließlich will ich niemanden fälschlicherweise belasten.«

»Das ehrt Sie, aber diese Frau können Sie nicht mehr in Schwierigkeiten bringen. Sie ist tot!«

»Das tut mir leid.« Nichtsdestotrotz vermied die Mitarbeiterin des Undosa jedwede Spekulation.

»Fällt Ihnen sonst noch etwas ein, das uns weiterhelfen könnte?«

»Vielleicht sollten Sie sich die Aufnahmen unseres Fotografen im Internet mal anschauen.«

»Machen wir«, verabschiedeten sich die Kommissare.

Nach der Mittagspause kam die Sonderkommission »Grünwald« zur ersten Besprechung zusammen. Alois Schön und Natascha informierten die Kollegen über die Einzelheiten im Fall Petra Malterer, und berichteten von den Ergebnissen ihrer Befragung in Grünwald. Nachdem er die Aufgaben an die neuen Mitarbeiter verteilte hatte, machte sich Alois Schön auf den Weg zur Pressekonferenz.

Zu seiner Überraschung war diese sehr gut besucht. Sogar das regionale Fernsehen war anwesend. Einige Journalisten erklärten zudem, man habe den Redaktionsschluss für die morgige Ausgabe verschoben, um noch die Informationen der Kripo unterzubringen.

Zuerst wurde der Fund der Moorleiche behandelt. Dass man über die letzten Tage der Toten und den Verbleib ihres Mannes kaum Erkenntnisse habe und daher die Presse um Unterstützung bitte. Zu diesem Zweck präsentierte man den Journalisten Fotos der Eheleute und ihrer beiden Autos inklusive der Kennzeichen. Ebenso wurde eine Karte des Fundortes gezeigt. »Für den Fall, dass Sie selbst nach Großdingharting fahren wollen, bitte ich Sie zu beachten, dass der Deininger Weiher im Naturschutzgebiet liegt.«

»Reden wir von dem Weiher, an dem der Ehemann von Uschi Glas mit seiner Würstlverkäuferin rumgeschmust hat?«

»So stand es zumindest in der Zeitung mit den vier großen Buchstaben«, antwortete der Leiter der Mordkommission.

»Besteht hier ein Zusammenhang?«

Der Saal lachte.

Als sich die Gemüter beruhigt hatten, berichtete Alois Schön über den Tod von Petra Malterer. Vor allem hinsichtlich ihres letzten Abends im P1 gebe es offene Fragen. Deswegen freue man sich über Zeugen, Fotos und zusätzliche Hinweise.

»Geht klar«, murmelte ein Reporter, woraufhin andere zustimmend nickten.

»Zum jetzigen Zeitpunkt können wir nicht ausschließen, dass es eine Verbindung zur Isartoten von Mitte Dezember gibt …«

Die Journalisten horchten auf. »Glauben Sie, dass wir es mit einem Serienmörder zu tun haben?«

»Momentan können wir das weder bestätigen noch dementieren. Wir verfolgen alle Spuren mit Hochdruck und haben eine Sonderkommission namens ›Grünwald‹ eingerichtet. Die beiden Fälle genießen absolute Priorität!«

»Was für ein Motiv sollte ein Serienkiller haben?«

»Da wir davon ausgehen, dass beide Frauen eine außereheliche Beziehung eingegangen sind, gibt es verschiedene Möglichkeiten.«

Die Pressevertreter schrieben fleißig mit.

»Haben Sie Fotos von den Liebhabern?«

»Von der Silvester-Begleitung von Saskia Engels

haben wir nur eine vage Beschreibung: groß, südländischer Typ mit dunklen schwarzen Locken. Den früheren Geliebten von Frau Malterer haben wir dagegen bereits vernommen. Details oder die Identität können wir aber aus ermittlungstaktischen Gründen nicht preisgeben.« Stattdessen nutzte Alois Schön die Gelegenheit, die Bilder von Kathi und Lisa an den Mann zu bringen.

Während Alois Schön auf der Pressekonferenz Rede und Antwort stand, betrachtete Natascha mit den Kollegen der »Soko Grünwald« die Aufnahmen des Internetfotografen von der Feier im Undosa. Saskia Engels war mehrfach abgelichtet, ihr Begleiter jedoch nur von hinten oder von der Seite zu sehen. Ansonsten tummelte sich keiner der Gesuchten auf der Tanzfläche. Deshalb nahmen die Kriminalbeamten die Gäste, die dem Treiben im großen Saal von der Empore aus zuschauten, genauer unter die Lupe. In zweiter Reihe in der Luke ganz rechts entdeckten sie – Thomas Engels, den Ehemann der Toten. Zwar wurde der überwiegende Teil seines Körpers durch die vor ihm stehende Frau verdeckt, doch war sein Gesicht, das er über ihre Schulter reckte, gut zu erkennen. Vor allem seine Stirnglatze war unverwechselbar.

»Wie der dreinschaut!«, meinte ein Kollege.

»Wie schauen Sie denn, wenn Sie mit ansehen müssen, wie die Zunge Ihrer Frau im Hals eines anderen steckt?« Die Aufnahmen von Saskia Engels hatten nicht nur die Aussage der Bardame bestätigt, sondern auch Nataschas Erinnerungen an ihre eigene Silvesternacht in Kitzbühel geweckt. Dementsprechend mürrisch war ihr Blick. Nichtsdestotrotz merkte sie sachlich an: »Ich habe nicht den Eindruck, dass Saskia Engels weiß, dass ihr Mann auf der Party ist. Wir sollten ihn zur Fahndung ausschreiben.«

DER EIDGENOSSE

Am nächsten Morgen präsentierte Alois Schön seinem Team den Bericht der Gerichtsmedizin. Den Todeszeitpunkt von Saskia Engels habe der Doc auf den Neujahrsmorgen zwischen 7 und 10 Uhr eingegrenzt. Dieses Ergebnis passe jedoch nur bedingt zum Vermerk im Küchenkalender, den die Spurensuche in der Engelschen Villa entdeckt habe. Dieser verweise auf einen Skiurlaub von Silvester bis zum 3. Januar. Zwar habe ein Nachbar erzählt, dass die Familie gerne am Arlberg Urlaub mache, bestätigt sei dies allerdings noch nicht. Gegen einen gemeinsamen Skiurlaub der Eheleute spräche zudem, dass der Wagen der Ehefrau, ein Porsche Cabrio, nicht in der Garage gestanden habe.

Kurz diskutierten sie, wie mit dem Architekten zu verfahren sei. Natascha forderte, man möge ebenfalls nach ihm fahnden. Es sei doch nicht normal, dass niemand wisse, wo er stecke. Dass kein einziger Nachbar seine Handynummer kenne. Ebenso würde ein ordentlicher Geschäftsmann regelmäßig seinen Anrufbeantworter abhören, wenn er schon keine Rufumleitung auf sein Handy eingerichtet habe. Offensichtlich habe der Typ etwas zu verbergen.

Alois Schön wollte den Eifer der Kollegin nicht bremsen. Doch der Staatsanwalt hielt die Argumente der Kommissarin für nicht ausreichend. Das Recht auf Freizügigkeit beinhalte auch die Erlaubnis, einfach so von der Bildfläche zu verschwinden.

Die Besprechung war kaum beendet, als das Telefon klingelte.

»Ich rufe wegen Saskia Engels an, ich habe ihr Foto in einer Zeitung im Internet entdeckt«, erklärte eine kräftige Männerstimme im Schweizer Dialekt. Der Anrufer stoppte, bevor er weitersprach: »Da stand, man habe sie tot aufgefunden und Sie suchten nach Zeugen, die sie zuletzt gesehen hätten!«

»Das ist richtig«, bestätigte der Leiter der Mordkommission. »Mit wem spreche ich, bitte? Mein Name ist Alois Schön!«

Nach kurzem Zögern verkündete der Mann: »Ich habe sie an Silvester getroffen.« Offenbar hoffte er, dass seine Hilfe nicht benötigt werde.

»Dann sollten wir uns unbedingt persönlich unterhalten!«, wurde er postwendend enttäuscht.

Abermals dauerte es einige Sekunden, bis sich der Anrufer leise erkundigte: »Kann ich mit Ihrer Diskretion rechnen?«

»Selbstverständlich!«

Daraufhin versprach der Eidgenosse, in der Hansastraße vorbeizukommen. Auf die erneute Frage nach seinem Namen entgegnete er: »Nennen Sie mich Beat!« Anschließend beendete er das Telefonat.

Am Nachmittag erschien der Schweizer pünktlich im Dezernat. Seine dunklen Augen strahlten wie schwarze Kohle.

»Nehmen Sie Platz, Herr Beat.«

Ist der süß. Natascha war sofort Feuer und Flamme, behielt jedoch ihre Gedanken für sich. Gottlob war sie nur als Beobachterin eingeteilt.

»Also, die Sache ist die«, begann der Zeuge, »ich arbeite im Außendienst für eine Schweizer Firma und betreue verschiedene Abnehmer im Großraum München. Aus diesem Grund bin ich mindestens einmal in der Woche hier in der Gegend.« Ruhig saß er auf seinem Stuhl. »Zurzeit haben wir sehr viel zu tun. Daher musste meine Familie dieses Jahr ohne mich in Skiurlaub fahren.«

Natascha seufzte still: Schon wieder ein hübscher Kerl, der vergeben ist!

Beat fuhr indessen fort: »Ich hatte am 31.12. einen Termin mit einem wichtigen Kunden in Augsburg. Silvester würde ich also ohne Frau und Bébés verbringen.« Er räusperte sich: »Da mich mein Klient zum Essen einlud, lohnte es sich für mich nicht mehr, nach Hause zu fahren. So entschied ich mich für die Silvesterparty im Undosa.«

Was für ein niedlicher Dialekt. Natascha verlor bei diesem Zeugen immer mehr die für eine Polizeibeamtin notwendige Objektivität.

»Wie kamen Sie gerade auf das Undosa?«, erkundigte sich derweil Alois Schön.

»Mehr oder weniger zufällig. Ich hatte schon häufiger von den Ü30-Partys in Starnberg gehört. Und die Plakate hingen ja überall!«

»Stimmt, die machen selbst in München Werbung.« Beat nickte. »Auf der Party traf ich dann Saskia. Eine tolle Frau. Sie zwinkerte mir zu, ich lächelte zurück. Wir unterhielten uns, dann tanzten wir. Und plötzlich lagen wir uns in den Armen.«

»Und weiter?« Alois Schön blickte dem Zeugen ungerührt ins Gesicht.

Der Schweizer zögerte: »Kann ich mich auf Ihre Diskretion verlassen, Herr Kommissar?«

»Grundsätzlich immer. Aber wie können wir wissen, welche Details für unsere Ermittlungen wichtig sind, wenn Sie uns noch gar nichts erzählt haben?«

Beat überlegte. »Also gut.« Er zog seinen Stuhl an den Vernehmungstisch heran: »Um Mitternacht haben Saskia und ich mit einem Glas Champagner auf das neue Jahr angestoßen und uns intensivst geküsst. Wenig später haben wir das Undosa verlassen. Saskia war absolut heiß und ich war einsam. Folglich beschlossen wir, uns ein Zimmer zu nehmen.«

»Wo war das?«

Beat nannte Alois Schön den Namen der Pension. »Sie können das überprüfen. Aber bitte vertraulich!«

»Natürlich«, bestätigte der Leiter der Mordkommission ein weiteres Mal. Anschließend erkundigte er sich: »Wie sind Sie dorthin gekommen? Mit zwei Autos?«

»Nein, wir haben meinen Wagen genommen. Saskia war mit dem Taxi ins Undosa gefahren, weil ihr Auto in der Werkstatt war.«

»Und wann haben Sie sich getrennt?«

»Um 7 Uhr in der Früh habe ich die Pension verlassen. Ohne Frühstück, wir wollten ja nicht gemeinsam gesehen werden.«

Alois Schön runzelte die Stirn: »Wozu der Stress? Haben Sie nicht zusammen eingecheckt?«

»Na logisch, Herr Kommissar, das ließ sich nicht vermeiden. Der Wirt und seine Angestellten waren auch nicht das Problem, die hätten uns bestimmt nicht verraten. Aber wir wussten ja nicht, wer uns auf dem Hotelflur begegnet oder zufällig im Frühstücksraum sitzt.« Der Schweizer holte tief Luft, bevor er in ruhigem Tonfall fortfuhr: »Es war der klassische One-Night-Stand, mehr nicht. Saskia und ich waren uns einig, dass wir uns nie wieder über den Weg laufen würden. Wir haben nicht einmal unsere Handynummern ausgetauscht!« Der Eidgenosse lächelte die Kommissare nacheinander an. »Von der Pension bin ich sofort nach Hause gefahren. Wie lange Saskia auf dem Zimmer geblieben ist, weiß ich nicht.« Nach einer kurzen Pause fügte er hinzu: »Damit wäre alles gesagt. Ich hoffe, ich konnte Ihnen etwas helfen.«

»Ich denke schon«, erwiderte Alois Schön freundlich. »Dann geben Sie uns bitte noch Ihre Kontaktdaten.«

»Sie haben mir doch versprochen …«

Der Leiter der Mordkommission blieb gelassen. »Irgendetwas brauche ich von Ihnen! Für den Fall, dass weitere Fragen auftauchen.« Seine Stimme hegte jedoch nicht den geringsten Zweifel an der Ernsthaftigkeit seiner Forderung.

Trotzdem grübelte Beat über seine Worte. Für einen Moment zog er die Stirn in Falten. »Gut, dann gebe ich Ihnen die Nummer meines Firmenhandys. Sie müssen mir aber versprechen, dass Sie sich nur mit Ihrem Namen melden, wenn Sie mich anrufen, nicht mit Polizei oder gar Mordkommission!«

»Geht in Ordnung.« Um sicher zu sein, dass er den Zeugen erreichen konnte, wählte Alois Schön dessen Nummer. Das Handy vibrierte in der Anzugtasche.

»Wenn ich jetzt noch bitte einen Blick in Ihren Pass werfen dürfte!«

»Aber Sie wollten doch …!« Der Schweizer schien sichtlich schockiert. Mit geöffnetem Mund starrte er sein Gegenüber an, als ob er an dessen Verstand zweifelte. »Sie haben mir doch versprochen, dass Sie das Ganze diskret behandeln!« Er stand auf, um zu gehen.

»Das werden wir auch. Dennoch bin ich verpflichtet, Ihre Personalien festzustellen.«

»Ich habe Ihnen doch bereits meine Handynummer gegeben. Reicht das etwa nicht?«

»Nein!« Alois Schön wurde abermals lauter: »Wir müssen auf jeden Fall Ihre Identität überprüfen.« Um seinen Worten zusätzlichen Nachdruck zu verleihen, fügte er hinzu: »Ich kann Sie auch festnehmen lassen, wir haben hier in der Hansastraße sogar Zellen!«

Beat war außer sich: »So können Sie Ihre deutschen Mitbürger behandeln«, brüllte er, »aber ich bin Schweizer. Wir sind ja nicht einmal in der EU!«

»Sie dürfen gerne Ihre Botschaft hinzuziehen«, entgegnete Alois Schön trocken. »Freilich wirbeln Sie damit erst recht Staub auf.« Gleichwohl hatte er Verständnis für Beat. Deshalb sprach er die folgenden Sätze betont ruhig und sanft: »Ich bin mir vollkommen bewusst, dass Sie freiwillig zu uns gekommen sind. Deshalb können Sie mit meiner Verschwiegenheit rechnen. Bitte vertrauen Sie mir!«

Nach kurzem Nachdenken sah Beat ein, dass es für ihn das Beste war, nachzugeben, und setzte sich wieder hin.

»Dann habe ich nur noch eine Frage«, erhob Alois Schön seine Stimme, nachdem er sich die Personalien notiert hatte. »Kennen Sie das P1?«

»Meinen Sie den Promi-Club in München?«

»Richtig.«

»Nur vom Hörensagen.«

»Sie waren niemals dort?«

»Nein, das ist nicht meine Welt. Und deswegen werde ich da auch in Zukunft nicht hingehen.«

»Auch nicht geschäftlich? Es gibt eine Menge Firmen, die ihre Mitarbeiter oder Geschäftspartner dorthin einladen!«

»Das wäre bei uns kontraproduktiv, Herr Kommissar. Unser Klientele ist sehr konservativ.«

Zum Abschluss der Befragung nannte Beat die Anschrift seines Kunden sowie den Namen des Lokals, in dem sie gemeinsam an Silvester gespeist hatten. Außerdem belegte er den Besuch in Augsburg anhand einer Tankquittung.

Die Werkstatt bestätigte, dass das Cabrio der Toten bei ihnen zur Reparatur sei. Saskia Engels habe ihnen den Wagen am 30.12. gebracht, wisse jedoch, dass sich diese aufgrund des Jahreswechsels ein paar Tage verzögern könne.

»Bitte informieren Sie uns, wenn jemand wegen des Autos anruft«, beendete Alois Schön das Telefonat.

Eine Stunde später erfuhren sie, dass man den Jaguar der Eheleute Engels auf einem Parkplatz in St. Anton am Arlberg gefunden habe. Darüber hinaus hatten die Schweizer Kollegen einen Taxifahrer aufgespürt, der Thomas Engels am 1. Januar zum Flughafen nach Zürich gefahren hatte. Von dort sei er noch am selben Tag nach Paris geflogen, wo sich seine Spur verlor.

»Was machen wir jetzt?«, erkundigte sich Natascha grinsend. »Fliegen wir nach Paris, um ihn zu suchen?«

»Gute Idee, aber leider gibt das unser Budget nicht her. Abgesehen davon, dass ich lieber mit Beate als mit euch nach Paris fliege!«

»Soso. Der Herr Hauptkommissar mit seinem Herzblatt in der Stadt der Liebe. Da möchte ich Mäuschen sein!«

Alois Schön lächelte angesichts dieser Bemerkung. Er war froh, dass die Kollegin zu gewohnter Form zurückfand.

Trotz Heilige Drei Könige überprüften sie in der Pension die Angaben des Schweizers. Natascha war heilfroh, am Feiertag nicht alleine zu Hause sitzen zu müssen. Das Zimmer war auf Saskia Engels gebucht und bar bezahlt worden. Dennoch konnte der Inhaber den Eidgenossen als Begleiter identifizieren. Nach Aussage des Hoteliers hatte Frau Engels gefrühstückt und die Pension am Neujahrsmorgen um 8.30 Uhr verlassen.

»Woher wissen Sie so genau die Uhrzeit?«

»Frau Engels war mein erster Gast im Frühstücksraum. Als sie erschien, war nicht einmal der Kaffee fertig! Bedenken Sie bitte, dass es Neujahr war, da kommen die meisten nicht vor 10 Uhr zum Frühstück. Da erinnert man sich gut an die Frühaufsteher.«

»Ich denke, Beat können wir streichen«, verkündete Natascha auf der Rückfahrt nach München.

»Sicher?« Der Leiter der Mordkommission konnte sich ein Grinsen nicht verkneifen. »Glaubst du etwa, ich habe nicht gesehen, wie du den Kerl angeschmachtet hast? Ich habe nicht den Eindruck, dass Sie bezüglich dieses Zeugen sehr objektiv sind, Frau Kollegin!«

»Er sieht ja auch verdammt gut aus.«

»Wenn sich der Verdacht gegen ihn erhärten sollte, werde ich dich wegen Befangenheit vom Fall abziehen. Am besten schicken wir dich dann auf einen Auslandseinsatz nach Afghanistan!«

»Die Schweiz wär mir lieber!«, grinste Natascha zurück.

Anschließend wurde sie wieder sachlich: »Aber selbst, wenn ich es ganz nüchtern betrachte, gelange ich zu der Erkenntnis, dass Beat so offen und ehrlich zu uns war, wie es ein Mensch nur sein kann. Ich denke, dass er den Seitensprung bereut und wirklich Angst um seine Ehe hat.«

»Aber genau deshalb kann er unser Mörder sein!«

»Was ist denn das für ein Schmarrn!« Natascha schüttelte den Kopf: »Glaubst du etwa, Saskia Engels hat ihren Lover schon nach dem ersten Schäferstündchen aufgefordert, seine Frau zu verlassen? Oder ihm gedroht, es aller Welt zu erzählen? Sie hätte doch selbst erhebliche Konsequenzen zu ziehen gehabt!«

»Vielleicht hat sie das ja nur so dahingesagt? Und unser Freund hat es für bare Münze genommen und panisch reagiert!«

»So leicht bringt man keinen um, lieber Alois. Und nach gutem Sex schon gar nicht!« Natascha erinnerte ihren Chef, dass Saskia Engels alleine beim Frühstücken war. Demzufolge bliebe Beat genügend Zeit zum Abkühlen seines Gemüts. Darüber hinaus stelle sich die Frage, wie er so schnell an die Tatwaffe gelangen könne? Denn mit einem Schweizer Taschenmesser sei Saskia Engels nicht umgebracht worden!

»Und wer ist dann der Täter?« Die Hände am Steuer, sah der Leiter der Mordkommission seine Mitarbeiterin kurz an.

»Wie immer halt: der Ehemann, der Gärtner oder der große Unbekannte! Nur den Liebhaber können wir diesmal ausschließen.«

VERSÖHNUNG

Am Samstag rief Natascha eine Freundin an. Sie erzählte ihr von ihrem Besuch beim Friseur.

»Dann sollten wir heute Abend die Wirkung deiner neuen Haarpracht testen!«

»Wo gehen wir hin? Ins P1?«

»Du gehst aber ran! Also gut, kurzer Rock und hohe Absätze. So machen wir es!«

Sie trafen sich um 23.30 Uhr vor dem Haus der Kunst. Gemeinsam stiegen sie die Treppe zum Eingang hinab. Der Türsteher musterte sie von oben bis unten und gestattete ihnen mit einem lässigen Wink den Zutritt.

Im Club war es noch recht leer. In einer Ecke war ein Firmenevent in vollem Gange, doch an den anderen Tischen waren die Reservierungsschilder noch verwaist. Auf der Tanzfläche bewegte sich ein Pärchen zum Takt der Musik. Natascha schlenderte umher und betrachtete die Bildschirme an der Decke. Ihr Interesse galt der Anordnung der Sicherheitskameras. War es möglich, hier den Abend zu verbringen, ohne auf dem Film zu landen?

Ihre Freundin hatte inzwischen die Getränkekarte studiert: »Ganz schön teuer!«

»Dafür bist du im P1«, erwiderte Natascha trocken. »Weißt du was? Ich lade dich auf ein Glas Prosecco ein. Dann stoßen wir auf die Zukunft an: auf meine neue Frisur, eine neue Liebe und bessere Männer!« Sie gingen an die Bar und setzten ihren Plan in die Tat um. Anschließend tanzten sie.

»Hast du die Auslagen in der Toilette gesehen?«

»Meinst du die strassbesetzten Handschellen?«

»Genau!«

Doch leider fand sich in dieser Nacht kein Kerl, der es wert war, dass man diese für ihn anlegte.

Thomas Engels weilte nun schon knapp eine Woche in diesem Moloch und hatte sich noch immer nicht an das tropische Klima gewöhnt. Es war zwar nicht verwunderlich, dass sein Körper mit dem Temperaturunterschied von 40 °C zu kämpfen hatte. Aber das sollte doch nicht so lange dauern! War er wirklich schon so alt? Oder war dies eine spezielle Form von Heimweh und seiner Sehnsucht nach deutscher Ordnung und bayerischer Lebensart?

Diese Stadt konnte man keinem Mitteleuropäer zumuten. Diese Mischung aus Fäkaliengestank, Gewürzen und Räucherstäbchen, die sich abwechselnd durch seine Nebenhöhlen schlängelte, ließ sich mit »komisch« oder »seltsam« nicht mehr umschreiben. Vor allem da der Mief, verursacht durch Abfall und Gammel, überwog. Schon der Weg in den Betrieb wäre für deutsche

Verhältnisse ein Grund, nach einer Woche Arbeit eine sechswöchige Kur zu beantragen. Zu Fuß wurde man alle drei Meter von Luftballonverkäufern und anderen fliegenden Händlern angesprochen. Im Bus bestand die Gefahr, zerquetscht oder erstickt zu werden. Und an die Unmenge von Bettlern, Kranken und Krüppeln musste man sich ebenfalls erst gewöhnen.

Im beschaulichen München fuhr Alois Schön derweil mit Natascha nach Baldham. Sie wollten Sebastian Keller mit dem Tod von Saskia Engels konfrontieren und dabei den Überraschungseffekt ausnutzen. Doch mit den Aufnahmen der Eheleute Engels wusste dieser nicht das Geringste anzufangen. Egal, welche Frage die Kommissare zur Toten vom Deininger Weiher stellten, der Vermögensberater zuckte bloß mit den Achseln. Genauso wie ihm zu Kathi und Lisa nichts Neues einfiel.

»Kannst du mir erklären, warum so bildhübsche Mädels nicht auffallen, Natascha?«, erkundigte sich Alois Schön auf der Rückfahrt ins Büro. »Weshalb selbst die Veröffentlichung ihrer Phantombilder in den Zeitungen erfolglos war?« Es wurmte ihn ungemein, dass er mit seiner Theorie offensichtlich falsch lag.

»Es gibt nur zwei Möglichkeiten«, entgegnete die Kommissarin trocken. »Entweder haben sich die Damen sofort nach der Tat aus dem Staub gemacht und sind schon längst über alle Berge. Oder der Zusammenhang zwischen dem Erscheinen der Ladys und den Morden existiert nur in deinem Gehirn.«

Alois Schön schwieg. Bisher hatte ihn sein Bauchgefühl noch nie im Stich gelassen.

Die Überprüfung der Verleihfirmen in Paris brachte dagegen positive Neuigkeiten: Thomas Engels war am 1. Januar spätabends mit dem Auto nach London gefahren, um am Montag von dort nach Mumbai, der Stadt, die auch unter dem Namen Bombay bekannt ist, zu fliegen. Sofort informierten sie die deutsche und die indische Botschaft sowie die Polizei in Mumbai. Aber in Indien war es zu dieser Zeit längst dunkle Nacht.

Als Natascha am Abend nach Hause kam, lag ein Strauß mit neun langstieligen roten Rosen auf der Fußmatte vor ihrer Wohnungstür. Zwischen den Blumen fand sie eine Karte: »HDL Phil«. Gedankenverloren starrte sie auf das Stück Papier.

»Darf ich mit reinkommen?«, drang es schüchtern an ihre Ohren.

Erst jetzt realisierte sie, dass der Kavalier auf dem zweiten Treppenabsatz saß.

»Ich warte seit über einer Stunde auf dich, langsam wird mir kalt!«

»Das überlege ich mir noch.« Natascha drückte die Tür auf.

Phil folgte dennoch und nahm ihr den Mantel ab.

Natascha ging in die Küche, um das Gebinde in eine Vase zu stellen. »Danke für die Blumen«, das musste an netten Worten genügen. Der Kerl im Wohnzimmer durfte nicht merken, wie gerührt sie war.

Nach einer Weile steckte Phil den Kopf zur Küchentür hinein: »Willst du den ganzen Abend in der Küche verbringen?«

Ohne den Ex eines Blickes zu würdigen, schritt Natascha an ihm vorbei und stellte die Rosen auf den Wohnzimmertisch.

Woraufhin Phil den Kopf hängen ließ. »Gibst du mir wenigstens meine Sachen?« Seine Stimme klang traurig.

»Die liegen im Auto!«

»Musste das sein? Die Ski fangen an zu rosten und das nasse Badezeug stinkt gewiss schon vor lauter Fäulnis!«

»Ist mir doch egal! Dann schmeiß es halt weg! Warum soll ich mich hier mit deinem Geraffel abmühen, während du in Kitzbühel mit deinem Schickimicki-Hasen rumvögelst?«

Phil schluckte: »Da ist …«

Natascha drehte sich ruckartig um. Aus ihren Augen blickte der pure Zorn: »Hätte ich dir vielleicht auch noch alles waschen und bügeln sollen?«

»Natürlich nicht! Abgesehen davon …«

Sie wurde mit jedem Wort lauter: »Glaubst du wirklich, ich seh seelenruhig zu, wie du der Schlampe an die Wäsche gehst?«

»Wie oft …?«

»Du hältst mich wohl für deine Putzfrau!«

Nach dieser erneuten Unterbrechung murmelte Phil irgendetwas wie »das bringt ja doch nichts«. Anschließend bat er müde-genervt: »Dann gib mir bitte wenigstens die Autoschlüssel, damit ich die Sachen holen kann!«

Nach zehn Minuten kehrte er zurück: »Was ist sonst noch von mir in deiner Wohnung? Denn scheinbar willst du sämtliche Spuren von mir und unserer Beziehung beseitigen.« Wehmütig sah er die Freundin an.

Eigentlich war Natascha nicht auf den Mund gefallen, aber in diesem Moment fiel ihr keine Antwort ein. Während sie ihre Gedanken sortierte, streifte ihr Blick die Vase mit den Rosen: »Du hast dich ja ganz schön in Unkosten gestürzt!«

»Der Preis war mir egal. Weil du es mir Wert bist!«

Natascha mochte nicht zugeben, wie sehr ihr diese Worte zu Herzen gingen. »Du scheinst ja ein enorm schlechtes Gewissen zu haben!«

Der Beschuldigte schüttelte den Kopf: »Warum? Es ist doch gar nichts passiert!«

»Das soll ich dir glauben? Dass du den Minirock mit dem tiefen Ausschnitt von der Bettkante gestoßen hast? Du hättest die Tussi doch am liebsten schon auf der Tanzfläche vernascht!«

»Es ist die Wahrheit.«

»Wer's glaubt, wird selig.« Trotz dieser Bemerkung erhielt Phil das Recht, seine Version der Geschichte zu erzählen. Darüber hinaus, gewissermaßen als Dank für die Blumen, bot ihm Natascha einen Tee an: »Welche Sorte möchtest du? Earl Grey, Grüner Tee oder Liebeszauber?«

»Natürlich Liebeszauber!«

»Hier, als Andenken an deine zauberhafte Liebe in Kitzbühel«, schob sie ihm kurz darauf das Haferl mit heißem Wasser und einem Teebeutel rüber. Gleichwohl fühlte sie sich nicht in der Lage, ihn bei diesen Worten anzusehen.

Phil legte seine Finger um die Tasse. »Du täuschst dich, da war nichts von Liebe«, entgegnete er überraschend ruhig.

»Aber der Sex war doch bestimmt toll!«

»Wie oft muss ich das denn noch sagen? Da war absolut gar nichts! Nothing! Niente! Rien!« Leise fügte er hinzu: »Ich dachte eher, dass der Tee vielleicht hilft.«

»Wobei?« Erst jetzt drehte Natascha ihren Kopf zur Seite.

»Dass wir wieder zusammenfinden!« Mit dem Blick eines niedlichen, treuen Hundebabys schaute sie der Exfreund an.

»Du hast mich ganz schön verletzt!« Natascha machte bewusst eine Pause, damit ihr Vorwurf seine volle Wirkung entfalten konnte. »Mir hat schon gereicht, wie du das Luder in meiner Anwesenheit angemacht hast. Da möchte ich gar nicht wissen, was ihr getrieben habt, als ich weg war!«

»Ich hab doch gar nichts gemacht! Sie war es, die meine Hand an ihren Busen gelegt hat!«

»Wogegen du dich mit allen Kräften gewehrt hast!« Aus Nataschas Mund trieften Zynismus und Hohn.

»Was sollte ich denn tun? Als sie mich auf der Tanzfläche angebaggert hat, bin ich zurück auf unseren Platz. Daraufhin ist sie mir gefolgt und hat sich direkt auf mich draufgesetzt. Hätte ich sie etwa runterschmeißen sollen?«

»Warum nicht? Ich hatte schon den Eindruck, dass dir die Knutscherei gefällt. Immerhin habt ihr euch mit Zunge geküsst!«

»Das stimmt nicht! Niemals! Ehrlich! Sie hat es zwar versucht, aber ich habe einfach die Zähne aufeinander gebissen!«

Obwohl sie es nicht wollte, musste Natascha schmunzeln.

»Wozu auch? Ich will doch nur dich küssen!« Voller Sehnsucht sah Phil seinen Liebling an.

Doch Nataschas Inquisition war noch nicht beendet: »Und wo hast du die Nacht verbracht?«

Also erzählte Phil die Geschichte von Anfang an: von seiner schlechten Laune nach ihrer Abreise und Blondies Angebot zur Übernachtung. Dass er dieses nur wegen der Kälte und weil er so müde gewesen war, angenommen habe. Dass er sie eher erschlagen als vernascht hätte. Und dass sie sich am nächsten

Morgen bei ihm für ihr aufdringliches Verhalten entschuldigt habe.

»Die Story muss sie mir bestätigen. Gib mir mal ihre Handynummer!«

»Die habe ich nicht. Genauso wenig wie sonstige Kontaktdaten. Ich weiß nicht einmal ihren vollständigen Namen!« Phil bekannte, dass er kaum geschlafen habe, weil Natascha nicht auf seine Anrufe reagiert hatte. Dass er seit seiner Rückkehr nicht mehr ausgegangen sei, weil er ohne sie dazu keine Lust gehabt hätte. Und wie sein Entschluss gereift sei, für Natascha Rosen zu kaufen. Dass er sie immer noch liebe und für immer und ewig küssen wolle.

So viel Ehrlichkeit konnte die Angebetete nicht mehr widerstehen: »Dann tu's doch!«

Phil ließ sich nicht zweimal bitten.

Als seine Auserwählte kurze Zeit später begann, sein Hemd aufzuknöpfen, trug er sie ins Schlafzimmer. Dort versöhnten sie sich, bis ihre Körper vollkommen erhitzt und total erschöpft waren. Es war einfach grandios.

ANDERE LÄNDER, ANDERE SITTEN

Am nächsten Morgen nahm Alois Schön Kontakt zu seinen Kollegen in Mumbai auf. Am Anfang war sein Englisch noch holprig, doch je weiter das Gespräch fortschritt, desto flüssiger wurde es.

»Wenn sich jemand bei uns verstecken will, dann kann er das. Denn im Vergleich zu unserer Stadt ist München ein Dorf, wenn auch ein sehr schönes!« Der Inder erzählte, dass er auf einer Europareise schon einmal zwei Tage in der Weltstadt mit Herz gewesen sei. »Das Einzige, was wir tun konnten, ist, die Hotels, in denen westliche Geschäftsmänner gewöhnlich absteigen, zu informieren. Und natürlich unsere beiden Flughäfen und die Bahnhöfe. Alle haben bereits die Daten sowie ein Bild Ihres Verdächtigen erhalten. Außerdem haben wir die Krankenhäuser und sämtliche Polizeidienststellen benachrichtigt. Mehr können Sie wirklich nicht von uns verlangen!«

»Das ist mehr, als ich erwartet habe. Thank you very much!«

Thomas Engels war um diese Zeit auf dem Weg zum Taxistand, als er ein heftiges Grummeln in der Magengegend verspürte. Im Grunde genommen war dieser Januartag geeignet, ein sehr guter zu werden. Der indische Winter bescherte gemäßigte Temperaturen von etwa 25 °C und von Norden wehte ein angenehmer Wind. Ein idealer Tag, um ein Museum zu besuchen oder ein Hockeyspiel anzuschauen. Nicht jedoch, wenn man Gefahr lief, sich im wahrsten Sinne des Wortes in die Hosen zu machen. Darüber hinaus quälte ihn weiterhin diese Erkältung, die er einfach nicht loswurde. Hätte er vielleicht doch in einem besseren Hotel absteigen sollen? Oder hatte er sich auf der geführten Tour durch den Dharavi-Slum bei einem Bewohner angesteckt, ohne es zu merken? Auf jeden Fall musste er seine Tagesplanung komplett über den Haufen werfen. Denn die Schmerzen wurden immer schlimmer. Folglich bat er den Taxifahrer, ihn ins nächstbeste Krankenhaus zu fahren.

Dort lernte er die Tücken der indischen Bürokratie kennen. Da er nicht registriert war, musste er stundenlang warten. Erst als sich sein Zustand sichtbar verschlechterte, hatten die Ärzte Mitleid mit ihm. Er bekam Kohletabletten und bald darauf ging es ihm wesentlich besser. Gleichwohl rieten ihm die Mediziner, in seine Heimat zurückzukehren, da ihm die indische Lebensweise offenbar nicht bekomme.

Natascha fuhr unterdessen mit einem Kollegen nach Bogenhausen. Sie sprühte nur so vor Energie und Engagement, seit sie sich mit ihrem Phil versöhnt hatte.

Familie Malterer hatte gerade zu Mittag gegessen, als die Polizisten klingelten. Martina Beck war ebenfalls anwesend. Zwar standen ihre Krücken noch in der Ecke, aber ansonsten machte sie einen fitten Eindruck.

»Grüß Gott zusammen. Das trifft sich gut, dass wir alle beisammenhaben. Bleiben Sie einfach sitzen!«

»Lassen Sie uns doch wenigstens den Tisch abräumen!« Franz Malterer war von Nataschas Auftritt überhaupt nicht begeistert.

Nachdem das Geschirr in der Spülmaschine verstaut war, nahm die Familie wieder ihre Plätze ein. Die Kriminalbeamten setzten sich auf die freien Stühle an den Kopfenden des Esstisches. Natascha berichtete kurz, dass es eine zweite Tote gebe, und dass die beiden Verbrechen unter Umständen in Zusammenhang stünden. »Ich werde Ihnen jetzt nacheinander mehrere Fotos zeigen.« Sie legte insgesamt sechs Aufnahmen mit dem Gesicht nach unten auf die Tischplatte: »Bitte sagen Sie mir, ob Sie diese Person oder eine, die dem Bild ähnelt, schon einmal gesehen haben. Ich schlage vor, dass wir immer mit Lena beginnen, dann Maximilian und Martina und zu guter Letzt Sie, Herr Malterer.« Dabei deutete sie mit der Hand jeweils auf die genannte Person und sah diese darüber hinaus direkt an. »Bitte haben Sie jedoch dafür Verständnis, dass wir Ihnen nicht konkret mitteilen, um wen es sich handelt und inwiefern derjenige verdächtig ist!«

»Der sieht aber toll aus!«, entfuhr es Lena, als Natascha ihr das Foto von Beat hinschob.

Die Kommissarin freute sich, dass die Kleine wieder lächelte: »Stimmt, ein süßer Kerl! Wir wollen allerdings wissen, ob du ihn kennst?«

»Nein«, musste das Mädchen zugeben, genauso wie der Rest der Familie.

Ohne jeden Kommentar drehte Natascha nun das Porträt von Sebastian Keller um. Es zeigte den Finanzdienstleister mit Pferdeschwanz. Keiner kannte ihn. Auch nicht nach dem Hinweis, dass der Herr manchmal sein Haar offen trage.

Immerhin konnte sich der Studiendirektor an Kathi und Lisa erinnern. Dagegen waren die Beautys mit den anderen Familienmitgliedern nicht in Kontakt gekommen.

Gleiches galt für Thomas Engels und seine Frau. Beide waren gänzlich unbekannt. Selbst eine nähere Erläuterung des Todes von Saskia Engels verbesserte das Ergebnis der Befragung nicht.

Den ganzen Vormittag war Alois Schön mit seinen Gedanken beim Telefonat mit dem indischen Kollegen. Es ärgerte ihn, dass er den Tatsachen so hilflos gegenüberstand. Selbst die Nachricht, dass der Architekt sich inzwischen gemeldet und ein Phantombild der von ihm beschimpften Saskia erstellt hatte, besserte seine Laune nicht. Obwohl es eine Spur weniger zu verfolgen galt. Denn die Dame, die das Computerprogramm Facette am Ende abbildete, besaß keinerlei Ähnlichkeit mit Saskia Engels. Zur Sicherheit hatten die Spezialisten vom LKA dem Herrn noch ein Foto der Toten vom Deininger Weiher gezeigt. Worauf dieser bestätigte, diese Frau niemals gesehen zu haben.

Alois Schön schnaufte tief durch, nachdem er den Hörer aufgelegt hatte. Immer wieder dachte er an die Beteuerungen seines Gesprächspartners: »It's nearly impossible.« Fast unmöglich. Unmöglich war ein Wort, das ihm überhaupt nicht gefiel. Aber in diesem Fall passte es. In Bombay lebten mehr Menschen als in Bayern, Franken mit eingerechnet. Zudem bestand noch die Möglichkeit, dass Thomas Engels Mumbai nur als Zwischenstation genutzt hatte, und im indischen Hinterland abgetaucht war. Wie viele Einwohner hatte Indien noch mal? 700 Millionen? Eine Milliarde? Da würden sie in München gar nicht mitbekommen, wenn dem Verdächtigen etwas zustieße. Allein der Umstand, dass der Unternehmer bisher nicht auf den Tod seiner Frau reagiert hatte, ließ nur zwei Schlüsse zu: Entweder er hatte sie umgebracht oder er war selbst verstorben. Oder beides. Eigentlich könnte man die Akte Saskia Engels entsorgen. Täter auf der Flucht verschollen. Thema erledigt.

Erst nach der Mittagspause zeigte er sich wieder kämpferisch. So leicht mochte er sich nicht geschlagen geben. Warum sollte nicht auch einmal der Leiter der Mordkommission Glück haben? Weshalb sollte Kommissar Zufall nur in Fernsehkrimis mitwirken? Getreu der Lebensweisheit »Glück hat nur der Tüchtige« griff er zum Telefonhörer. Vielleicht saß Thomas Engels ja inzwischen wieder in seiner Firma, wo ihm seine Sekretärin einen deutschen Kaffee servierte, bevor er in die nächste Sitzung ging. Er wollte den Hörer bereits wieder auflegen, als sich eine genervte weibliche Stimme am anderen Ende der Leitung meldete: »Herr Engels ist nicht da. Deswegen haben wir ja den ganzen Stress! Erst kommt er mit dieser Idee vom Girls Day und wenn es an die konkrete Organisation geht, ist er im Urlaub!«

Alois Schön musste erst einmal durchatmen, um den Redeschwall der Dame zu verdauen: »Was ist der Girls Day?«

»Damit wollen wir Mädchen für technische Berufe begeistern. Dass sie bei uns eine Ausbildung als Feinwerkmechaniker oder Werkzeugmacher anfangen. Herr Engels kam auf die Idee, alle Realschulen und Gymnasien in München und den angrenzenden Landkreisen anzuschreiben, um unseren Betrieb vorzustellen. Die Resonanz war äußerst positiv. Aber jetzt, wo nächste Woche die Präsentationen vor Ort beginnen, ist er nicht da!«

»Können Sie uns eine Liste mit den Namen der Schulen, bei denen Sie sich präsentieren, zukommen lassen und auch von denen, die abgesagt haben?«

»Wenn's unbedingt sein muss.«

»Es muss sein! Und zwar so schnell wie möglich. Sie schaffen das schon.«

Der kleine Motivationsschub blieb nicht ohne Wirkung. Eine Stunde später erhielt die Mordkommission ein Fax mit den Namen der Bildungsstätten, die Engels Vorschlag gefolgt waren. Ansprechpartner für eine der aufgelisteten Schulen war – Franz Malterer.

Eine Nachricht, die Alois Schön zutiefst verärgerte. Sofort würde er den Studiendirektor zur Rede stellen. Der hatte doch gelogen, ohne rot zu werden! Das Fax in der Hand eilte er zum Fenster, das nach Osten zeigte. Dort hinten am Horizont, südlich des Heizkraftwerkes Unterföhring, lag Bogenhausen, die Heimat von Franz Malterer. Der Leiter der Mordkommission kniff die Augen zusammen. Anscheinend war es mit den christlichen Werten bei diesem Herrn doch nicht so weit her. Konnte man von einem Mann mit seiner Bildung nicht erwarten, dass er erkennt, dass die Wahrheit irgendwann ans Licht kommt? Sollte ein Lehrer nicht Vorbild sein und Verantwortung für sein Handeln übernehmen? All diese Überlegungen führten dazu, dass sich Alois Schön in diesem Fall besonders darüber aufregte, dass man ihn belogen hatte.

Doch der Witwer blieb bei seiner Meinung, Thomas Engels nicht zu kennen. Es sei zwar richtig, dass er an seiner Schule für den Girls Day zuständig sei, und der Name der Maschinenbaufirma sei ihm ebenfalls geläufig. Aber mit der Geschäftsleitung habe er niemals gesprochen, nur einmal mit dem Personalchef. Und da er Herrn Engels nie zu Gesicht bekommen hätte, wäre es auch ein Ding der Unmöglichkeit gewesen, den Herrn auf einem der Fotos zu identifizieren.

In den letzten Tagen hatte die Sonderkommission »Grünwald« zahllose Aufnahmen und Filme von Gästen der Crazy Cocktail Night erhalten. Doch erst am Dienstagnachmittag bekam man eine E-Mail, die als sachdienlicher Hinweis bezeichnet werden konnte. Auf Nataschas Frage, warum er sich so spät gemeldet habe, erklärte der Absender, er habe wegen dieses Events, zu dem er alleine gegangen sei, schon genug Stress mit seiner Freundin gehabt. Deshalb habe er sich erst heute durchringen können, der Polizei zu helfen.

Alois Schön zitierte Sebastian Keller in sein Büro. Wenn sich jemand mit hübschen jungen Ladys auskannte, dann er. Tatsächlich erkannte der Vermögensberater mehrere Schönheiten, die den Club an diesem Abend besucht hatten. »Ist das Karla mit neuer Frisur? Wonderful!«, rief er verzückt, als ihm das Video aus der Dienstagsmail gezeigt wurde. Dabei deutete er auf die Frau im Hintergrund, die Petra Malterer kurz angesprochen hatte. »Andererseits …« Erst jetzt schien sich bei Sebastian Keller das Gehirn einzuschalten. »Die Aufnahme ist nicht die beste«, überlegte er, »und das Gesicht ist nur von der Seite her zu sehen!« Er schob den Laptop hin und her, stoppte das Video, spulte es vor und zurück. Doch schon, als die

Ermordete der Frau antwortete, war diese aus dem Blickwinkel der Smartphone-Kamera verschwunden. »Ich weiß nicht«, äußerte sich Keller nach reiflicher Überlegung. »Obwohl sie ihr vom Profil her verdammt ähnlich sieht … Aber was macht die Karla im P1? Die hat doch Krebs!« Seine Unsicherheit und seine gedanklichen Anstrengungen waren ihm an den Furchen auf seiner Stirn anzusehen. »Könnte es nicht auch eine der beiden Ladys, deren Bild Sie mir letztens gezeigt haben, sein?«

»Ich denke, wir sollten uns trotzdem noch einmal mit Karla Mancioni unterhalten!«, forderte Natascha, als Sebastian Keller gegangen war. Sie hatte den Telefonhörer bereits in der Hand. Bei ihrem Anruf erfuhr sie, dass diese erst vor einer Stunde aus dem Krankenhaus entlassen worden war. Ihr Kreislauf sei nach der letzten Chemotherapie zusammengebrochen. Momentan schlafe die Mutter, eine Befragung am nächsten Tag mache bestimmt mehr Sinn.

Ein Anruf bei den behandelnden Ärzten bestätigte die Aussagen der Tochter. Eine Flucht würde die Patientin nicht überleben.

Die Sonne schien, als sie am nächsten Morgen das Ortseingangsschild von Sachsenkam passierten. Alois Schön parkte direkt vor dem Eingang.

Nicki öffnete: »Meine Mutter hat sich hingelegt, aber sie ist wach. Die Treppe hoch, erste Tür rechts.«

Nachdem sie die Haustür geschlossen hatte, rief sie: »Mama, die Polizei ist da!« Daraufhin betraten die Kommissare mit nur leisem Anklopfen das Zimmer.

Karla Mancioni versuchte, sich aufzurichten. »Warten Sie, ich helfe Ihnen!« Natascha packte die Patientin vorsichtig an den Armen, während Alois Schön ihr zwei große Kissen hinter den Rücken legte.

»Danke, so ist es angenehmer. Da kann ich Sie gut sehen und auch leichter sprechen.«

»Wie geht es Ihnen, Frau Mancioni?«

»Einigermaßen, Herr Kommissar. Im Vergleich zu Anfang der Woche viel besser. Unkraut vergeht bekanntlich nicht, und ich bin eine Kämpfernatur!« Zum Beweis setzte sie sich in ihrem Bett kerzengerade hin.

»Wie verkraftet Tobias die ganze Situation?«

»Tobias?« Die Mutter strahlte. »Der kümmert sich hervorragend um mich. Er ist mein Sonnenschein!«

»Haben Sie eine neue Frisur?« Natascha stellte die Frage so unverfänglich wie möglich, wollte die Karten noch nicht auf den Tisch legen.

»Ja! Die langen Haare stören nur bei der Krankheit. Da habe ich sie abschneiden lassen.«

»Steht Ihnen gut.«

»Das finden alle. Danke.« Karla Mancioni sah die Kommissarin an und lächelte. Sie hatte weder gestutzt, noch überlegt oder sonst eine Abwehrreaktion gezeigt. Deshalb setzte Natascha den Smalltalk fort: »Wann waren Sie beim Friseur?«

»Warten Sie, da muss ich überlegen. Genau weiß ich das nicht mehr, auf jeden Fall vor Weihnachten. Anfang Dezember, glaube ich.«

»Haben Sie noch den Kassenbeleg?«

»Wo denken Sie hin? Ich bin doch kein Messie und hebe sämtlichen Müll auf!«

»Oder einen Kalender, in dem Sie den Termin eingetragen haben?«

»Tut mir leid, Herr Kommissar. Weshalb ist es denn so wichtig, zu wissen, wann eine kranke Frau das letzte Mal beim Friseur war?«

»Sie werden es gleich erfahren«, wurde die Patientin vom Leiter der Mordkommission vertröstet. »Doch vorher möchten wir Ihnen erneut einige Fotos zeigen.«

Gleichwohl waren Karla Mancioni weder ein Mitglied der Familie Malterer noch Martina Beck jemals begegnet. Auch das Ehepaar Engels war ihr völlig unbekannt.

Dann legte Alois Schön ein Foto von Petra Malterer auf die Bettdecke: »Kennen Sie denn diese Dame?«

»Nein, nie gesehen. Sollte ich?«

»Das ist Ihre Vorgängerin!«

Wer erwartet hatte, dass Karla Mancioni nun Emotionen zeigen oder wenigstens in Gedanken innehalten würde, wurde enttäuscht. Sie fragte nur: »Wer?«

»Das war die Geliebte von Sebastian Keller, bevor Sie in sein Leben traten!«

»Ach Frau Manter! Nett.« Karla Mancioni hielt es nicht für nötig, das Foto in ihre Hände zu nehmen.

»Mehr haben Sie dazu nicht zu sagen?«

»Nö. Warum?« Nur kurz schaute sie auf: »Erwarten Sie etwa, dass ich mich wundere, wie hübsch Sebastians Freundinnen sind? Einen Traumprinzen wie ihn wünscht sich doch jede Frau! Wenn Sebastian einen Harem aufmachen würde, gäbe es eine Warteliste!« So gut es in dem weichen Bett ging, stützte sie ihre Arme auf und beugte sich nach vorne. Wie ein Raubtier vor dem Absprung sah sie Alois Schön mit zusammengekniffenen Augen an: »Oder wollen Sie mich beleidigen?«

»Wieso?«

»Weil Sie genau wissen, wie auch ich einmal ausgesehen habe, verehrter Herr Hauptkommissar. Oder wollen Sie mir weismachen, Sie hätten sich die Aufnahmen, die Sebastian auf seinem PC gespeichert hat, nicht genauestens angeschaut?«

Alois Schön lächelte: »Sie sind nach wie vor eine Schönheit!«

»Im Vergleich zu damals bin ich ein ausgemergeltes Skelett!«, ließ sich die Krebskranke in ihre Kissen zurückfallen. Ihre Augen sprangen zur Decke, wo sie mit traurigem Blick verweilten.

»Trotzdem hätte ich diverse Kommentare erwartet«, wurde Alois Schön lauter, »immerhin haben Sie Herrn Keller mehrmals Fragen hinsichtlich Petra Malterer gestellt.«

»Wenn Sebastian das sagt, wird es wohl stimmen. Aber er hat mir niemals ein Foto von dem Gspusi gezeigt.« Karla Mancioni blieb vollkommen gelassen, sah die Beamten nicht einmal an. »Außerdem ist das Geschichte. Ich kann es mir beim besten Willen nicht mehr leisten, auch nur einen Gedanken an ein früheres Betthaserl meines Exfreundes zu verschwenden.«

»Wir haben noch eine weitere Aufnahme der Ermordeten«, mischte sich Natascha in das Gespräch ein, »ein Video von ihr.« Um dieses abzuspielen, hatte sie extra ihr Notebook mitgebracht. Die Kommissarin drehte den Laptop so, dass Karla den Film gut sehen konnte.

»Sebastians Goldstück in der Disco! Na und? Warum zeigen Sie mir das?«

»Achten Sie auf die Dame, die gleich aus dem Bild läuft.« Zur Sicherheit spielte Alois Schön den Film erneut von Anfang an ab.

»Was ist mit der Tussi?«

»Finden Sie nicht, dass diese Frau Ihnen sehr ähnlich sieht?«

»Kann ich nicht sagen, die Qualität der Aufzeichnung ist nicht die beste.« Karla Mancioni schaute angestrengt auf den Bildschirm, nachdem sie abermals die Play-Taste gedrückt hatte.

Die Patientin lachte laut auf: »Da steht, die Aufnahme ist vom 14.12. um 23.05 Uhr Wollen Sie ernsthaft behaupten, ich hätte mich noch vor Kurzem in einem Club amüsiert? Glauben Sie wirklich, ich wäre noch in der Lage, die Nächte durchzutanzen?« Als ob sie einen Beweis für ihre schlechte Konstitution liefern wollte, senkte sie erst die Stimme und dann ihren Blick, um anschließend Alois Schön um ein Glas Wasser zu bitten.

»Ich denke schon, dass Sie es sind.« Natascha verzichtete bewusst darauf, die Zeugin anzusehen. Sie hoffte, eine beiläufige Bemerkung würde eine natürlichere Reaktion verursachen als eine offensiv vorgetragene Anschuldigung.

»Wieso?«, erkundigte sich Karla Mancioni mit Unschuldsmiene. »Die Frisur ist gerade modern!«

»Sie bleiben also bei Ihrer Aussage, dass Sie Petra Malterer nicht kennen und in den letzten Monaten auch nicht im P1 waren.«

Die Patientin riss die Augen auf. »Ach, das ist im P1?« Sie verharrte mit leicht geöffnetem Mund. »Als ich das letzte Mal da war, sah es dort noch ganz anders aus.« Karla Mancioni nippte an ihrem Glas, bevor sie hinzufügte: »Das ist aber auch eine Ewigkeit her.«

»Sebastian Keller war schon der Meinung, dass Sie die Frau auf dem Video sind.« Natascha hatte bewusst gewartet, bis ihr Chef alle Porträts in seiner Aktentasche verstaut hatte. Sie wollte die Sekunden der Stille, den Moment der Leere und des Übergangs nutzen.

Mit Erfolg. Karla Mancioni war sprachlos, ihr Mund stand offen. Doch bald darauf hatte sie sich wieder gefangen: »Dann hat sich Sebastian eben geirrt. Schließlich bin ich nicht das einzige großgewachsene, schlanke weibliche Wesen auf dieser Welt!« Mit honigsüßem Klang kritisierte sie den Ex, ehe sie mit mattem Decrescendo fortfuhr: »Im Übrigen wäre es schön, wenn wir unser Gespräch demnächst beenden könnten. Ich werde langsam müde.«

Alois Schön wusste nicht, ob es sich lediglich um eine Ausrede handelte oder ob die Vernommene tatsächlich die Kräfte verließen. Jedoch war er sich darüber im Klaren, dass weitere Ergebnisse des Verhörs Gefahr liefen, als nicht gerichtsverwertbar eingestuft zu werden. Daher verabschiedeten sie sich, um nach München zurückzufahren.

»Die lügt doch wie gedruckt!«, schimpfte Natascha, kaum dass sie die Autotür geschlossen hatte.

»Das sehe ich genauso, liebe Kollegin. Aber wie beweisen wir, dass sie die Täterin ist?«

»Wir sollten sie von allen Seiten fotografieren und genau vermessen! Dann können unsere Fotospezialisten feststellen, ob sie es ist.«

»Glaubst du, das funktioniert?« Alois Schön bog vom Grundstück in die Straße ein. »Vielleicht finden wir ja etwas, wenn wir uns ihre Kontobewegungen anschauen. Ich denke, wir haben inzwischen genügend Verdachtsmomente, um dazu die Erlaubnis des Staatsanwalts zu bekommen.«

»Weißt du denn, bei welcher Bank sie ein Konto hat?«

»Vermutlich bei der Sparkasse. Hier gibt es keine andere Bank. Außerdem hing der obligatorische Werbekalender der Sparkasse im Flur.«

»Gut beobachtet, Alois! Dann schlage ich vor, dass wir sofort umdrehen, um Zeit zu sparen. Gerade sind wir an der Filiale vorbeigefahren.«

Alois Schön bremste, um zu wenden. Er fuhr auf den Parkplatz des Kreditinstituts und stellte den Motor ab. Danach wählte er die Nummer der Staatsanwaltschaft. Die gab ihm ohne zu zögern ihr Einverständnis zur Überprüfung der Konten der Verdächtigen.

Als die Kommissare die Geschäftsstelle betraten, saß nur ein Azubi hinter dem Schalter. Dieser las in einem Ordner über Baufinanzierungen. Pflichtbewusst stand er auf, als sich ihm die potentiellen Kunden näherten: »Grüß Gott, was kann ich für Sie tun?«

»Wir möchten gerne zum Filialleiter.«

»Haben Sie einen Termin?«

»Nein, aber ich denke, Ihr Chef wird sich für uns Zeit nehmen.«

»Darf ich fragen, worum es geht?«

»Das werden wir ihm selbst sagen.« Kurz darauf bat sie ein gut gekleideter Mann, etwa Mitte 20, in den Besprechungsraum. Laut seiner Visitenkarte ein Sparkassen-Betriebswirt.

Alois Schön zückte seinen Dienstausweis: »Wir hätten gerne Einsicht in die Konten Ihrer Kundin Karla Mancioni.«

»Das geht nicht, damit verstoßen wir gegen das Bankgeheimnis!« Man sah dem Yuppie an, dass ein solches Begehren für ihn nicht alltäglich war. Intuitiv griff er sich an die Krawatte, um den perfekt gebundenen Knoten zu lockern.

»Das ist nicht ganz richtig, junger Mann. Denn wir ermitteln hier in einer Strafsache, wir sind von der Mordkommission!« Der Filialleiter schluckte: »Ich werde unsere Rechtsabteilung anrufen.«

»Das empfehle ich Ihnen sogar«, erwidere Alois Schön. »Lassen Sie mich dennoch folgende Vorgehensweise vorschlagen: Wir telefonieren jetzt gemeinsam mit dem Staatsanwalt, damit er Ihnen die Rechtslage erläutert. Er wird Ihnen erklären, dass Sie gegenüber uns Polizisten die Konteneinsicht verweigern dürfen, nicht jedoch gegenüber der Staatsanwaltschaft. Folglich bleiben uns zwei Möglichkeiten: Wir lösen unser Anliegen diskret, indem sie uns die benötigten Informationen einfach mitgeben, oder wir warten, bis die Kollegen mit Blaulicht und viel Getöse vor Ihrer Filiale vorfahren. Dann weiß das ganze Dorf Bescheid, dass die Polizei bei Ihnen ermittelt. Bevor Sie sich entscheiden, sollten Sie auf jeden Fall Rücksprache mit Ihren Juristen nehmen, damit Sie persönlich abgesichert sind.«

Vom Festnetztelefon des Besprechungsraums riefen sie in München an. Der Staatsanwalt bestätigte die Angaben des Kommissars und ließ nicht die geringsten Zweifel an der Vorgehensweise im Falle einer mangelhaften Kooperation seitens des Bankinstituts aufkommen. Nachdem die Münchner die sofortige Übersendung des Beschlusses per Fax zugesagt hatten, stimmte die Rechtsabteilung der unauffälligen Aushändigung der gewünschten Unterlagen zu. Mit einer Übersicht der kompletten Kontoverbindung sowie den gesamten Umsätzen des letzten Jahres verließen Alois Schön und Natascha Frey eine Stunde später die Filiale der Sparkasse und fuhren zurück nach München.

DEM MÖRDER AUF DER SPUR

Alois Schön wollte am Mittwochabend gerade zu Bett gehen, als das Telefon klingelte. Der Kollege von der Nachtschicht berichtete, dass der Chhatrapati Shivaji International Airport einen Passagier namens Thomas Engels auf der Liste des Fluges, der am Donnerstagmorgen im Erdinger Moos landen sollte, gemeldet habe.

Noch im Flugzeug klickten die Handschellen. Denn der Richter hatte keinen Moment gezögert, einen Haftbefehl wegen des Verdachts des Mordes an seiner Ehefrau Saskia auszustellen. Im Fall Petra Malterer erschien ihm dagegen die Beweislage zu dünn.

Die Vollstreckungsbeamten brachten Thomas Engels zur Vernehmung direkt ins Münchner Westend.

Der Verhaftete war von seinem Darmleiden geschwächt, aber dennoch vernehmungsfähig. Das konnte selbst sein Rechtsbeistand, den man um 7 Uhr buchstäblich aus dem Bett geholt hatte, nicht in Abrede stellen. Gegen die Müdigkeit gab es für beide Herren in der Hansastraße Kaffee.

Herr Engels bestreite, mit dem Tod seiner Frau auch nur das Geringste zu tun zu haben, meldete sich sogleich sein Anwalt zu Wort. Gerne würde er der Polizei helfen, den Mörder seiner geliebten Saskia zu finden.

»Dann erzählen Sie bitte, was Sie seit Silvester gemacht haben.« Alois Schön war solche Reden gewohnt.

Thomas Engels räusperte sich: »Ich war vom 31. Dezember bis zum 2. Januar beim Skifahren in St. Anton am Arlberg. Einen Tag später flog ich geschäftlich nach Mumbai. Leider musste ich vorzeitig abreisen, weil ich mir in Indien eine schwere Darmgrippe eingefangen habe.« Er sprach betont leise und zeigte wenig Emotionen.

»Und am Münchner Flughafen ist mein Mandant dann wie ein Schwerverbrecher verhaftet worden!« Der Jurist redete umso lauter. »Das wird ein Nachspiel für Sie haben! So kann man nicht mit unbescholtenen Bürgern umgehen. Immerhin hat mein Klient seine Frau verloren!«

»Und weil Ihr Mandant vom Tod seiner Gemahlin so sehr getroffen war, konnte er erst nach mehr als einer Woche nach Erhalt der Nachricht aus Indien zurückkehren.« Alois Schön hatte nicht die geringste Lust, seine Gedanken zu verbergen.

»Ich konnte nicht weg, das hätte uns um Monate zurückgeworfen! Was glauben Sie, was das kostet? Wie viele Arbeitsplätze daran hängen?«

»Was haben Sie in Indien gemacht?«, wollte Natascha daraufhin wissen.

»Ich bitte Sie, dass Sie das, was ich Ihnen jetzt erzähle, streng vertraulich behandeln.« Thomas Engels machte eine Pause, um Alois Schön ein Nicken, ein Zeichen der Zustimmung, zu ermöglichen.

Doch der reagierte nicht, saß ungerührt da.

»Wir überlegen, die arbeitsintensiven Bereiche unserer Datenerfassung und Datenverarbeitung zumindest teilweise nach Indien auszulagern. Wir haben schon unzählige Gespräche mit den unterschiedlichsten Behörden geführt, sind aber immer noch nicht zu den Ergebnissen gekommen, die wir uns wünschen. Dort geht das nicht so schnell wie bei uns!«

»Warum wusste Ihre Sekretärin nichts von der Reise?«

Der Unternehmer beugte sich nach vorne: »Was glauben Sie, was in der Firma los ist, wenn herauskommt, dass wir ein oder zwei Abteilungen auflösen wollen? Da brodelt sofort die Gerüchteküche. Und wenn die Presse oder die Gewerkschaft davon erfahren, ist die Hölle los! Daher waren nur mein Partner und ich über diese Reise informiert. Offiziell hatte ich den ganzen Januar Urlaub.«

»Verstehe. Wir werden auf Ihre Belange so gut wie möglich Rücksicht nehmen.« Erst lehnte sich Alois Schön zurück, dann sah er den Beschuldigten eindringlich an: »Aber jetzt mal der Reihe nach. Und etwas genauer bitte! Wann und wie sind Sie nach St. Anton gereist?«

»Natürlich mit dem Auto. Ich bin am 31. Dezember in aller Früh losgefahren, um spätestens um 10 Uhr auf der Piste zu sein.«

»Wo war da Ihre Frau?«

»Als ich wegfuhr, lag sie noch im Bett. Saskia fährt nicht mehr Ski. Gegen Mittag wollte sie für ein paar Tage zu ihrer Mutter fahren. Mit dem Zug, weil ihr Wagen in Reparatur war.«

»Wo haben Sie Quartier gemacht?«

»In einer kleinen Pension. Ist ziemlich urig da.«

»Und vom Skifahren sind Sie direkt nach Mumbai.«

»Wie man's nimmt.« Thomas Engels saß entspannt auf seinem Stuhl. »Ich bin am Morgen des 3. Januar nach Hause gefahren, habe meine Skisachen aufgeräumt, meine Koffer getauscht und bin anschließend weiter zum Flughafen.« Er ließ sich nicht aus der Ruhe bringen. »Meine Frau habe ich allerdings nicht gesehen, die war noch bei ihrer Mutter.« Er senkte Stimme und Blick, griff nach seiner Kaffeetasse: »Dachte ich zumindest.«

»Haben Sie sie angerufen?«

»Nein, dafür gab es keinen Grund. Saskia hatte ja erwähnt, dass sie dort länger bleibt. Außerdem war ich in Eile, weil ich vorher im Stau stand. Schließlich wollte ich nicht das Flugzeug verpassen.«

»Von wo sind Sie geflogen?«, meldete sich erneut Natascha zu Wort.

»Nach Mumbai? Von Frankfurt, weil München overbooked war! Erst als ich den Rückflug umbuchte, konnte ich einen Platz auf dem Flieger nach München ergattern.«

»Haben Sie noch das Ticket?«

»Na klar!« Thomas Engels kramte in seinem Handgepäck, fand aber nur den Flugschein und die Bordkarte vom Rückflug. »So ein Mist, das Ticket vom Hinflug muss ich verloren haben.«

Alois Schön platzte daraufhin der Kragen: »Jetzt hören Sie endlich auf, Märchen zu erzählen! Sie sind nicht von Frankfurt geflogen! Und auch nicht von München oder von einem anderen deutschen Flughafen.«

»Mein Mandant lügt nicht! Oder können Sie ihm das Gegenteil beweisen?«

»Können wir!« Alois Schön sah den Anwalt entschlossen an.

»Ihre Pension hat uns bestätigt, dass Sie von Silvester an für zwei Personen gebucht hatten, jedoch erst an Neujahr und zudem alleine anreisten!«

»Weil es Saskia nicht gut ging! Habe ich das nicht erwähnt?« Ungläubig sah der Beschuldigte in die Runde.

»Außerdem haben wir den Taxifahrer, der Sie am Nachmittag des 1. Januar von St. Anton zum Flughafen in Zürich gefahren hat.« Der Leiter der Mordkommission sah sein Gegenüber mit strenger Miene an. »Apropos, Ihr Auto steht auf dem Parkplatz der Polizei in St. Anton.«

Auf dessen Stirn bildeten sich erste Schweißperlen.

»Am Abend sind Sie von Zürich nach Paris geflogen, in der Nacht mit dem Mietwagen nach London gefahren und von dort am Montagmorgen, also am 2. Januar, weiter nach Mumbai. Das können wir anhand von Rechnungen und Passagierlisten belegen.«

»Damit beweisen Sie nur, dass mein Mandant seit Neujahr ununterbrochen im Ausland war. Aber keineswegs, dass er seine Frau umgebracht hat.«

»Genau!«, stimmte Thomas Engels seinem Anwalt umgehend zu. »Als ich das Haus verließ, um nach St. Anton zu fahren, lebte Saskia noch!«

»Ist das alles, was Sie vorzuweisen haben?« In den Augen des Anwalts spiegelte sich siegessichere Arroganz. »Sie haben ja nicht einmal ein Motiv!«

Sein Mandant nickte: »Was mach ich eigentlich noch hier?«

»Einen Moment bitte, schauen Sie sich das einfach mal an.« Alois Schön nahm seinen Laptop und klickte auf die im Internet gezeigten Fotos der Silvesterparty im Undosa. Die Leidenschaft zwischen Saskia Engels und Beat war unübersehbar.

Was bei ihrem Mann nicht ohne Wirkung blieb. Hatte er noch vor Sekunden gelassen auf seinem Stuhl gesessen, verkrampfte sein Körper, als er die Fotos von seiner Frau und dem Schweizer sah.

»Das beweist gar nichts«, kommentierte sein Rechtsanwalt die Bilder. »Im Gegenteil, dieser Kerl könnte auch der Mörder von Frau Engels sein!«

»Genau! Ich hatte doch keine Ahnung von dieser Affäre!«

Auf diesen Einwand hatte Alois Schön gewartet. »Kennen Sie den Herrn im Hintergrund?« Er zeigte mit der Maus auf das Foto der Zuschauer auf der Empore.

Thomas Engels verschlug es die Sprache. Seine Kinnlade kippte nach unten. Regungslos saß er auf seinem Stuhl.

»Sie haben offensichtlich einen Doppelgänger, Herr Engels«, meinte stattdessen sein Anwalt, »der Herr sieht Ihnen in der Tat sehr ähnlich.«

»Weil es Thomas Engels höchstpersönlich ist!«

»Das müssen Sie erst einmal beweisen. Bei den Lichtverhältnissen ein Ding der Unmöglichkeit!«

»Außerdem habe ich noch das Gutachten der Reifenspuren vom Deininger Weiher.« Alois Schön überreichte dem Anwalt mehrere Seiten Papier. »Es beweist, dass das Fahrzeug Ihres Mandanten am Tatort war.«

Aufmerksam studierte dieser die Stellungnahme der Experten. Je weiter er mit der Lektüre fortschritt, desto mehr runzelte er die Stirn: »Kann ich mich mit meinem Klienten bitte alleine besprechen?«

»Rufen Sie uns, wenn Sie fertig sind!« Alois Schön und Natascha verließen den Vernehmungsraum.

Die Beratung zwischen Thomas Engels und seinem Verteidiger dauerte nur kurz: »Mein Mandant möchte ein Geständnis ablegen. Er bekennt sich schuldig, seine Frau Saskia im Affekt getötet zu haben.«

Thomas Engels schilderte, wie er am Freitagmorgen mit seiner Frau gestritten hatte. Am Nachmittag habe Saskia ihm dann erklärt, sie wolle den Jahreswechsel nicht wie geplant in St. Anton, sondern lieber im Undosa feiern. Er habe diese Bemerkung ignoriert und sich bis spät in die Nacht in sein Büro zurückgezogen.

Am Samstag sei er früh aufgestanden, um in Ruhe seine Koffer zu packen. Einen für die Skiferien in Österreich und einen für Mumbai. Doch als seine Frau auch nach der dritten Bitte, mitzukommen, im Bett liegenblieb und sogar behauptete, mit den Männern im Undosa könne man sich viel besser amüsieren als mit ihm, sei er wütend und ohne sein Gepäck aus dem Haus gerannt. Er sei ziellos umhergefahren, habe den Tag mehr schlecht als recht verbracht. Dabei sei sein Entschluss gereift, sich den Laden auch mal anzuschauen.

Irgendwann habe er dann seine Frau mit diesem Schönling entdeckt. Obwohl es innerlich in ihm gebrodelt hätte, sei er zu Anfang auf der Empore geblieben. »Doch als ich gesehen habe, wie sich die zwei aufführen, wusste ich, dass Saskia und ihr Stenz diese Party bald verlassen werden«, schilderte er erzürnt. »Also habe ich in sicherer Entfernung des Ausgangs auf sie gewartet, und bin ihnen wie in Trance bis zur Pension gefolgt.« Erst jetzt genehmigte er sich Zeit, Luft zu holen, sowie einen Schluck Mineralwasser.

»Warum sind Sie nicht einfach alleine nach St. Anton gefahren? Das Quartier war doch gebucht!«

»Keine Ahnung, Herr Kommissar. Vermutlich habe ich gehofft, dass sich Saskia beruhigt …« Er zuckte mit den Achseln. »Ich habe dort angerufen und gesagt, dass wir einen Tag später kommen, die Nacht aber trotzdem bezahlen.«

»Was zeigt, wie friedfertig Herr Engels im Normalfall ist«, bewertete der Anwalt das Verhalten seines Mandanten.

»Ich sagte, meiner Frau ginge es nicht so gut«, fuhr dieser währenddessen fort. »Und deshalb hat sich am nächsten Tag auch keiner daran gestört, dass ich alleine aufgekreuzt bin und schon nach ein paar Stunden wieder abreiste.« Er grinste: »Im Gegenteil. Ich wurde gelobt, was ich für ein liebevoller Ehemann wäre!«

»Wie sind Sie an die Waffe gekommen?« Alois Schön hielt es nicht für nötig, auf diese Bemerkung einzugehen. Thomas Engels dachte kurz nach: »Mir war klar, dass die beiden länger auf dem Hotelzimmer beschäftigt sein würden. Schließlich kannte ich Saskia.« Er schlug die Beine übereinander. »Also hatte ich genügend Zeit, um eine alte Pistole, die ich vor Jahren erworben hatte, aus unserem Haus zu holen und zurück zur Pension zu fahren.« Es schien, als ob er sich beruhigt hätte. Nur sein Blick war nach wie vor finster: »Gegen 7 Uhr verließ der Typ dann das Hotel.«

»Warum haben Sie ihn nicht umgebracht?«, wollte Natascha wissen.

»Der hat mich ja nicht betrogen!« Vorwurfsvoll sah der Mörder die Kommissarin an. Als ob deren Frage völlig utopisch sei. In einem Western hätte er garantiert auf den Boden gespuckt. Hier jedoch fuhr er mit zorniger Stimme fort: »Eineinhalb Stunden später kreuzte Saskia auf. Als sie mich sah, fiel ihr vor Schreck das Handy aus der Hand. Ich ging auf sie zu, hob es auf und steckte es in meine linke Manteltasche. Die Schlampe stand da wie versteinert, konnte nicht einmal schreien. Ich packte sie wortlos am Arm, holte die Pistole aus der rechten Manteltasche, hielt ihr diese ans Herz und drückte ab.« Ohne jede Regung sah er Alois Schön ins Gesicht. »Durch den Schalldämpfer hat niemand etwas gehört. Und zu meinem Auto waren es nur ein paar Schritte. Ich habe Saskia auf den Vordersitz gesetzt und angeschnallt. Gott sei Dank hat die Wunde nicht so stark geblutet.«

»Danach sind Sie zum Deininger Weiher gefahren.« Alois Schön wollte die Pause nicht zu lange werden lassen.

»Richtig.«

»Wie kamen Sie gerade auf diesen See?« Thomas Engels zuckte abermals mit den Achseln: »Er lag halt in der Nähe. Ich kannte ihn schon von diversen Ausflügen im Sommer und dachte, dass sich um diese Uhrzeit dort keiner mehr rumtreibt.« Mit ruhigem Blick sah er den Leiter der Mordkommission an: »Ansonsten wäre ich halt woanders hingefahren. An den Starnberger See zum Beispiel, aber ich hatte Glück.«

»Andererseits mussten Sie Ihre tote Frau noch ein gutes Stück tragen!«

»Das war nicht so wild, so schwer war sie ja nicht.« Für einen Moment verzog er sein Gesicht zu einer süßsauren Grimasse. »Erst habe ich sie auf den Arm genommen, wie man eine Braut über die Schwelle trägt«, grummelte er. »Dann habe ich sie an den Händen gepackt und mit Schwung – ein Hammerwerfer hätte seine helle Freude gehabt – in den See geworfen. Sie ist auf der dünnen Eisschicht sofort eingebrochen und im Weiher versunken. Das Loch habe ich mit Ästen und Zweigen abgedeckt, indem ich diese auf das Eis schob. Es lag ja genügend Grünzeug im Wald herum.«

»Und dann?«

Fragend sah Thomas Engels seinen Anwalt an. Dieser saß völlig entspannt da, hatte gegen die Ausführungen seines Klienten offenbar keinerlei Einwände.

Also fuhr er fort: »Anschließend bin ich nach Hause, habe die Ski und die beiden Koffer geholt. Danach bin ich weiter nach St. Anton. Beim Warten auf die Maschine in Zürich habe ich meinen Kompagnon per SMS informiert, dass ich bereits auf dem Weg nach Indien sei. Meine restliche Reiseroute kennen Sie ja.«

Alois Schön nickte. »Gut«, er sah dem Täter ins Gesicht, »bis auf Kleinigkeiten sind wir uns einig.«

»Was meinen Sie?«, meldete sich prompt der Rechtsbeistand.

»Na ja. Es gibt da noch ein paar Ungereimtheiten in der Aussage Ihres Mandanten. Oder wundert Sie es nicht, dass der Toten niemand ein frohes neues Jahr wünschen wollte? Oder warum sich die Mutter von Frau Engels nicht erkundigt hat, wo ihre Tochter bleibt?«

»In dieser Hinsicht habe ich gelogen«, bekannte der Mörder. »Saskia wollte ihre Mutter nicht besuchen, sie hat es mir bei unserem Streit nur angedroht! Und die Anrufe habe ich vermieden, indem ich unseren Freunden Neujahrsgrüße aus St. Anton in unser beider Namen per WhatsApp übersandte. Von Saskias Handy und mit dem Hinweis, dass wir die nächsten Tage nur schwer zu erreichen seien.«

»Das bestätigt mich in meiner Ansicht, dass Herr Engels wesentlich rationaler gehandelt hat, als er zugeben will. Dafür spricht auch die Tatsache, dass die Kollegen am Arlberg keine sichtbaren Blutspuren, wohl aber Reste von Reinigungsmitteln auf dem Beifahrersitz gefunden haben.«

»Sollten wir diese Überlegungen nicht besser dem Gericht überlassen, Herr Hauptkommissar?«, monierte der Anwalt.

»Von mir aus.« Alois Schön hielt es für überflüssig, diese Diskussion fortzuführen.

Schließlich hatte er noch einen zweiten Mord zu klären: »Kennen Sie die Familie Malterer?«

»Der Name sagt mir nichts.« Thomas Engels saß absolut ruhig auf seinem Stuhl.

»Auch nicht im Zusammenhang mit Ihrem Girls Day? Immerhin war Franz Malterer an seinem Gymnasium der Ansprechpartner für Ihre Veranstaltung.«

»Tut mir leid, da muss ich passen. Ich hatte zwar die Idee zum Girls Day und habe auch das Schreiben an die Schulen unterschrieben. Aber die Organisation habe ich an unsere Personalabteilung delegiert. Schließlich kann ich mich nicht um alles kümmern!«

»Und seine Frau?« Alois Schön legte ein Foto der Isartoten auf den Vernehmungstisch. »Petra Malterer verkehrte häufig im Undosa!«

Thomas Engels haute mit der Faust auf den Tisch. Wutentbrannt sah er den Leiter der Mordkommission an. »Wie oft muss ich Ihnen das noch sagen? Ich war Silvester zum ersten Mal in diesem Lokal. Ich bin doch kein Partyhengst!«

Auch mit den Aufnahmen von Michaela Schmidbauer und Manuela Gerhard sowie mit den Porträts von Sebastian Keller und seinen Freundinnen wusste der Grünwalder nichts anzufangen. Die Phantomzeichnungen von Kathi und Lisa sah er lange an. Es schien, als überlegte er. Dennoch musste er passen. Genauso bei den Männern, die als Täter in Frage kamen. Ebenso wenig wollte er sich festlegen, wer sich mit Petra Malterer an der Bar des P1 unterhielt.

Kurz darauf wurde der Häftling ins Gefängnis von Stadelheim gebracht.

SHERLOCK HOLMES' ERBEN

Zwei Kollegen der Soko hatten inzwischen die Konten von Karla Mancioni überprüft. Wie vom Finanzamt gewünscht trennte sie strikt zwischen beruflichen und privaten Ausgaben. Umbuchungen erfolgten ausschließlich zwischen Privat- und Firmenkonto, eine zweite Bankverbindung gab es offenbar nicht. Der einzige Posten, der auffiel, war die Überweisung an eine Firma, die sich als Detektivbüro entpuppte.

Der Inhaber der Detektei war nicht sehr begeistert, als ihm Alois Schön seinen Dienstausweis zeigte.

»Wir haben Informationen, dass Sie Anfang Oktober für Karla Mancioni gearbeitet haben. Wir sind von der Mordkommission und benötigen Auskünfte über die Hintergründe Ihres Auftrags.«

Argwöhnisch zog der Detektiv die Augenbrauen nach oben: »Da würde mich schon interessieren, wer Ihnen einen solchen Hinweis gegeben hat.« Fest saß er in seiner massigen Körperfülle auf seinem ledernen Chefsessel, den er abwechselnd ein wenig nach links und anschließend wieder nach rechts bewegte.

Die Kommissare standen noch immer vor seinem Schreibtisch, weil man ihnen noch keinen Platz angeboten hatte.

»Wir haben Kopien des Kontoauszuges, auf dem die Begleichung Ihrer Rechnung gebucht ist.« Unbeeindruckt, aber dennoch freundlich, blickte Alois Schön den Dicken an.

»Einen Moment, ich hole die Akte. Setzens sich derweil dort hin!« Der Detektiv deutete auf einen leeren, runden Tisch mit vier Stühlen in der Nähe des Fensters. Danach schlurfte er aus dem Zimmer.

Mit einem Hängeordner in der Hand kehrte er kurze Zeit später zurück: »Konkret erhielt ich den Auftrag am 10. Oktober. Frau Mancioni rief vormittags an und bat, mich noch am selben Tag zu treffen. Es ging um die Beschattung eines Ehepaares aus München.« Gleichmütig sah er die Kommissare an. »Keine große Sache, der Job war innerhalb einer Woche durch. Ich sollte lediglich eruieren, wie die Leute wohnen, was sie arbeiten und so weiter und so fort. Warum genau, hat sie mir nicht gesagt.« Nachdem er ebenfalls Platz genommen hatte, fügte er hinzu: »Meistens haben die Herrschaften Schulden bei meinen Auftraggebern. Obwohl die Malterers überhaupt nicht so aussahen. Aber Schulden kommen bekanntlich in den besten Familien vor.« Er bedeckte das Dossier mit seinen fetten Pranken. »Ich habe ihr die gewünschten Daten geliefert und sie hat die Rechnung bezahlt. Damit war der Auftrag für mich erledigt.«

Natascha holte ein Foto von Sebastian Keller aus ihrer Tasche: »Kennen Sie den Herrn?«

»Nein, wer ist das?«

»Der Freund ihrer Kundin und obendrein der Geliebte des Mordopfers.«

»Öha!« Die Stimme des Dicken konnte einen gewissen Respekt, eine besondere Form der Bewunderung nicht verhehlen. »Hat sich der Herr etwa zur selben Zeit um die Ladys gekümmert?«

»Natürlich nicht!« Alois Schön konnte dieser anmaßenden, überheblichen Begeisterung überhaupt nichts abgewinnen.

»Abgesehen davon war das nicht unsere Frage!«

»Ich sagte doch schon, den Herrn habe ich noch nie gesehen! Frau Mancioni habe ich ebenfalls nur ein einziges Mal persönlich getroffen. Und da kam sie allein.«

»Was ist mit diesen beiden Damen?« Natascha legte die Bilder von Kathi und Lisa auf den Tisch. Der Detektiv sah sich die Porträts lange und ohne aufzuschauen an.

»Ja, die Mädels kenne ich«, begann er zögerlich. »Es handelt sich um Mitarbeiterinnen einer Firma meines Cousins.«

Alois Schöns Herz hüpfte vor Freude. Endlich kannte jemand Kathi und Lisa.

»Ich halte an ihr eine Minderheitsbeteiligung.« Die Pupillen des Schnüfflers wanderten hastig im Raum umher.

»Jetzt lassen Sie sich nicht jedes Wort aus der Nase ziehen!« Ungeduldig wie ein Kind an Heiligabend wartete der Leiter der Mordkommission auf die Antwort des Detektivs. Auf die Bestätigung, dass er sich auf sein Bauchgefühl nach wie vor verlassen konnte.

Dennoch dauerte es eine ganze Weile, bis der Dicke mit der Information herausrückte. Darüber hinaus sprach er ausgesprochen leise. Als ob er sich für seine Auskunft schämte: »Es handelt sich um eine Treue-Test-Agentur.«

»Um bitte was?«

»Wenn Sie wissen wollen, ob Ihnen Ihre Frau oder Ihr Freund treu ist, beauftragen Sie eine Treue-Test-Agentur. Die engagieren einen Lockvogel, der versucht, die Zielperson zu einem Seitensprung oder was auch immer zu bewegen.«

»Sachen gibt's.« Mit Alois Schöns Wertvorstellungen war ein solches Geschäftsmodell unvereinbar. Gerade weil er beruflich so viel mit verkommener Moral und seelischen Abgründen zu tun hatte, war er privat ein leidenschaftlicher Anhänger von Loyalität, Anstand und gegenseitigem Vertrauen.

»Haben Sie Frau Mancioni diese Damen empfohlen?« Natascha begriff, dass ihr Chef mit seiner Theorie richtig gelegen hatte. Allerdings schien nicht der Liebhaber, sondern seine Freundin die Verbindung zu den Schönheiten zu sein.

»Wie meinen Sie?« Der Detektiv kniff die Augen zusammen.

»Diese Ladys haben sich an Herrn Malterer rangemacht! Und zwar nur wenige Tage, nachdem Sie Frau

Mancioni Informationen über die Eheleute beschafft haben. Halten Sie das wirklich für einen Zufall?«

»Ich verleite niemanden zum Ehebruch!«, erwiderte der Detektiv patzig. »Vielleicht hat sie den Firmenflyer meines Cousins bei mir gesehen …« Er zuckte mit den Achseln, bevor er die Kommissarin mit festem Blick ansah: »Ich habe in diese Firma nur investiert, um meinem Vetter einen Gefallen zu tun. Am besten fragen Sie ihn selber, wie er an diesen Auftrag kam.« Er schlurfte zum Schreibtisch, holte ein Visitenkartenbuch aus der Schublade und notierte die Daten einer Karte auf einem Zettel: »Hier ist seine Adresse.«

»Steht in Ihrer Akte auch drin, wen Sie alles beschattet haben?« Nataschas Wissensdurst war noch nicht gestillt.

»Natürlich«, warf der Ermittler einen verstohlenen Blick in den Ordner, »die Eheleute Franz und Petra Malterer.«

»Und die Kinder?«

Diese Frage veranlasste den Dicken, seine Aktennotiz in Ruhe durchzulesen. »Nein, das war nicht Teil meines Auftrags.« Freundlich sah er die Kommissarin an: »Hätte mich auch gewundert, ich beschatte niemals vier Personen gleichzeitig. Da ist die Gefahr, enttarnt zu werden, viel zu groß.«

»Dürfen wir Ihnen noch weitere Fotos zeigen?«, stellte Alois Schön eine rhetorische Frage.

»Nur zu, immer her damit!«

Natascha kramte die Bilder von Maximilian Malterer und Martina Beck aus ihrer Tasche.

»Nie gesehen.«

»Und die junge Frau?«

»Ebenfalls nicht. Wer soll das sein? Die Schwester des Burschen ist es jedenfalls nicht, die ist nicht so alt!«

»Richtig. Das ist die Freundin des Juniors.«

»Ach so, aber ich muss trotzdem passen.« Selbstzufrieden legte der Firmeninhaber seine Hände in den Schoß.

»Gewiss haben Sie nichts dagegen, wenn wir die Akte Karla Mancioni mitnehmen. Möchten Sie sich eine Kopie anfertigen?«

»Geben Sie mir Ihre Visitenkarte. Dann kann ich Sie anrufen, sofern ich sie benötige.«

Alois Schön stand auf: »Sie kriegen Ihre Unterlagen so schnell wie möglich zurück. Das wär's für heute. Einen schönen Tag noch.«

Karla Mancionis Kontoumsätze enthielten nicht den geringsten Hinweis, dass sie die Treue-Test-Agentur kannte. Doch deren Inhaber bestätigte bereits am Telefon, dass er von Kellers Exfreundin beauftragt worden war. Er werde entsprechende Unterlagen heraussuchen und der Kripo unverzüglich übersenden.

Karla Mancioni wollte sich gerade hinlegen, als ein Polizist aus Bad Tölz ankündigte, dass man sie im Auftrag von Hautkommissar Schön nach München bringen werde. Allein aus Rücksicht gegenüber ihrem kleinen Sohn rufe man vorher an.

»Dann will der Herr Kommissar schweres Geschütz gegen mich auffahren! Vielleicht sollte ich einen Anwalt mitbringen?«

»Das haben die Münchner auch empfohlen«, bestätigte Polizeimeister Bachhuber, bevor er nach einer kurzen Pause fortfuhr: »Bitte machen Sie uns keine Schwierigkeiten, Frau Mancioni. Wir wollten Ihnen lediglich Gelegenheit geben, einen Babysitter für Ihren Jüngsten zu finden. Schließlich muss er nicht mitbekommen, dass seine Mutter von der Polizei abgeholt wird.«

»Danke, das ist sehr zuvorkommend von Ihnen. Tobias wollte gerade zu einem Freund.«

»Freilich haben wir eine Streife in Zivil vor Ihrem Grundstück postiert.«

Karla Mancioni schaute aus dem Küchenfenster. Gegenüber ihrem Anwesen parkte ein weißer 3er-BMW.

»Geben Sie mir 30 Minuten. Dann kann ich noch die Küche aufräumen und meinen Anwalt in München anrufen.« Sie informierte Tobias, dass sie voraussichtlich nicht daheim sein werde, wenn er abends nach Hause käme. »Oder willst du bei Julian übernachten?«, bot sie ihm eine Alternative an.

»Au ja, Mama, das wäre toll!«

Gottlob stimmte Julians Mutter dem Ansinnen zu.

Nach der Begrüßung kam Alois Schön gleich zur Sache: »Frau Mancioni, unsere Ermittlungen haben ergeben, dass Sie uns belogen haben. Wir gehen sogar davon aus, dass Sie Petra Malterer ermordet haben! Deshalb werden Sie heute als Beschuldigte und nicht als Zeugin verhört.« Die nun folgende Pause war dem Gewicht der Worte angemessen. Anschließend erkundigte er sich in gefälligem Ton: »Möchten Sie sich vor unserem Gespräch mit Ihrem Anwalt beraten?«

»Bis jetzt sehe ich nicht den geringsten Grund dafür.« Karla Mancioni lächelte, als könne sie keiner Fliege etwas zuleide tun.

Im Vernehmungsraum setzte sich Alois Schön neben die Protokollführerin, während Karla und ihr Rechtsanwalt mit dem Rücken zur Tür Platz nahmen. Natascha saß auf einem Stuhl in etwa drei Meter Entfernung rechts der Gruppe. So hatte sie einen guten Überblick über alle Beteiligten und das komplette Geschehen.

»Unsere Ermittlungen haben ergeben, dass Sie Petra Malterer wesentlich besser kannten, als Sie bisher zugegeben haben!«

»Wen?«

»Petra Malterer, die tote Geliebte von Sebastian Keller.«

Karla Mancioni stellte den Kopf leicht schräg und lächelte: »Woher sollte ich die kennen?«

»Immerhin haben Sie ein Detektivbüro beauftragt, die Ermordete und ihren Ehemann zu beschatten!«

»Wie kommen Sie denn darauf?« Völlig entspannt und voller Selbstbewusstsein saß sie auf ihrem Stuhl.

»Die Überweisung an den Detektiv ist uns bei der Durchsicht Ihrer Kontounterlagen aufgefallen.«

Mit einem Mal waren Karlas Gesichtsmuskeln extrem angespannt. Das hagere Gesicht einer kranken Frau kam zum Vorschein. »Dürfen die das?«, wandte sie sich an ihren Anwalt.

»Ja, die dürfen das.«

Karla Mancioni schluckte. Scheinbar hatte sie den Kommissar und sein Team unterschätzt.

»Wir haben bereits mit dem Herrn gesprochen«, ergänzte Alois Schön.

Woraufhin der Rechtsbeistand empfahl: »Sie sollten mit weiteren Aussagen warten, bis uns seine Stellungnahme schriftlich vorliegt.«

»Warum denn?« Die Mandantin lächelte den Strafrechtler freundlich an: »Gönnen wir dem lieben Herrn Schön seinen kleinen Erfolg! Oder hat der Detektiv behauptet, ich hätte das Flittchen umgebracht?«

»Natürlich nicht.« Alois Schön beugte sich nach vorne und sah der Beschuldigten direkt in die Augen: »Dennoch sind wir uns sicher, dass Sie die Frau sind, die sich mit Petra Malterer an der Bar des P1 unterhalten hat!«

»Wirklich? Worauf stützen Sie Ihre Vermutung? Haben Sie meinen Ausweis auf der Tanzfläche gefunden? Oder meine DNA an einem Sektglas gesichert?«

»Nein, aber der Inhaber der Detektei hat zugegeben, dass er für Sie die Lebensgewohnheiten der Eheleute Malterer auskundschaften sollte. Was sie so tun und wo sie überall verkehren.«

»Weil ich Sebastian helfen wollte!« Karla Mancioni lächelte spöttisch. »Halten Sie mich wirklich für so blöd, dass ich die Rechnung über mein Konto laufen lasse, wenn ich unlautere Absichten habe?«

Alois Schön verzog keine Miene. »Allein die Tatsache, dass Sie uns seine Beauftragung so lange verschwiegen haben, zeigt, dass Sie etwas zu verbergen haben! Außerdem …«, er legte zum wiederholten Male die Aufnahmen von Kathi und Lisa auf den Tisch, »… haben Sie geleugnet, dass Sie diese Damen kennen, Frau Mancioni!«

Doch die ließ sich nicht aus der Ruhe bringen: »Das ist richtig, Herr Kommissar. Wer soll das sein?«

»Das sind die Lockvögel, die Sie auf Franz Malterer angesetzt haben.«

»Wer?«

»Die beiden Schönheiten arbeiten für eine Treue-Test- Agentur. Sie sollten den Ehemann der Toten zum Seitensprung verführen. In Ihrem Auftrag!«

»Das müssen Sie erst einmal beweisen«, meldete sich sofort Karlas Rechtsbeistand mit kräftiger Stimme.

Seine Mandantin dagegen flüsterte, während sie sich zu Alois Schön vorbeugte, als wolle sie ihn küssen: »Das ist ja ungeheuerlich! Wer behauptet denn sowas?«

»Der Inhaber der Agentur«, entgegnete dieser ebenso leise und ohne auch nur einen Zentimeter zurückzuweichen. Dabei lächelte er für wenige Sekunden, als nehme er das liebreizende Angebot an. Anschließend setzte er sich wieder zurück und redete in normalem Tonfall weiter: »Er hat uns sogar die Bestätigung Ihrer Geldeingänge, die Sie ebenfalls erhalten haben, zugefaxt. Konkret am 27. Oktober und am 16. November.«

Karla Mancioni sackte auf ihrem Stuhl zusammen, ihre langen Beine rutschten im Schneckentempo unter den Tisch. Ihre schmalen Arme, die bis eben lässig auf der Tischplatte lagen, verschränkte sie nun verkrampft vor ihrer Brust.

»Deswegen kenne ich die Damen längst noch nicht!«, presste sie die Worte durch ihre Zähne.

»Wie darf ich das verstehen?«

»Weil sie mir nicht vorgestellt wurden!« Sie gestikulierte so wild, dass ihr Anwalt in Deckung gehen musste, um nicht an der Schläfe getroffen zu werden. Der Rest ihres Körpers blieb indes zusammengekauert sitzen.

Alois Schön ließ sich seine Überraschung nicht anmerken. »Wie ging die Aktion dann vonstatten?«

Karla wartete einen Moment, bevor sie trotzig antwortete: »In einem Krimi würde ich jetzt die Aussage verweigern. Oder ich würde aufgrund der erdrückenden Beweislast zusammenbrechen und anschließend ein Geständnis ablegen.« Mit jedem Halbsatz rückte sie ein Stück nach oben, bis sie wieder kerzengerade auf ihrem Stuhl saß. »Bedauerlicherweise kann ich Ihnen jedoch weder mit dem einen noch mit dem anderen dienen.« Ihre Mimik und ihre Stimme vermengten sich nun zu einem Cocktail aus Hohn und Mitleid. »Aber ich helfe Ihnen gerne, mein lieber Kommissar Schön. Ich will ja nicht, dass Sie sich wegen mir unnötig Arbeit machen.« Sie holte tief Luft: »Ich habe im Voraus per Bankeinzahlung bezahlt. Die genaue Vorgehensweise inklusive der Auswahl der Mädchen überließ ich dagegen der Agentur. Ich war ja nur am Ergebnis interessiert!«

»Was sollten die Damen denn konkret erreichen?«

Erneut herrschte im Vernehmungsraum Stille, weil Karla Mancioni nachdachte. »Franz Malterer sollte zu einem Seitensprung verführt werden. Ist doch klar, oder?«

»Demnach schloss Ihr Auftrag sexuelle Handlungen mit ein.«

»Ob es die Ladys beim Küssen belassen oder mit dem alten Bock ins Bett gehen, war mir egal. Ich wollte nur ein paar Aufnahmen, die Petra Malterer von der Untreue ihres Mannes überzeugt hätten.« Mit ihrem Stuhl rückte Karla ein paar Zentimeter vom Vernehmungstisch weg. »Ich schlug vor, es mit einer hübschen Schwarzhaarigen zu versuchen. Aber er hat ums Verrecken nicht angebissen!«

»Sie meinen Kathi.«

»Keine Ahnung«, winkte Karla Mancioni ab, »ich habe die Lockvögel ja nie zu Gesicht bekommen.« Sie griff zu ihrem Wasserglas. Auf jeden Fall habe man mit der Schwarzhaarigen nicht den gewünschten Erfolg gehabt. Also habe sie nochmal Geld bezahlt, um es mit einer Blonden, die Petra Malterer ähneln aber jünger als sie sein sollte, zu probieren.

»Woher wussten Sie, wie Petra Malterer aussieht?«, wollte Alois Schön daraufhin wissen. »Kannten Sie sie schon damals persönlich?«

»Nein! Aber der Detektiv hat ein paar Fotos gemacht.« Für einen Moment zog die Beschuldigte ihre Mundwinkel nach oben, lächelte gekünstelt: »Die habe ich allerdings inzwischen verbrannt.«

»Dennoch war auch Lisa nicht erfolgreich.«

»Verdammt noch mal ja! Der Typ ist so ein gutmütiger Trottel, dass es schon weh tut! Kein Wunder, dass ihn seine Frau nach Strich und Faden verarscht.« Karla Mancioni fuchtelte abermals wild mit den Armen in der Luft. »Die macht doch, was sie will! Und er ist so blöd und zahlt auch noch dafür!« Ihr Zorn war deutlich an der Ader an ihrer rechten Schläfe zu erkennen. »Und so einer ist auch noch Lehrer! So jemanden Weltfremdes kann man doch nicht auf unsere Kinder loslassen! Wo leben wir denn eigentlich?«

»Jetzt beruhigen Sie sich doch!« Der Anwalt packte seine Klientin am Ärmel.

Die schnaubte wie ein Stier beim Anblick eines Toreros. Karla Mancioni atmete so schnell und so kurz, dass Natascha Angst hatte, sie würde erst hyperventilieren und anschließend zusammenbrechen. Bekanntlich handelte es sich bei ihr um eine schwerkranke Frau, selbst wenn ihre Haut durch die Erregung so rosig wie noch nie bei einer Vernehmung war.

»Sagen Sie uns lieber, weshalb Franz Malterer fremdgehen sollte«, wollte Alois Schön die Befragung fortsetzen.

Karla Mancioni blieb ihm die Antwort schuldig.

»Vermutlich hoffte sie, dass sich Petra Malterer scheiden lässt, wenn sie erfährt, dass ihr Mann eine Affäre hat!« Natascha war sich absolut sicher und überraschte damit alle Anwesenden im Raum.

Als Alois Schön erkannte, wie sehr dieser Einwurf Karla Mancioni beschäftigte, nahm er den Faden auf: »Warum sollte sie?«, spielte er den Bedenkenträger, »Petra Malterer hatte doch keinerlei Interesse mehr an ihrem Göttergatten. Eher im Gegenteil, sie hätte einen Grund gehabt, sich noch mehr Freiheiten herauszunehmen.«

»Sie hätte ohne Gewissensbisse zu Sebastian zurückkehren können!« In Karlas Augen standen die Tränen, kurz davor, die knochigen Wangen herunterzulaufen. Sie sah aus wie aus einem Horrorfilm. Die Frau des Boandlkramers höchstpersönlich.

»Was hätte das Ihnen gebracht? Sie waren doch die neue Freundin von Sebastian Keller!«

Wie Sturzbäche bahnte sich die Tränenflüssigkeit ihren Weg aus dem Innern ihres Körpers. Eine Flut, gespeist aus Wut, Trotz, Angst und Liebe. »Unsere

Beziehung hatte doch keine Zukunft mehr, Herr Kommissar! Außerdem hat mich Sebastian niemals so geliebt, wie er diese Frau vergöttert hat!« Karla Mancioni verschränkte ihre Arme auf dem Vernehmungstisch, vergrub ihren Kopf in diesen und heulte wie ein Schlosshund. Demzufolge vergingen mehrere Minuten, bis sie in eines der Papiertaschentücher, die ihr der Anwalt angeboten hatte, schnäuzte: »Daher wollte ich meinem Liebsten einen Gefallen tun und ihm die Liebe seines Lebens zurückbringen. Aber leider hat es nicht funktioniert. Wegen diesem weltfremden Trottel!«

Alois Schön gab Karla Mancioni ausreichend Zeit, sich zu beruhigen. Erst als ihr Atem langsamer wurde, erkundigte er sich: »Wie haben Sie überhaupt von Petra Malterer erfahren?«

»Sie müssen nichts sagen, was Sie belastet, Frau Mancioni«, erinnerte der Rechtsbeistand.

»Warum denn, Herr Rechtsanwalt?« Erneut lächelte die Mandantin ihren Verteidiger an: »Ich habe doch schon zugegeben, dass ich das Miststück gekannt habe. Wie hätte ich sonst den Detektiv beauftragen können? Aber das heißt noch lange nicht, dass ich das Luder umgebracht habe. Selbst wenn ich ihr keine Träne nachweine!«

Alle am Verhör Beteiligten konnten sehen, wie Karlas Kampfgeist aufs Neue erwachte. Sie setzte sich aufrecht hin und holte tief Luft: »Als Frau habe ich von Anfang an gespürt, dass Sebastian den Kopf nicht vollkommen frei hatte. Er war zwar sehr liebevoll und der Sex war auch nicht von schlechten Eltern.« Ihre Augen wanderten zur Decke, ihre Mundwinkel blieben jedoch entspannt. »Aber irgendwie konnte er sich nicht komplett fallenlassen. Irgendetwas spukte in seinem Kopf herum. Und natürlich wollte ich wissen, wer oder was das war. Also habe ich meinen Charme eingesetzt.«

»Wie darf ich das verstehen?«

»Wenn eine Frau etwas von einem Mann wissen will, dann kriegt sie es heraus.«

Natascha lächelte und nickte.

»Können Sie bitte konkreter werden?«

»Also gut, Herr Kommissar. Sie müssen wissen, wir Frauen gehen in solchen Dingen feinfühliger vor. Wir sind nicht so direkt wie ihr Mannsbilder.« Abermals sah sie Alois Schön mitleidig lächelnd an. Ihren Anwalt würdigte sie dagegen keines Blickes. »Als wir kuschelten, habe ich Sebastian gefragt, ob er immer auf den gleichen Typ Frau stehe, und ob ihn meine Vorgängerin auch so verwöhnt hätte, wie ich es tue. Er reagierte so, wie ich es erwartet hatte. Die zweite Frage war ihm peinlich. Daher beantwortete er nur die erste: ›Die Petra? Nein, die war blond!‹ Schon hatte ich den Vornamen der Tussi.«

»Was haben Sie sonst noch von Herrn Keller erfahren?«

»Alles, was mich interessierte. Ein anderes Mal, als ich bei Sebastian übernachtete, hatten wir am frühen

Morgen nochmals Geschlechtsverkehr. Danach fragte ich ihn, ob er Petra ebenfalls nach dem Frühstück auf dem Küchentisch vernascht habe? Seine Antwort lautete: ›Das ging nicht. Die konnte nie über Nacht bleiben, weil sie verheiratet war!‹ Somit hatte ich die nächste Information. Nach und nach erfuhr ich, dass die Trulla bei der Stadt München arbeitet, und dass ihr Mann an einem Gymnasium unterrichtet. Die restlichen Teile des Puzzles habe ich mir über das Internet zusammengesucht.«

»Können Sie das bitte genauer erläutern?«

Karla atmete kurz durch, bevor sie bereitwillig ihre Erklärungen fortsetzte: »Ich wusste, dass die Hexe bei der Stadt München arbeitet. Also habe ich mir auf der Website des Rathauses die Mitarbeiter angeschaut.«

»Es gibt dort doch bestimmt mehrere Angestellte mit Vornamen Petra.«

»Das ist richtig, Herr Kommissar, aber Sie wissen ja, dass ich Einblicke in Sebastians PC hatte. Und folglich kannte ich auch den Nachnamen.«

»Am besten sagen Sie jetzt nichts mehr«, riet der Anwalt zum wiederholten Male. »Sie belasten sich ja nur selbst!«

»Ach kommen Sie, Sie Angsthase. Glauben Sie wirklich, dass mich ein Gericht wegen dieser Lappalie ins Gefängnis steckt?« Verächtlich schaute sich die Internetspionin in der Runde um. »Hoffen Sie immer noch, dass Sebastian gegen mich Anzeige erstattet? Nie im Leben, das Thema ist doch längst durch!« Karla Mancioni setzte sich auf ihrem Stuhl zurück und legte die Arme auf den Stuhllehnen ab: »Jedenfalls habe ich auf diesem Weg den Namen sowie die geschäftliche und die private E-Mail-Adresse der Alten erhalten. Und natürlich habe ich Recherchen über den Ehemann angestellt. Aber im Netz war nicht viel über ihn zu erfahren. Deshalb habe ich den Schnüffler engagiert.«

»Was hatte der noch zu erledigen?«

»Er sollte das Ehepaar beschatten und aufschreiben, wie sie den Tag verbringen und was sie in nächster Zeit vorhaben. Damit Sebastian sie dann ›rein zufällig‹ irgendwo treffen kann. Außerdem hoffte ich, dass ich etwas in Erfahrung bringe, was er noch nicht über das Schätzchen weiß.« Karla Mancioni schnaubte verächtlich aus den Nasenlöchern. »Der alte Mathelehrer ist ein ganz langweiliger Typ. Kein Wunder, dass seine Frau immer vor ihm abhaut!« Erneut griff sie zu ihrem Wasserglas.

»Danach haben Sie dann die Treue-Test-Agentur beauftragt. Und als auch dieser Plan nicht funktionierte, beschlossen Sie, Petra Malterer umzubringen.« Alois Schön hielt es nicht für nötig, nach den Feinheiten der Kontaktaufnahme mit dieser Firma zu fragen.

»Bitte was?« Karla Mancioni setzte sich empört in ihrem Stuhl zurück. »Ist das Ihr Ernst?« Kopfschüttelnd sah sie ihren Verteidiger an. »Natürlich habe ich aufgehört!«, schrie sie laut auf. Anschließend beugte sie sich nach vorne, um den Leiter der Mordkommission mit großen Augen anzulächeln: »Ich habe sogar versucht, den Trojaner auf Sebastians Laptop zu deinstallieren, aber dummerweise geht das nicht per E-Mail.« Sie wirkte wie ein kleines Kind, das seine Mutter nach einem Tadel um Verzeihung bittet. »Ich wollte daraufhin noch recherchieren, ob es irgendwelche andere, mir nicht bekannte Methoden zur Lösung dieses Computerproblems gibt, aber irgendwie kam immer etwas dazwischen. Entweder musste ich mich um Tobias kümmern, war ich mit Weihnachtsvorbereitungen beschäftigt oder aufgrund meiner Krankheit einfach zu sehr geschwächt.« Karla Mancioni lehnte sich nach hinten und verschränkte die Arme vor ihrer Brust. So wie sie dasaß, konnte man den Eindruck gewinnen, sie könne niemandem auf der Welt auch nur ein Haar krümmen. Sie war die perfekte Unschuld vom Lande.

Alois Schön ließ sich jedoch nicht beirren: »Dann fasse ich Ihre Aussage noch einmal zusammen, Frau Mancioni: Sie haben sich detaillierte Informationen über die frühere Geliebte ihres Freundes besorgt und diese sowie ihren Gatten durch einen Detektiv beschatten lassen.« Als die Beschuldigte nickte, fuhr er fort: »Sie haben zwei Lockvögel einer Treue-Test-Agentur auf den Ehemann angesetzt, und eine Menge Geld ausgegeben, damit Petra Malterer und Sebastian Keller wieder zusammenfinden.«

»Das haben Sie sehr gut beschrieben.«

»Aber alles vergeblich.«

»Da haben Sie recht.« Karla Mancioni atmete hörbar aus und senkte theatralisch ihre Lider: »Leider.«

»Und Sie wollen mir weismachen, Sie hätten danach aufgegeben? Einfach so?« Alois Schön sprach leise, wenngleich mit Nachdruck und gut vernehmbar.

»Warum nicht?« Karla Mancioni stellte den Kopf schräg und lächelte. Problemlos hielt sie dem Blick des Kommissars stand.

»Sie sagten selbst, Sie seien eine Kämpfernatur! Und Sebastian Keller beschrieb Sie sogar als radikal und bereit, selbst Opfer zu bringen!«

»Auch eine radikale Kämpfernatur muss ab und zu

einsehen, dass es sinnlos ist weiterzumachen, selbst wenn es ihr nicht gefällt!«

»Das glaubt Ihnen kein Mensch, Frau Mancioni!« Um seinen Worten zusätzliches Gewicht zu verleihen, beugte sich Alois Schön nach vorne. »Dazu die Tatsache, dass Sie den PC Ihres Geliebten infiziert haben und der Umstand, dass er Sie auf dem Video im P1 erkannt hat.« Seine Stimme gewann an Eindringlichkeit und Volumen. »Das reicht für einen Haftbefehl und ebenso für eine Anklage. Das verspreche ich Ihnen!« Ernst, fast bedrohlich, glitten seine Augen über den Kopf und den hageren Oberkörper der Sachsenkamerin. Anschließend lehnte er sich entspannt in seinem Stuhl zurück. »In der Zelle haben Sie dann genügend Zeit, sich Gedanken zu machen.«

»Heißt das, Sie wollen mich hierbehalten?« Zuerst lächelte Karla Mancioni künstlich, danach schaute sie ungläubig und zu guter Letzt saß sie da mit offenem Mund.

»Natürlich. Wegen Flucht- und Verdunkelungsgefahr!« Das »und« zwischen den beiden Haftgründen betonte Alois Schön besonders.

»Aber …« Die Beschuldigte schluckte. Hilfesuchend sah sie ihren Anwalt an. Gleichwohl saß dieser regungslos neben ihr.

»Ich muss doch zu meinen Kindern! Tobias braucht mich!«

»Die kommen dann in ein Heim.« Alois Schön verzog keine Miene.

Karla Mancioni sprang blitzartig auf: »Aber das geht doch nicht!«

Ihr Rechtsbeistand packte sie geistesgegenwärtig am Arm: »Bitte setzen Sie sich, Frau Mancioni!«

»Ganz gewiss geht das«, entgegnete der Leiter der Mordkommission. »Sie haben bisher nur das zugegeben, was wir eh schon wussten, und das auch nur scheibchenweise. Sie weisen jegliche Schuld von sich, weigern sich aber dennoch, mit uns zu kooperieren. Da kann der Haftrichter doch gar nicht anders, als den Haftbefehl zu unterschreiben.« Mit ruhigem Blick schaute er der Beschuldigten, die sich inzwischen wieder gesetzt hatte, in die Augen, gönnte ihr Zeit, um das Gesagte zu verarbeiten. »Selbstverständlich steht es Ihnen frei, in ein paar Tagen einen Haftprüfungstermin zu beantragen. Aber bis dahin bleiben Sie erst einmal bei uns.«

Die Patientin rieb sich die Arme. Verunsichert sah sie ihr Gegenüber an: »In ein paar Tagen? Wollen Sie mich wirklich so lange ins Gefängnis stecken? Ich bin doch krank!«

»Über die Prüfung Ihrer Haftfähigkeit entscheidet der Arzt. Fragen Sie mich jetzt aber bitte nicht, wie lange so ein Gutachten dauert.«

Karla Mancioni wurde kreideweiß. Nervös klapperte sie mit den Zähnen. Ihre Fingernägel verkrallten sich in ihren Unterarmen. Jeder der Anwesenden erkannte, wie sie mit sich kämpfte: Sie stützte die Ellbogen auf den Vernehmungstisch, vergrub ihr Gesicht in ihren knochigen Händen und schüttelte mehrfach den Kopf. Kurze Zeit später suchten ihre verweinten Augen nach ihrem Anwalt, flehend um Rat: »Und wenn ich …?« Als dieser nicht antwortete, drückte sie ihren Kopf gegen seine Brust.

Der Mann wusste gar nicht, wie ihm geschah.

Bis sich die erlösenden Worte endlich über ihre Lippen wagten: »Und wenn ich Ihnen sage, was ich weiß? Darf ich dann zu Tobias nach Hause?«

»Ich werde sehen, was ich für Sie tun kann. Aber vor allem kommt es darauf an, was Sie uns erzählen.« Alois Schön schob die Packung mit den Papiertaschentüchern näher an Karla Mancioni heran und füllte ihr Glas bis zum Rand.

Die tupfte sich die Tränen von ihrer Backe und trank drei kräftige Schlucke. Sie setzte sich auf ihrem Stuhl zurück und legte den Kopf weit nach hinten. Ihre Augen zur Decke gerichtet, dachte sie nach. Und niemand konnte erkennen, was genau in der Frau vorging.

»Also gut«, begann sie nach etwa fünf Minuten mit gedämpfter Stimme. »Im Grunde spielt es eh keine Rolle mehr.« Sie holte tief Luft: »Nachdem sich mein Zustand Mitte September erstmals verschlechtert hatte, und Sebastian und ich deswegen nicht zur Wiesn konnten, überlegte ich, wie ich ihn trotz meiner Krankheit glücklich machen könne.« Karla Mancioni sprach bedächtig, als ob jedes Wort, das ihren Mund verließ, durch ein Wiedererleben vor ihrem geistigen Auge verifiziert werden musste: »Durch meine Wiesnmail erfuhr ich, dass Sebastians Oktoberfest-Beziehung schon nach einer Nacht wieder zu Ende war, und dass er zwei Tage später mit Petra Malterer Kontakt aufgenommen hatte. Das Treffen konnte allerdings erst Anfang November stattfinden, weil die Alte so sehr im Stress war und angeblich noch auf ein Seminar musste.« Nur die Worte, die ihre Vorgängerin betrafen, spuckte sie aus wie giftige Galle. »Da kam mir die Idee, den Detektiv zu beauftragen, um Sebastian während der Wartezeit weitere Informationen zu beschaffen.«

Karla Mancioni räusperte sich: »Am 12. Oktober – der Detektiv hatte seine Arbeit noch nicht einmal beendet – teilten mir die Ärzte dann mit, dass ich vermutlich nur noch drei Monate zu leben habe. Damit war die Liebe zwischen mir und Sebastian endgültig gescheitert.«

»Das tut mir leid«, zeigte Natascha Mitgefühl.

Auch Alois Schön beschlich ein seltsames Gefühl.

»Das wäre für Sie bestimmt eine neue Erfahrung, lieber Herr Schön«, lächelte die Todkranke, »wenn Ihnen eine Mörderin während ihres Geständnisses vom Stuhl fällt und nie mehr aufsteht. Die drei Monate sind nämlich heute um!« Sie setzte sich gerade hin: »Aber keine Angst, Herr Kommissar. Ich denke, ich werde frühestens im März den Löffel abgeben. Aber bis dahin möchte ich so viel Zeit wie möglich mit meinen Kindern verbringen. Außerdem sind noch einige Dinge zu erledigen.« Erwartungsvoll blickte sie den Leiter der Mordkommission an.

»So gut, wie Sie aussehen, habe ich da überhaupt keine Bedenken.« Wobei Alois Schöns freundliches Lächeln vor allem ein Ausdruck seiner Unsicherheit war. Eine solche Situation hatte er noch nicht erlebt. Zudem handelte es sich bei der Dame um eine Mörderin, der er trotz ihrer Krankheit keine Versprechungen hinsichtlich der Erfüllung ihrer Wünsche geben konnte. Aber irgendwie hatte er sich verpflichtet gefühlt, zu antworten.

Karla Mancioni schien es zu gefallen. In ruhigem Ton fuhr sie fort: »In den nächsten Tagen wurde mir bewusst, dass ich weniger Zeit haben würde, um meinen Plan umzusetzen. Vermutlich müsste ich schwereres Geschütz auffahren.« Sie griff nach ihrem Wasserglas und führte es an die Lippen. »Also beauftragte ich die Damen der Treue-Test-Agentur, damit sie den alten Bock von Lehrer verführen. Wenn Petra Malterer bis zum Treffen mit Sebastian vom Fehltritt ihres Gatten erfahren würde, könnte sie sich sofort zu ihm bekennen, hatte ich mir überlegt.« Erst jetzt trank sie. Nachdem sie das Glas wieder auf den Vernehmungstisch zurückgestellt hatte, senkte sie ihren Kopf: »Aber leider hat mein Plan, Sebastian durch die Rückkehr seiner alten Liebe zu seinem Glück zu verhelfen, nicht funktioniert.«

»Und dann?« Alois Schön wollte die Pause nicht zu lang werden lassen.

»Ich war deswegen ziemlich traurig, zermarterte mir das Hirn, was ich sonst noch tun könnte. Bis mir meine beste Freundin beim Kaffeetrinken am 1. Advent erzählte, dass sich das Miststück bei dem Gespräch nicht die Bohne für mich, für Sebastian oder für seine Gefühle interessiert hat.«

»Woher wusste sie das?«

»Von Sebastian natürlich.« Karla Mancioni lächelte. »Er lernte Marlene an meinem Krankenbett kennen und wusste, dass sie über unsere Beziehung voll informiert war. Deshalb hat er ihr von dem Treffen Anfang November erzählt, als sie sich zufällig auf einer Ü30-Party trafen. Vermutlich hat es ihm gut getan, mit jemandem darüber reden zu können.«

»Wie haben Sie reagiert?«

»Zuerst war ich unglaublich verärgert. Bis ich erkannte, dass ich endlich die Lösung gefunden hatte!«

»Die Lösung für was?«

Karla Mancioni sah den Leiter der Mordkommission gönnerhaft an. Es schien, als wolle sie die Spannung in ihrer Aussage erhöhen. Offenbar ging sie davon aus, dass niemand in diesem Raum nachvollziehen konnte, was in einer solchen Situation in einem Menschen vorgeht: »Seitdem mich die Ärzte über meinen bevorstehenden Tod unterrichtet hatten, überlegte ich tagtäglich, was ich noch Gutes für die Menschheit tun könne. Ich wollte nicht einfach so abtreten von dieser Welt, sondern sie mit einem Paukenschlag verlassen. Das Elend auf unserem Planeten ein klein wenig lindern.«

»Da hätte es doch bestimmt ...«, erhob Alois Schön seine Stimme.

Doch Karla Mancioni fuhr unbeirrt fort: »Womöglich hätte ich mich damit zufriedengegeben, wenn Sebastian durch mich sein großes Glück gefunden hätte. Doch dieser Plan war bekanntlich gescheitert.« Stattdessen machte sie jetzt eine Pause. Als ob sie ihren Vortrag genau einstudiert hätte. »Zudem schwebte mir von Anfang an vor, es wäre das Beste, ein Zeichen zu setzen. Die Welt von einem Übel zu befreien!« Ihre Stimme klang zuckersüß und kein bisschen verwirrt. »Vermutlich wäre der Nutzen für die Menschheit bei einem korrupten oder unfähigen Politiker oder einem geldgierigen, unmoralischen Wirtschaftsboss wie Josef Ackermann größer gewesen.« Sie seufzte: »Bloß haben die ständig ihre Bodyguards um sich.« Nach zwei weiteren Schnaufern schrie sie dann: »Aber Leute, die sich so aufführen wie Petra Malterer, braucht unsere Gesellschaft ebenfalls nicht.« Anschließend lächelte sie: »Und sie sind ein wesentlich leichteres Ziel!«

Alois Schön zog die Stirn in Falten: »Warum haben Sie einen solchen Hass auf die Dame entwickelt?«

Die Augen der Mörderin verengten sich. »Das Miststück hat Sebastian erst das Herz gebrochen und sich hinterher einen Dreck um ihn geschert. Das ist doch asozial!« Ihre krankhafte Blässe wandelte sich erneut in eine gesunde rötliche Hautfarbe. »Genauso wie sie ihren Mann nur ausnutzt. Sie ist absolut gefühlskalt, oberflächlich und arrogant. Die Frau denkt nur an sich, ihre Mitmenschen sind ihr scheißegal!«

»Da gibt es aber viele, die so handeln«, gab Natascha zu bedenken, »Frauen und Männer!«

»Stimmt«, sah Karla Mancioni die Kommissarin an, »daran krankt doch unsere Gesellschaft! Es geht nur noch um den schnöden Mammon und um immer mehr Macht und Geld. Gefühle, Menschlichkeit und unsere Umwelt bleiben dabei vollkommen auf der Strecke.« Abermals stoppte sie ihre Ausführungen. »Umso wichtiger ist es, dass diese Personen weniger werden!«

Was sollte man darauf erwidern? Alois Schön wusste nicht, wo er hätte anfangen sollen. Abgesehen davon, erweckte Karla Mancioni nicht den Eindruck, dass man sie bekehren könnte. Außerdem waren noch einige Fragen ungeklärt. »Wie konnten Sie Ihren Plan in die Tat umsetzen?«, erkundigte er sich deshalb in ruhigem Ton.

»Die Schlampe hat von mir ebenfalls eine E-Mail bekommen. Haben das Ihre Leute nicht bemerkt?«

Der Leiter der Mordkommission zuckte mit den Achseln: »Mir hat keiner was gesagt. Die müssen das übersehen haben!« Er atmete hörbar aus: »Das kann schon mal passieren. Die sind total unterbesetzt.«

»Anfang Dezember, im Betreff stand Designermode zum Schnäppchenpreis!«, fuhr Karla Mancioni fort. »Und weil sie genauso blöd und neugierig war, wie ich es erwartet hatte, bekam ich umgehend Zugang zu ihrem Notebook.« Sie grinste. »Natürlich hat sie WLAN genutzt, das hat die Sache enorm vereinfacht.« Ein Lächeln der Überlegenheit. »Ebenso war der Zugriff auf ihr Handy absolut kein Problem.«

»Sie wissen, dass das illegal ist und schwer bestraft wird?« Karla Mancioni lachte vor Hohn laut auf: »Ich bitte Sie, Herr Kommissar. Glauben Sie ernsthaft, dass Sie jemanden finden, der Anzeige gegen mich erstattet? Nie im Leben!« Spöttisch grinsend schüttelte sie den Kopf. »Unser Goldstück ist tot! Und der Witwer möchte bestimmt nicht ständig daran erinnert werden, dass sein holdes Weib mit einem anderen rumgevögelt hat. Den interessiert doch nur, wer der Mörder ist!« Gelangweilt sah sie den Leiter der Mordkommission an: »Abgesehen davon. Was wollen Sie überhaupt? Mir die Anklage auf dem Friedhof zustellen?« Alle im Vernehmungsraum sahen, wie sehr Karla Mancioni diesen Augenblick genoss: Selbstzufrieden lehnte sie sich zurück, griff erneut nach ihrem Wasserglas, bevor sie generös weitersprach: »Ich muss gestehen, manchmal habe ich einfach Glück gehabt … es sei denn, es war Schicksal, das alles so reibungslos lief: Dass meine beste Freundin Sebastian zufällig auf einer Ü30 trifft, und er ihr von dem Treffen mit dem Luder erzählt. Oder, dass ich die SMS, mit der sich die Tussis verabredeten, rechtzeitig mitbekam. Und natürlich auch, dass ich gerade in der Woche, in der die Alte ins P1 wollte, so fit war.« Karla Mancioni redete immer schneller. »Als ob mich eine höhere Macht dazu bestimmt hatte, meinen Plan durchzuziehen!«

Alois Schön sah den Rechtsanwalt fragend an. Dieser saß regungslos da. Offenbar hielt der Jurist von außerirdischen Mordaufträgen genauso viel wie er. Immerhin reichten diese Sekunden, um die Gesprächsatmosphäre ein wenig abzukühlen.

»Wie sind Sie an die Waffe gekommen?«, erkundigte sich der Leiter der Mordkommission freundlich.

»Die hatte ich noch von meinem Vater. Der war Apotheker und hatte die Knarre zu seinem Schutz im Nachtdienst. Für den Fall, dass ihn ein Drogensüchtiger überfällt.«

»Heute kriegt kein Apotheker mehr aus diesem Grund eine Waffe.«

»Mag sein.« Karla Mancioni schaute sich gelangweilt in der Runde um: »Spielt das eine Rolle?«

»Nein.« Alois Schön ließ sich nicht aus der Ruhe bringen: »Wo ist die Pistole jetzt?«

»Versteckt bei mir zu Hause. Damit sie die Kinder nicht finden. Wenn mich Ihre Kollegen zurückbringen, können sie sie gerne mitnehmen.«

»Dann sind Sie also ins P1«, meldete sich Natascha zu Wort.

»Richtig. Ich bin in den Club und habe mich umgeschaut. Das Flittchen flirtete mit so einem greislichen Knacker. Ich ging zur Bar und fragte sie, ob sie die Petra Malterer sei. Sie bejahte und wollte dann wissen, woher ich sie kennen würde. Aber ich habe ihr keine Antwort gegeben, sondern mich einfach in eine Ecke gesetzt. Ich hatte ja die Information, die ich brauchte.« Karla Mancioni grinste: »Zuerst hat sie blöd geschaut, doch dann hat sie weiter mit dem Typen rumgealbert.«

Inzwischen redete sie wie ein Wasserfall: »Getanzt habe ich nicht, schließlich musste ich auf meine Handtasche aufpassen. Da war ja die Pistole drin!« Sie trank einen Schluck Mineralwasser, bevor sie fortfuhr: »Die Freundinnen sind früh nach Hause, weil die Kleinere ganz schön einen gezwitschert hatte. Irgendwann hat selbst der Mini-Playboy gemerkt, dass das Biest ihn den ganzen Abend bloß verarscht, und hat Leine gezogen. Sein Glück, denn sonst hätte ich ihn ebenfalls umbringen müssen.« Karla erweckte nicht den Eindruck, dass ihr das große Probleme bereitet hätte. Ihre Worte klangen so, als ob ein zweiter Mord genauso viel Anstrengung erfordert wie die Überlegung, sich neben einem Rock noch eine Jeans oder ein Paar Schuhe zu kaufen. Daher verwunderte es nicht, dass sie weitersprach, ohne Luft zu holen: »Als die Zicke kurz darauf alleine an der Bar stand, haben sich unsere Blicke gekreuzt. Sie deutete mir an, gleich an meinen Tisch kommen zu wollen … Als ich daraufhin zur Garderobe ging, ist sie mir gefolgt. ›Sagst du mir jetzt, woher wir uns kennen?‹, hat sie mich direkt angemacht, als sie mich am Ausgang erwischte.« Karla Mancioni grinste hämisch: »Ich hatte mir mit dem Mantelanziehen Zeit gelassen … ›Das erklär ich dir draußen‹, antwortete ich ihr und bin gegangen. ›Okay, ich hol nur schnell meine

Sachen. Warte bitte auf mich‹.« Sie lachte höhnisch: »Das Schätzchen hatte nicht den Hauch einer Ahnung, was ihr blüht.« Wie im Rausch schüttelte sie den Kopf hin und her.

Nach etwa einer Minute hatte sie sich einigermaßen beruhigt: »Auf der Treppe zur Prinzregentenstraße habe ich auf sie gewartet. Auf halber Höhe, damit die Security oder andere Gäste von einem eventuellen Streit nichts mitbekommen.« Karla Mancioni schien es zu genießen, wie rational sie gehandelt hatte: »Als sie um die Ecke kam, hatte ich die Pistole bereits in meiner Hand in der Manteltasche. Ich erklärte dem blonden Häschen, dass ich eine Freundin von Sebastian Keller sei, und dass ich mit ihr reden müsse.

Sie entgegnete, dass es da nichts zu besprechen gebe. Das sei alles Schnee von gestern und ihr Liebesleben ginge mich nun wirklich nichts an. Außerdem müsse sie dringend nach Hause. Also zeigte ich ihr meine Pistole. Da war es aus mit ihrer Arroganz. Sie war nicht einmal in der Lage zu schreien. Die rechte Hand auf der Knarre im Mantel, hakte ich mich mit der Linken bei ihr unter. Wie zwei gute Freundinnen gingen wir die Prinzregentenstraße entlang zu meinem Auto, das ich nahe dem Bayerischen Nationalmuseum abgestellt hatte. Den ganzen Weg stellte ich ihr Fragen zu ihrer Beziehung zu Sebastian: Warum sie sich nicht mehr um ihn gekümmert habe, was denn das für eine Art des Schlussmachens sei und ob sie denn überhaupt kein Herz habe? Aber die blöde

Tussi hat mir einfach nicht geantwortet!« Auch vier Wochen nach der Tat regte sich Karla Mancioni über das Verhalten von Petra Malterer gewaltig auf.

Es dauerte eine Weile, bis sie wieder ruhiger atmete: »Als wir bei meinem Auto waren, befahl ich ihr, sich auf den Vordersitz zu setzen, sich anzuschnallen, und die Hände sichtbar auf die Ablage zu legen. Ich setzte mich auf den Fahrersitz und fragte sie nochmal, weshalb sie so herzlos reagiert hätte, als ihr Sebastian von meinem Krebsleiden erzählte. ›Ach so, die Story‹, zeigte sie sich weiterhin kalt wie eine Hundeschnauze. ›Glaubte der Idiot wirklich, er könne mich mit einer solch rührseligen Geschichte zurückerobern? Wir sind doch nicht bei Rosamunde Pilcher!‹ Diese Aussage brachte den schon lange in mir brodelnden und immer stärker werdenden Vulkan zum Ausbruch. Ich drückte ab. Ich konnte der Hexe gerade noch sagen, dass ich es für mich, für Sebastian und zum Wohle der gesamten Menschheit getan hätte. Dann war sie tot. Mein Werk war vollbracht.«

Die Mörderin setzte sich noch einmal gerade hin, bevor sie ihr Geständnis vollendete: »Anschließend fuhr ich mit dem Auto auf die Praterinsel, wo ich die Leiche hinter dem Wehr unbeobachtet in die Isar warf.« Als ob sie Alois Schön nun die Erlaubnis zum Anlegen der Handschellen geben wollte, faltete Karla Mancioni ihre Hände auf dem Tisch zusammen. Anzeichen von Reue? Fehlanzeige.

»Das war ja eiskalter Mord! Dafür bekommen Sie lebenslang!«

»Gut möglich, lieber Herr Kommissar. Trotzdem werde ich keinen einzigen Tag ins Gefängnis gehen.« Karla Mancioni lächelte selbstsicher. »Ich habe Ihnen nun alles erzählt und die Tat gestanden. Folglich besteht keine Verdunkelungsgefahr mehr. Außerdem haben Sie mir versprochen, dass ich nach Hause darf, wenn ich gestehe.«

Ihr Anwalt nickte.

»Ich habe lediglich gesagt, dass es Ihre Position verbessert. Meines Erachtens besteht nach wie vor Fluchtgefahr.«

»Machen Sie sich nicht lächerlich, werter Herr Kommissar! Einmal in der Woche muss ich zur Chemotherapie, morgen übrigens auch wieder! Ist das Frauengefängnis in Stadelheim dafür ausgerüstet? Oder stellen Sie mir eine Beamtin zur Seite, die mich beim Arzt bewacht?« Mit ihrem Stuhl rückte sie ein paar Zentimeter nach vorne. »Für mich wäre das gar nicht so schlecht, ich könnte mich mit jemandem unterhalten. Aber für den Freistaat wird das ziemlich teuer. Nicht dass Sie auf der schwarzen Liste der Rechnungsprüfer wegen der Verschwendung von Steuergeldern landen! Das wollen wir doch alle nicht, lieber Herr Schön.« Karla Mancioni wartete kurz ab, ob der Leiter der Mordkommission etwas erwiderte, bevor sie weitere Gründe ins Feld führte: »Abgesehen davon habe ich einen sechsjährigen Sohn zu versorgen. Außerdem würde ich eine Flucht gar nicht überleben! Also bleibe ich lieber gleich bei meinen Kindern.«

Der Richter sah ebenfalls nicht die geringste Veranlassung, Karla Mancioni in Untersuchungshaft zu nehmen. Schließlich hatte sie einen festen Wohnsitz und musste sich um ihre Kinder kümmern. Genauso biete das zu erwartende Strafmaß in ihrem Fall keinen Grund für eine Flucht. Nachdem er sich davon überzeugt hatte, dass auch keine Wiederholungsgefahr bestand, traf er seine Entscheidung: Gegen Stellung einer Kaution von 100.000 Euro und der Auflage, sich alle zwei Tage bei der Polizei in Bad Tölz zu melden, durfte Karla Mancioni nach Hause.

»Schicken Sie mein Geständnis nach Bad Tölz. Ich werde es an Ort und Stelle unterschreiben, wenn ich Ihre Kollegen besuche.« Anschließend wurde sie von einer Streife zurück nach Sachsenkam gebracht. Die Mordwaffe nahmen die Polizisten mit.

Zwei aufgeklärte Morde an einem Tag. Das war selbst für einen erfahrenen Hauptkommissar eine Besonderheit. Und die Tatsache, dass seine Erfolgsquote weiterhin bei 99% lag, zusätzlich ein Grund zum Feiern. Daher lud Alois Schön seine Beate am Samstag zu einem romantischen Abendessen bei Kerzenschein ein.

Nataschas Beziehung zu Phil entwickelte sich besser als je zuvor. Der Junge legte sich mächtig ins Zeug, um seine Angebetete vom tagtäglichen Stress zu befreien. Erst als sie ihn bat, sie ins Roy am Sendlinger Tor zu begleiten, meinte er: »Wenn ich dahin mitkomme, dann habe ich was gut bei dir.«

Es wurde ein sehr lustiger Abend. Alle Beteiligten, Männlein wie Weiblein, amüsierten sich prächtig. Wobei Natascha darauf achtete, dass ihrem Phil kein Mann zu nahe kam.

Sebastian Keller erfreute sich weiterhin großer Beliebtheit in der Damenwelt. Dies hielt ihn jedoch nicht davon ab, gelegentlich das Grab von Petra Malterer zu besuchen. Natürlich vermied er es, mit der Familie der Toten in Berührung zu kommen. Deshalb verzichtete er darauf, Blumen auf die letzte Ruhestätte seiner Geliebten zu legen. Stattdessen kaufte er ab und zu eine einzelne rote Rose, die er in Gedenken an die Liebe seines Lebens auf seinen Wohnzimmertisch stellte.

In den nächsten Wochen überprüfte die Mordkommission die Angaben der Täterin und bereitete die Anklage vor. Wenngleich Karla Mancioni recht behalten sollte. Sie starb, bevor der Prozesstermin feststand. Ihre Leiche wurde verbrannt und in einem Urnengrab beigesetzt. Weder ihre Kinder noch die Bewohner von Sachsenkam erfuhren, dass sie sich eines schweren Verbrechens schuldig gemacht hatte.

DANKE

Liebe Leserinnen, liebe Leser,

ich freue mich, wenn Ihnen »Schickimicki« gefallen hat und Sie meinen Krimi genießen konnten. Daher möchte ich mich zuallererst bei Ihnen für den Erwerb dieses Buches bedanken.

Ein besonderer Dank gilt denjenigen, die schon meinen ersten München-Krimi »Saukerl« gekauft haben. Denn ohne den Erfolg von »Saukerl« hätte es kein »Schickimicki« gegeben. Ihr Lob, Ihre Anmerkungen und Kommentare bereiteten mir darüber hinaus viel Freude, waren mir Bestätigung und Ansporn zugleich. Schließlich lebt ein Autor vom Feedback seiner Leser, kann seinen Stil nur durch Rückmeldungen verbessern.

Beim Bayerischen haben mir dieses Mal zwei echte Münchner Kindl geholfen, die Radio Arabella Moderatorinnen Moni Littel und Natascha Zillner.

Ein herzlicher Dank gebührt meiner Lektorin Claudia Senghaas. Für ihre Geduld, für ihre Zeit sowie für ihre professionellen Anregungen und Verbesserungsvorschläge.

Doch all diese Tipps waren nur sinnvoll, wenn Sie Ihnen, liebe Leser und Leserinnen, zu spannender Unterhaltung verholfen haben. Wenn Sie an meinen Werken Spaß haben, und Freunde und Verwandte auf »Saukerl« und »Schickimicki« aufmerksam machen. Dann wird es auch einen dritten Fall von Alois Schön und seinem Team geben.

Auf meiner Website www.krimi-muenchen.de finden Sie Termine meiner Lesungen, Presseartikel und viele weitere Informationen rund um meine Krimis. Ebenso haben Sie dort die Möglichkeit, mir Ihre Anmerkungen und Kommentare zu übersenden.

Auf Ihr Feedback freut sich
Ihr
Ulrich Radermacher

Weitere Krimis finden Sie auf den folgenden Seiten und im Internet:

WWW.GMEINER-SPANNUNG.DE

FRIEDERIKE SCHMÖE
Dohlenhatz

978-3-8392-2048-1 (Paperback)
978-3-8392-5339-7 (pdf)
978-3-8392-5338-0 (epub)

DIE ZEIT VERGISST NICHT Philipp Heller, Luther-Experte und eher im 16 Jahrhundert als in der Gegenwart zu Hause, wird erpresst. Doch nicht um Geld: Er soll einen Stadtrat umbringen! Entsetzt bittet er Privatdetektivin Katinka Palfy, den Erpresser zu finden. Die entdeckt bald einen Zusammenhang, der weit in die Vergangenheit führt. Eine bizarre Erpressung. Eine aufwühlende Zeitreise. Ein Katinka-Palfy-Fall vom Feinsten.

Das Neueste aus der Gmeiner-Bibliothek

Unser Lesermagazin

Bestellen Sie das kostenlose Krimi-Journal in Ihrer Buchhandlung oder unter www.gmeiner-verlag.de

Informieren Sie sich …

www … auf unserer Homepage:
www.gmeiner-verlag.de

@ … über unseren Newsletter:
Melden Sie sich für unseren Newsletter an unter www.gmeiner-verlag.de/newsletter

f … werden Sie Fan auf Facebook:
www.facebook.com/gmeiner.verlag

Mitmachen und gewinnen!

Schicken Sie uns Ihre Meinung zu unseren Büchern per Mail an gewinnspiel@gmeiner-verlag.de und nehmen Sie automatisch an unserem Jahresgewinnspiel mit »mörderisch guten« Preisen teil!